新潮文庫

花散る里の病棟

帚木蓬生著

新潮社版

11962

目次

花散る里の病棟

彦山《ひこさん》ガラガラ　二〇一〇年

わたしの内科医院に介護老人保健施設いわゆる老健を付設したのは、十年ばかり前だった。

老健は一時預かり施設であり、身体《からだ》を悪くして家庭での世話が困難になった高齢者に、医療と介護を施すのが目的である。

そうした高齢者が老健にはいって来るのは、ひとつは病院からだった。重病に陥った高齢者を治療し、病気が一段落しても、すぐには家庭に帰せない。かといっていつまでも入院させてはおけない。完全回復を待つまで病院に入れておけば、新規入院患者を受け入れる余地がなくなる。そこで三ヵ月から半年間、老健で預かる仕組みが考案されたわけだ。

もちろん、病気そのものが重篤《じゅうとく》でなければ、家庭で生活していた高齢者を、直接老健に入所させる場合もある。持病の悪化や、認知症からの異常行動がそれで、老健で医療と看護、介護を加えていくらかでも改善させる。

体調が整った高齢者は、再び家庭に戻って行き、運悪く病状が悪化したお年寄りは、病院に入院する。いわば老健は、病院と家庭の間に位置する通過施設といえた。

ところが通過施設とはいうものの、出口を見つけるのは容易ではない。多少体調が悪くなって病院に送られても、そこにいるのは短期間で、当座の治療が終わるや老健に戻って来る。

他方、老健で体調が回復した入所者を、家庭に戻そうとすると、家族の抵抗にあう。年寄りが家を空けている間に、家庭が様変わりしているのだ。嫁は、姑《しゅうとめ》や舅《しゅうと》が家の中にいないほうが、いるよりもよほど楽だろう。息子だって、母親と女房の間をとりもつ気苦労がなくなる。孫たちも、祖父や祖母が家の中にいないほうが、息苦しくない。もともと子供たちにとって、年寄りは異次元の生き物なのだ。

そういう場合、ケアハウス、昔流の呼称で言えば老人ホームがあるにはある。しかし、足腰も頭もしっかりしている高齢者でないと、なかなか引き受けてくれない。高齢者を最大九名預かって面倒を見るグループホームも、似たりよったりである。

こうした諸事情が重なって、五年前、老健の隣に、いわゆる特養、以前の呼称で言えば特別養護老人ホーム、現在の正式名称では介護老人福祉施設を開設した。もちろん銀行の融資を受けての、綱渡り経営であるのは老健同様だった。五十床の特養で一億円強の費用がかかり、行政上の認可を取りつけるのにも多大の努力を要した。

この特養になると、表向きは、いずれ入所者を家庭に帰すのが原則となっているものの、老健ほどには厳密ではない。実際上、最期《さいご》まで看取《みと》るのも可能だ。施設の運営者であるわたしにしても、そこで働く職員にとっても、これはこれで肩の荷が軽くなった気がした。

以前は、入所者を引き受けたときから、どうやって数ヵ月以内に家庭に帰すか、焦《あせ》りに近い苦慮があった。家庭に戻すどころか、病状が悪化した場合は、逆に入院先を探さねばならない。これも焦慮の元だった。しかし今は、ゆっくり診られるのだ。

多少病気が重くなっても、寿命の範囲と考えて、慌《あわ》てずにすむ。いきおい入所者とのつきあいも長くなって、施設内に家庭的な雰囲気が出てきた。

わたしには入所者全員が、自分の年老いた親のように感じられた。一日に一度、あるいは二度、見回るのが楽しみになった。最近の入所者には、元日赤の看護師で戦中戦後を生き抜いた石崎さんというわたしが尊敬する人もいる。

医院の裏にある老健や特養に足を踏み入れるのは、診療開始前の八時頃だったり、診療が終わる夕方の七時前だったりする。まず詰所に寄って、前日あるいはその日に異常のあった者がいなかったかを確かめ、あれば当の入所者を手早く診察する。なければ、各部屋を見回り、デイルームに顔を出して巡回を終えた。

入所者の元の職業や、社会的地位はさまざまだ。認知症が加わっても、それまでの生活ぶりが、日頃の立ち振舞いに反映される。

八十六歳の藤井さんは、寡黙《かもく》ながら、ひとときもじっとしていない。デイルームのテーブルに坐《すわ》っている夕方など、忙《せわ》しげに両手を動かす。新聞を広げて、左手で抑え、右手で手前に断ち切る動作を繰り返す。手元にお箸《はし》でもあれば、一本を右手に持って、さっと新聞紙を切る仕草をするのだ。

入所当初、看護師から報告を受けたときは、わたしも首をかしげた。別段、幻覚や妄想がある様子もない。迷いのない手つきは、何かのまじないのようにも見える。

謎《なぞ》が氷解したのは、藤井さんの元の職業を知ってからだ。入所者の職業欄には、〈ガラス屋〉と記録されていた。

今では、窓ガラスも強化されて割れにくい。サッシが普及しているので、ガラス屋の手際《てぎわ》の良さを見る機会は、失われてしまった。二十年くらい前までは、家で窓ガラスが割れれば、ガラス屋に来てもらい、その場で新しいガラスと交換する仕事ぶりを目睹《もくと》できた。

小型トラックに三角の台を積み、広いガラスを運んでいるガラス屋も見かけた。ガラス屋は手早く寸法を測ると、新しいガラスに印をつけ、定規を当てる。特殊な刃物でさっと切れ目を入れる。あとは、手を添えて力を加えるだけだ。ガラスは切れ目に沿ってパリッと音をたて、気持良く割れる。

藤井さんの手つきは、まさしくその仕草に他ならなかった。

以来、日中でも手持ち無沙汰《ぶさた》にしてテーブルについている藤井さんには、定規を持たせた。前に古新聞を置くと、新聞に定規を当てて、右手の人差し指を真直ぐ手前に引く。日がな一日でも動作は繰り返され、藤井さんは満足気な顔をしている。

デイルームのテーブルで、藤井さんの向かい側を定席にしている安田さんは、わたしの英語の先生でもあった。

朝方、顔が合うと、さっそく安田さんが「グッド・モーニング、ドクター。ハウ・アー・ユー・トゥデイ」と問いかけてくる。

「アイム・ファイン、サンキュー。アンド・ユー」

わたしは答える。安田さんは笑顔で、自分も元気だと達者な英語で返してくる。

安田さんは元商社マンで、米国生まれ、ハイスクールまで向こうで過ごし、大学を日本で終えたのち、有名商社に就職した人だ。持病は高血圧と糖尿病で、中等の認知症が加わっている。

同室者との口論になると、最後には英語で怒鳴る。英語の罵詈雑言《ばりぞうごん》が相手に分かるはずはない。しかし効果は上々で、ののしられた男性はしゅんとなって黙り込む。

そんな安田さんも、女性の入所者にはいたって優しい。よろよろ歩きの女性には手を貸してやり、椅子《いす》も引いてやる。詰所にはいる際も、後ろから介護士が来ていれば、ドアを開けたまま待っていてくれる。

いつもきちんとスーツを着込んで、薄くなった髪もきれいにオールバックに梳《す》いている。長身の恰幅《かっぷく》とあいまって、女性入所者には絶大な人気がある。それでも誰かと特に親しくするわけでもなく、節度を保っている。

あと四半世紀後、わたしが八十歳を超えても、安田さんのような紳士にはとてもなれないと、ひそかに思う。

その安田さんが、外来診察を終えて巡回にやって来たわたしに、英語ではなく、訛《なまり》のない日本語で問いかけた。

「先生、〈たそがれどき〉の反対語を知っていますか」

なぞなぞのようでもあり、まともな国語の問題のようでもある。いずれにしても、わたしには見当がつかず、首をひねった。

「それなら先生、〈たそがれどき〉は、漢字でどう書きますか」

安田さんは、困った顔のわたしを見て、第二の質問の矢を放った。医師なら、そのくらいの常識は持ち合わせているだろうといった、厳しい表情だ。

「それは〈誰彼時〉でしょう」

わたしは内心でほっとしながら漢字を答え、得意気につけ加える。「〈誰そ彼は？〉といぶかる夕暮れ時です。人の顔が見分けられんようになるとですから」

安田さんの表情がにわかにゆるみ、「そうです、そうです」と応じる。「〈たそがれどき〉の反対は、その漢字を反対にすればいいのです」

「反対ですか。とすると、〈彼誰時〉？」

漢字を並べかえたものの、どう読んでいいかは見当がつかない。

「はい。〈かはたれどき〉です」

「〈かはたれどき〉〈彼誰時〉、〈たそがれどき〉〈誰彼時〉」

わたしは生徒になった気分で繰り返し、「サンキュー」と頭を下げる。

「マイ・プレジャー」

安田さんも上機嫌で返す。

〈彼は誰か〉〈かはたれどき〉〈彼誰時〉と、わたしは頭のなかで整理しながら詰所に向かう。

夜がようやく白み始める頃が、〈かはたれどき〉とは。

わたしは何か、拾い物でもした気持で詰所にはいり、看護師や介護士たちに、たった今、仕入れた知識を披露した。

「安田さんは、枕頭台《ちんとうだい》の中に大切な持ち物が二つだけはいっています」

そう言ったのは、安田さんのひ孫くらいの年齢にあたる介護士だった。

「英語の辞書じゃろ」

「先生、それが違うとです。国語辞典と古語辞典です。表紙の革が、もうボロボロです」

若い介護士は少しばかり頬を紅《あか》くしてわたしに報告する。

「安田さん、日本語が不得意なので、若い頃から辞書を読んでいたとじゃろうな。偉かね」

偉か。わたしは胸の内でも繰り返した。わたしに認知症が出たとき、身近に置いて心安らかになる書物などあるだろうか。

今日も著変はなかったとの報告を確かめ、わたしは詰所を出る。

デイルームでは、ほとんどの入所者がテーブルについていた。大画面のテレビを見たり、夕刊を広げたり、談笑し合ったりしている。もちろん車椅子の中で、無表情に宙を見つめている入所者もいる。

古新聞に定規を当てて、指でなぞっている元ガラス職人の藤井さんの隣には、阿比《あび》留《る》さんがにこにこ顔で坐っている。わたしの顔を見て、ちょこんと頭を下げた。横についていた遅番の男性介護士が、わたしに知らせる。

「阿比留さんは、今日もクッゾコの目玉をおいしそうに食べました」

「おいしかったでっしょか」

わたしは腰をかがめて阿比留さんに話しかける。「尾頭《おかしら》付きの魚が出るのが少のうてすみまっせん。クッゾコの眼は小さ過ぎたのじゃなかですか」

「小さかったけんど、うまかったばい」

小柄な阿比留さんは笑顔で答える。八十三歳なのに、顔の皺《しわ》が少なく、頬もまだ桜色を保っている。

認知症の程度は中等度で、耳が多少遠いのも加わって、会話は断片的にしかならない。それでも、阿比留さんが元来極めて好人物だという点は、にこにこ顔から読み取れる。

入所してきたのは三年前だったろうか。セメント会社に勤める息子夫婦に連れられて来た。インドのベンガルールに新しく造る工場の支社長に任命され、夫婦で転勤する事態になり、阿比留さんを老健に預ける選択を強いられたのだ。結婚している娘と大学生の息子は関西に住んでいて、とても阿比留さんを任せられない。

阿比留さんとの別れ際、息子の嫁は涙を流した。この姑と嫁は本当に仲が良かったのだなと、わたしは思った。それも阿比留さんの人柄に嫁が感化されたのに違いない。片方が聖人のような人物であれば、相手は悪人にはまずならない。聖人に近づいていく。

「母は目玉が好きなのです」

くれぐれもよろしくと頭を下げた嫁は、最後につけ加えた。

「目玉ですか」

びっくりするわたしに、嫁は亭主の顔を一瞥《いちべつ》してから続けた。

「母は魚の目玉が大好物です。一番好きなとは、酒蒸しした鯛の目玉です」

「鯛ですか」

悲鳴に似た声を上げたのは、横についていた看護師だった。「鯛を食事に出すのは、年に一、二度しかありまっせん。それも連子鯛《れんこだい》ですけん」

「魚料理は、週に二度くらいは出ますすけど、頭はたいてい取っとります」

脇《わき》に控える介護助手の女性も言う。

「目玉なら何でもいいとでしょうか。サンマでもヒラメでも、イワシでも」

「それはもう、何でもよかです」

嫁が頷《うなず》き、阿比留さんの肩に手をかけた。「ねえ、お母さん」

阿比留さんがにこにこ顔で顎《あご》を引いた。

「そんなら、阿比留さんだけは、魚料理のたびに尾頭付きにしまっしょ」

わたしのひと声で、それまで成り行きを見守っていた息子も相好《そうごう》をくずした。

「良かったね、母さん」

「ばってん目玉好きとは、最大の健康法ですばい。目玉の網膜にはドコサヘキサエン酸、つまりDHAが多量に含まれとります。このDHAは、脳の働きを向上させ、アトピーも防ぐし、癌《がん》も抑制しますよ。お母さんが若々しかと、DHAのおかげかもしれまっせん」

わたしはここぞとばかりに知識を披露した。

「母は周防灘《すおうなだ》で生まれましたから、魚好きというより、魚を大切にするとです。ぼくも、魚好きにはなりましたけど、目玉だけは今もって駄目です」

息子は笑いながら頭をかいた。

「漁師村には、近視が少ないと言われとります」

わたしはつけ加え、阿比留さんと目玉の件を、落着させた。

入所当初は途惑いがちになるものなのに、阿比留さんは一週間もたたないうちに、施設の生活に慣れてくれた。

それには、厨房《ちゅうぼう》の主任が阿比留さんのために日々出してくれた、頭付きの魚が大きく寄与したと思われる。

阿比留さんが今夜食べたクッゾコは、有明海産の舌ビラメの一種である。形が靴底に酷似しているので、食事に供されるたび命名の妙に感心させられる。

「クッゾコが出てくるとは、珍しか。よかった、よかった」

わたしは阿比留さんの肩を叩《たた》き、満ち足りた気持で施設を出る。

老健や特養を建てた当初は、経済的に世の中の必要性を感じて、高齢者の預かり場を算段したに過ぎなかった。ところがいざ何十人ものお年寄りと接し出すと、見方が変わった。高齢者にとって、わたしの施設は終《つい》の棲家《すみか》なのだ。この世の最後に生活する場所が、悲惨であっていいはずはない。多かれ少なかれ、世の辛酸をなめてきたお年寄りには、生き抜いた幸せをここで味わって欲しい。

そのためには経済性などどうでもよくなった。多少の赤字になっても、おいしい食べ物を口に入れてもらい、職員となごやかに毎日を過ごしてもらいたい。

赤字分は、医院の収益で何とか補塡《ほてん》できる。

ひょっとしたら、と今頃になってわたしは考える。

孝行しないままで終わった、自分の親不孝の代償行為ではないか。

思い返せば返すほど、間違いなかった。同じ県内の田舎に住む年老いた父母の許に、いったい年に何回帰省したろう。正月と盆以外はほとんどなかった。

唯一《ゆいいつ》の親孝行といえば、わたしが晩年の両親を引き取り、最期まで一緒に暮せたことだろう。父は膵臓癌《すいぞうがん》が見つかった一年後に亡《な》くなり、母も程なく後を追うようにして死んだ。

母は急速に衰えていく父を見て、次第に口数が少なくなった。無理もない。父と母は文字通りのおしどり夫婦だった。その母が父とは再婚で、戦地で死んだ母の先夫は自分の上官だったとは父の口から聞いたことがある。しかしその詳細は終に聞かず仕舞いで、母にも確かめないままだった。

父は山あいの村落にある診療所に定年まで勤め上げた。勤務医とはいえ、全くの町医者だった。ほとんど休日もつくらず、住民の診療を続けた。週一日は往診の日にあて、看護婦を伴って山あいの村々を巡った。

患者が死ぬと、もちろんその通夜《つや》と葬式にも出て、あろうことか、往診の帰りに死んだ患者の家近くを通りかかると、上がらせてもらい仏前に手を合わせた。今、町医者であるわたしはそこまではできない。父にとって、人が死ぬのは当たり前だったろう。何百人、いやそれ以上の死を見てきた父にしてみれば、死は受け容《い》れるしかない対象なのだ。そして死後も、それを弔うのが町医者の務めだと思っていたふしがある。

子供たちが進学して次々と家を離れ、夫婦二人暮らしになってもひたすら診療所を守った。古い言葉でいえば、父の町医者としての橋頭堡《きょうとうほ》だった。

大正十年（一九二一）生まれの父は、医専を出て間もなく兵隊にとられ、軍医として南方で働かされたらしい。敗戦とともに命からがら帰国、母校の内科教室に復帰した。医局にいたときに母と結婚し、故郷近くのS町に町立病院ができると、若くして院長で赴任した。そこで姉とわたしと妹が生まれたのだ。

町立病院は、やがて山奥の住民のために分院をつくり、院長である父が週末ごとに訪れていた。そして定年を迎える何年も前に、院長職を早々と後輩に譲り、自分が分院長となった。町の財政難で町立病院が閉鎖されたあと、父はなんとその分院を譲り受けて診療所にしたのだ。その地を終の場と思い定めていたのに違いない。

とはいえ、高齢になり、そこがいよいよ過疎《かそ》の地になると、わたしが一戸建を購入した際、両親を引き取った。いわゆる二所帯住宅だった。当時市立病院の勤務医だったわたしは開業を決め、隣接する土地を購入して内科医院を開いたのだ。

その開業を父は喜び、週に何回かは診察も引き受けてくれた。高齢の父はやはりお年寄りの患者を診るのを楽しみにしていた。

祖父も町医者だったから、わたしはいわば町医者三代目だった。三代目としての覚悟が老健や特養であり、高齢者の日々の診療であるのは、もう間違いない。若い頃からほとんど家におらず、どことなく近寄りがたかった父は、高齢になっても、わたしの介護を受けつける様子はなく、わたしはわたしで遠慮があった。赤の他人の介護のほうが、よほど気が楽なのだ。現在そんな代償として、お年寄りたちの介護の機会が持てているのをありがたいとも思う。

回診を終えて、診察室に戻る頃には、外来の看護師や事務の職員たちも、帰り仕度を始めている。わたしの机には、今日中に書かねばならない書類が、カルテと一緒に積み上げられていた。

患者を他の病院に紹介する診療情報提供書、病気で勤務先を休んでいる間の収入を補う傷病手当金の書類、高齢者の介護の等級を決める介護申請書など、仕上げるのに優に一時間はかかる。

気は重いものの、引き延ばせば書類はたまっていくばかりだ。さてとボールペンを手にしたところで、事務の方から電話がかかった。警察署からの電話だと言う。

警察からの電話は、決まって碌《ろく》な内容ではない。通院している患者がたまたま交通事故か何かにあい、身元が判《わか》らず、持ち物の中に診察券がはいっていて、照会の電話がかかってくる。二、三年前には、自殺で水死を選んだ中年男性患者があり、そのときも、ポケットにはいっていた診察券を頼りに電話があった。

しかし、今回の警察署は近在の署ではなく、五十キロ近く離れている市にある。いよいよ不吉な気がした。

「先生、誠にすみません。小銭入れの中に診察券があったもんですから」

警官は改めて身分と名を名乗り、住所の照会を依頼してきた。

確かにわたしの患者である。須藤《すどう》ナツさんは、もう八十半ばではなかったか。

「須藤さんが、いったいそこでどうされたとですか」

わたしは最悪の場合も覚悟しながら訊《き》き返した。

「迷い子です。いえ、お年寄りですけん迷い子と言っていいか」

相手は明らかにうろたえている。都会では子供の迷い子はあっても、高齢者の迷い子は少ないのだろう。

「バスターミナルで、高速バスから市内バスに乗り換える際、小銭入れを落としたようです。目的地に行くバスを探しているところに、若い男がぶつかって。何しろ人の多い場所ですので。小銭は、若い母親と女の子が拾ってくれて、行き先を尋ねたらしかです。おばあちゃんは坐り込んで首を振るばかりだったんで、その母子《おやこ》が交番に知らせてくれました」

警官は状況を説明した。

「それで須藤さん、元気にしとるとですか」

「今、お茶を飲んで、ひと息ついてもらっとります」

「怪我《けが》は？」

「ありません」

「ひとりなのでしょう。どうしてそげな所に行ったとですかね。本人は何か言うとりますか」

「友だちに会いに来たとか言っとります。その住所を書いた紙片を途中でなくし、帰り道も判らんごとなったそうです。頭はしっかりされとります」

警官はほっとした口調でつけ加えた。

「須藤さんに代わってもらえますか」

わたしは警官に頼み、電話機の向こうの須藤さんと話し始める。

「野北《のぎた》先生」

須藤さんの元気のない声を耳にして、わたしはすべてを理解した気がした。

「須藤さん、大変だったね。今から息子さんに連絡してもらおう。そこで待っとれば、車で駆けつけてくれる。安心しとってよかよ」

わたしは、代わった警官に須藤さんの住所を教え、息子さんの迎えがくるまで須藤さんを署にとどめておくように頼んだ。

やっぱり、そうだ。わたしは受話器を置いて溜息《ためいき》をつく。

友だちを訪ねるとはいうものの、本当は家を出たかったのではないか。

家を出て、自分の故郷に戻りたかったのではないか。

わたしは職員から出してもらった須藤さんのカルテを広げる。

住所の欄には、わたしにも懐《なつ》かしい住所が書かれていた。わたしが生まれた集落とは十キロも離れていないN村で、あたりの風景も頭に描ける。

診察室の棚に置いてある〈彦山《ひこさん》ガラガラ〉にも手を伸ばす。手に取って振ると、文字どおり、「ガラガラ」と朴訥《ぼくとつ》な音をたてた。

須藤ナツさんが息子に付き添われて初診したのは、ちょうど一年前だった。持参した内科医院の医師からの情報提供書には、持病の高血圧に関する簡単な病歴と、現在の処方内容が記されていた。末尾に、〈転居のため治療継続をお願いします〉とあった。

初診時に血圧を測ると、上が百四十二、下が八十四で、年齢からしても目くじら立てるほどでもない。処方はそのままにして、食生活について少しばかり尋ねた。

N村では、亭主に死なれて以後、十年間ひとり暮らしだったと言う。梅干しを毎日食べていないか、濃い味噌汁《みそしる》を最後まですすっていないか、漬物にも醬油《しょうゆ》をかけ過ぎていないか、海苔《のり》の佃煮《つくだに》を白御飯にたっぷりかけていないか、蟹漬《がんづけ》や塩辛、漬けアミが好きではないか。

確かめると、すべて「そげんです」の答えが返ってきた。

「そんな食習慣を改めれば、薬もいらんようになりますよ」

言ったあとで、わたしは須藤さんが今後、息子の家族の一員になる事実に思い当たった。

「先生、うちでは、今言われたような食事は一切しとりません」

スーツを着込んだ恰幅のよい息子は、脇から言葉を添えた。

「あっちの先生からも、よう注意されとりました」

不意に須藤さんが口を開いた。わたしは日頃、患者のほうから言いだした事柄には、充分時間をとって耳を傾けるようにしている。医師側の質問に対する返答以上に、大切な内容、つまり患者本人の関心事がそこに露呈するからだ。

「そいでも、長年好きだったもんはやめられまっせん。好きなもんを控えるくらいなら、はよ死んでもよかち、思いよりました」

「主治医の先生は、それで何と言ってありましたか」

「何も言わんで、苦笑いしとられました」

須藤さんも皺くちゃの顔を和らげた。

わたしも苦笑する。塩分の多い食事は、これから否応《いやおう》なく改まる。見守るしかない。反面、嫁のつくる食事に須藤さんが慣れてくれるか、心配になった。これも成り行きを見る他ない。

診察の最後に、念のため、長谷川式の認知症テストを看護師に頼んだ。結果は二十八点で、まだまだ認知症には程遠い。

須藤さんは二週に一度、二十分の道のりを歩いて通院した。住宅地から大通りに出れば、わたしの医院までは一本道だ。三ヵ所の信号機を越えなければならない。もちろんバスも通ってはいる。

須藤さんは、バスに乗るのは面倒だと言い、タクシーもよしとはしない。

「時間だけは、持て余しとりますけん」

実際、N村では、家事一切をこなし、畑も作っていた須藤さんだ。往復四十分の歩きなど、苦になるはずがなかった。

「その畑は、どげんなったとですか」

わたしは訊いた。

「どげんもこげんも、そんままですたい。大根は食べ頃、玉ねぎは太りはじめとりました。えんどう豆も採り始めとりました」

須藤さんはひと息つき、遠くを眺める眼つきになった。

「村を出る前の晩、みんなが集まってくれました。二十人くらい来たでっしょか。年寄りばっかしです。元気づけてくれました。あんたのとこの息子は、昔から親孝行じゃけ、心配なか、ち言うもんもおれば、畑仕事がのうなって、足腰が弱らんか、心配してくれるもんもおりました」

聞きながら、わたしは古びた座敷の賑《にぎ》わいを思い浮かべた。須藤さんは、今後の生活の不安などおくびにも出さず、明るく振舞ったに違いない。

「日頃は酒も飲まん辰造《たつぞう》さんが、珍しく酒を飲んで、ひょっとこ踊りばしてくれました」

ひょっとこ踊りは、あの山あいの地域に古くから伝わる民俗芸能で、定形があるわけではない。面をつけ、人それぞれ、勝手におかしい振りをつけ、周囲を笑わせればいいのだ。

一帯には、平安時代から鉄鉱石を採取した山がある。鉱石を砕き、炭を混ぜ、火を加えると、銑鉄が溶け出す。しかし高温にしなければならず、風を必要とする。〈ひょっとこ〉は〈火吹き男〉であって、竹筒に息を大きく吹き込むので、あの面相になったとされていた。

「その恰好が面白うて、みんなゲラゲラ笑いころげました。辰造さんが昔、若い頃に踊ったのは、何人か見たこつがあったらしかです。お面はそのときのもんば使ったとでっしょ」

息子夫婦が迎えに来た翌日、村の年寄りたちが、ぞろぞろ集まった。その中に辰造さんもいて、手を握りあった。抱き合った村人の何人かは、町で暮らしにくくなったら、いつでも帰って来ていいと、言ってくれたらしい。

「何かこう、嫁入りの気持がしました。いったんよその家に嫁いだからには、おいそれと実家には戻れまっせん。村ん人の気持はありがたかけんど、それはできんと思いました」

須藤さんはつけ加えた。

夏が近づくにつれ、ふっくらとしていた須藤さんの顔に、深い皺が目立ち出した。血圧が正常値になるのとは裏腹に、表情から明るさが少なくなった。訊くと、やはり、嫁のつくる食べ物が口に合わないらしい。

わたしは仕方なく、自分用の小梅か塩干、あるいは海苔の佃煮などの小瓶を買って、食卓に添えたらどうかと提案した。少々、血圧が上がっても、食欲が失《う》せるよりはいい。

診察のたび、わたしは須藤さんに古里の話を尋ねた。田舎の思い出を口にすると、暗い表情に明るさが戻ってくるのが分かった。

「うちの人は、彦山ガラガラを作っとったとです」

須藤さんが言ったのは、そんな対話のなかでだ。

「彦山ガラガラですか」

わたしの胸に、長く忘れていた言葉が不意によみがえった。

豊前《ぶぜん》と筑前《ちくぜん》の間に位置する彦山は、今では英彦山《ひこさん》と書く。しかしその地域で古くから作られる土鈴《どれい》は、今でも彦山ガラガラと表記される。

振ると、文字通り、〈ガラガラ〉と無骨な音をたてる。口先だけは達者な軽率者、不誠実な人間を、「あいつは彦山ガラガラ口ばかり」と形容するくらい、賑やかである。英彦山は修験道《しゅげんどう》の山であり、魔除《まよ》けとしての彦山ガラガラが、修験者の手によって各地で売られていたのだろう。

「うちの亭主は炭鉱で働いとったとですが、嫁いでから五年目に、坑内事故で右足を失ったとです。それで、彦山ガラガラ作りをなりわいにしました。あたしもそれば手伝いました」

須藤さんが言う。

「そうすると須藤さんの家は、吉木ダムの近くにありますか」

わたしは思わず訊き返していた。

幼い頃、往診する父親について、あのあたりに行った日をわたしは思い出した。父親と一緒に出かけるなど、年に一、二回しかなかったので、記憶は鮮明だった。

父親が運転するバイクの後ろに乗り、狭い谷を渓流に沿って山深く分け入った。全山満目《まんもく》、緑一色だった。

橋を渡り、支流の小さな流れづたいになおも登ると、小さな窯《かま》が二つ見えた。「彦山ガラガラを焼く窯たい」と、父親が教えてくれた。

窯の横には、雑木の薪《まき》がうずたかく積み上げられている。苔《こけ》むした石があちこちに点在していた。

藁葺《わらぶ》きの家が一軒だけあり、庭先に蓆《むしろ》が敷かれている。老婆《ろうば》が坐り、土だんごのようなものをこねていた。

父親の姿を見て老婆は立ち上がり、家の中に迎え入れた。診察が終わるまで、わたしは縁側に坐り蓆の上に並べられた土だんごを眺めた。老婆が手もみしていたのが、土鈴用の玉だったのだ。

庭の向こうに池があり、近寄ると、餌《えさ》を貰《もら》えるとでも思ったのか、小さな鯉《こい》が集まってきた。折からの緑に輝く陽を浴びて、鯉の背が眩《まぶ》しいくらいに光った。

診察を終えた父親の後ろから出て来た老婆は、彦山ガラガラを手にしていた。肌色の土鈴は赤と青で一部が彩色され、中に小さな玉がはいっているのが割れ目から見える。鈴の背のつまみに穴があき、藁が取りつけられている。土鈴五個が一束になって、根元が結ばれていた。

振ると、微妙に違う音が一斉に鳴るので、かまびすしい。ガラガラというのは、言い得て妙だった。

「先生、つれあいがガラガラの作り方ば習いに行ったとがその家です」

わたしの話を聞いて、須藤さんは目を輝かせた。

「そげなこつですか。そんなら、まだあの家のだんなさんが元気だった頃ですね」

「つれあいが習ったのは、だんなさんからですけん、そげんでっしょ」

「どげんなりましたか、あの土鈴製造所は」

「だんなさんが亡くなられてから、奥さんがひとりで続けておらっしゃったはずです。段々畑も持ってあったんで、会社員をしとった息子さん夫婦が戻って来て、家業ば継がれました。今もガラガラば作ってあります。もう次の代でっしょが」

「須藤さんは、いつまで作っていたとですか」

「つれあいが死んで、三年ばかりは作っとりましたか。周りからも、やめんでくれと言われたもんで」

須藤さんは、少し顔をくもらせた。「そいでも、庭先で土ばこねていると、死んだつれあいを思い出すとです。いつも並んで仕事をしとったけんで、まだそこにいるような気がしてなりまっせん。声ばかけようとすると、実際はおらんですもんな。つらいのは我慢して続けましたが、八十になったのを機にやめました。そんときが、ガラ作りの家は三軒しか残っとりませんでした。ですけん、今は、二軒しかないとではなかですか」

次の受診日、須藤さんは手土産に彦山ガラガラを持って来てくれた。わたしが幼い頃に見た小さな土鈴の寄せ合わせではない。テニスボール大の大きな鈴だ。振ると、低く力強い音がする。

「うちでは、大中小の鈴ば作っとって、これは大のほうです。こっちに呼び寄せられるとき、一個ずつ持って来たとです」

「思い出の品ではなかですか」

「よかです。今の家には飾ってもらえんですけん」

わたしは再度、ガラガラを振ってみた。

「よか音ですね。この音を聞けば、鬼も退散するでっしょ」

須藤さんは目を細め、わたしの振る鈴の音を懐かしげに聴いた。

「こげな句もあります。〈みどり谷　彦山ガラガラ　ひとり占め〉」

一句がすんなり須藤さんの口から漏れたので、わたしは腰を浮かした。

「誰の句ですか、それは」

「下手でっしょ。あたしの句です」

須藤さんは、先生に名指しされた生徒のように、ほんのり頬を染めた。

わたしはもう一度、言ってもらい、自分の口で復唱する。

みどり谷　彦山ガラガラ　ひとり占め

「春の句ですね。ガラガラの音が、谷間に響くのが伝わってきます。須藤さんは、俳句をされるとですか」

「下手の横好きですばい。こげなともあります」

初鳴きに　彦山ガラガラ　唱和して

「なるほど、なるほど。鶯《うぐいす》の初鳴きと彦山ガラガラは、違っとるようで、似とります」

わたしは妙に納得する。

「ホーホケッキョと鳴く時期とは、えらい違いです。初めの頃の鶯はゲッゲッとかグッグッとか汚か声でっしょ。ガラガラとはよか勝負です」

「須藤さん、いい趣味を持っとりますよ」

「彦山の麓《ふもと》は俳句が盛んで、いくつも会があるとです。ほら、あの杉田久女《ひさじょ》の影響でっしょ」

「ありましたね、久女の有名な句」

期せずして須藤さんとわたしは同時に口を開く。

谺《こだま》して　山ほととぎす　ほしいまま

「実を言うと、さっきのあたしの句は久女の真似《まね》です」

須藤さんはニッと笑う。「久女は山ほととぎす。こっちは彦山ガラガラです」

「確かに、そげんです。春の山に立つと、ガラガラの音は遠くまで響くとでっしょね」

わたしも笑い、貰ったばかりのガラガラを振ってみる。診察室いっぱいに音が響き、看護師が顔を出した。

「何でもなか。振ってみただけ」

看護師にわたしは彦山ガラガラを見せ、もう一度、音を聞かせた。

「普通の鈴とは違いますね」看護師が言う。

「違う違う。土の匂《にお》いのする鈴」

それ以来、来院のたび、須藤さんは自分の作った俳句をわたしに披露した。

　裏山で　蕨《わらび》採りてや　朝の汁
　山里や　ひらりひらりと　桜散る

蕨や桜の季節はとうに過ぎていたものの、わたしはそこに須藤さんの元の生活を見る思いがした。

　彦山の　久女の句碑に　トンボ舞う

自分の句をどこかに書き留めているのか、それとも頭のなかにしまってあるのか、須藤さんはすらすらと口にした。わたしは繰り返してもらいながら、診療録に横書きで記した。

来院の都度須藤さんが教えてくれる自信作は、古里で詠《よ》まれた過去の句ばかりだった。

「こちらではもう俳句はやらんとですか」

わたしの問いに、須藤さんは無言で首を横に振った。

夏が過ぎ冬になり、暮にさしかかる頃、須藤さんは痩《や》せが目立ってきた。目にも心なしか光が薄らぎ、背も丸くなった。

須藤さんの家は五人暮らしだ。嫁は専業主婦なので、一日中家にいる。孫娘が二人いて、長女のほうはオーストラリアの短大を卒業して帰ったばかりらしい。次女は高校三年だ。須藤さんがひと部屋あてがわれているので、ひと部屋を孫娘二人で使い、次女は縁側に机を置いて勉強しているという。

「昼間、嫁はあたしと口をきかんのです」

須藤さんはぽつりと漏らした。

「昼ごはんは一緒に食べるとでっしょ?」

「一緒に食べます。けんど、向こうからは何も話しません。あたしが気をつかって何か言うと、眉間《みけん》に皺を寄せるだけです。黙ったままで、返事もありまっせん。食事がすむと、ごちそうさんと言って、あたしは自分の部屋に引っ込みます。嫁は嫁で二階に上がるとです」

そんな食卓では、食がすすむはずはない。

息子さんが同席する朝飯と夕飯では、息子が心配して声を掛けてくれるという。

「孫娘はどうですか」

「留学して帰ってきた上の娘は、仕事探しがうまくいかんのか、あたしには声も掛けてくれません。あたしを見ないようにしとります」

「それだったら、町の中を少し散歩したらどげんでしょう。駅の近くにはモールもあるし、商店街もあります」

「年寄りがあげな所を歩いとっても、場違いですけん」

須藤さんはかぶりを振った。

「ソフトクリームを食べたり、大福餅《もち》を買ったりできますよ。血圧には関係しません。糖尿病はなかですし」

わたしの提案はやんわりと退けられた。

「自由になるお金はなかです。ここに来るときも、通院費だけ、嫁がテーブルの上に置いとります」

須藤さんは眼を伏せて、ぼそぼそと言った。

「年金があるでっしょ。田舎を出るとき、貯金もあったとではなかですか」

傷つけないようにわたしは聞き返す。

「通帳は全部取り上げられました。もともと年金は少なかですし、食い扶持《ぶち》も入れにゃいかんので、そげんしたとです」

わたしは黙るしかなかった。須藤さんは大きな息をし、胸の内を吐き出すようにして言葉をついだ。

「こん前、下の孫から『ばあちゃんは、いつ死ぬの』と訊かれました」

えっとわたしは驚く。

「あたしが死ぬと、ひと部屋あくので、待っとるとでしょう。死ぬために、毎日生きとるのは切なかです」

わたしは二の句が継げない。須藤さんは立ち上がり、「今日は、愚痴ばかり言ってすみまっせん。どうか忘れて下さい」

主治医を気遣って頭を下げ、須藤さんは診察室を出て行ったのだ。

須藤さんが落とした小銭入れには、診察費と薬代のおつりが貯《た》められていたのかもしれない。

バスターミナルの雑踏の中で、いくつもあるバスの行き先を眺めやる須藤さんの姿が眼に浮かぶ。

目的の漢字は見つからない。誰かに訊こうとしても、みんな忙しそうだ。小銭入れだけはしっかりと握りしめ、右往左往したに違いない。どうしたものかと、心細くなりかけて立ち止まった拍子に、若者がどんとぶつかる。

地面に散らばった硬貨をどうやって拾えばいいのか。かがめば、また人の足にぶつかる。

須藤さんは柱際にしゃがみ込む。情けなくなり涙が出てくる。田舎でも、息子一家のところでも泣かなかった須藤さんの目に、初めて涙が溢《あふ》れる。変に思われたらいけないので、嗚咽《おえつ》を押しころして泣く。

「おばあちゃん」

子供の声に目を開けると、女の子が手を差し出していた。小さな手のひらには、拾い集めた小銭がのっている。

女の子の母親が、どこに行くのか問うてくれるものの、行き先さえも忘れていた。若い母親に促されて、交番まで歩きながら、須藤さんが思い描いたのは、息子夫婦の顔だったろう。

嫁はより一層眉《まゆ》を吊《つ》り上げて須藤さんを睨《にら》みつけ、息子もこれまでの態度を一変させて、説教を始めるに違いない。もうあの家にはいられない。かといって、田舎に果たして帰れるのか。どちらの可能性もなさそうに思われた。

次回、須藤さんは、おそらく初診同様、息子に付き添われて来るに違いない。

そのとき、わたしは老健入所を勧めてみるつもりだ。

老健の入所者で俳句の会をつくってもいい。職員もそこに加わり、須藤さんに指導してもらう。

実を言えば、わたしも下手の横好きで、句はひねっている。医師会の句歌誌に寄稿はしているものの無手勝流の俳句だ。須藤さんのまわりに集う句会に参加してもいい。英語に堪能《たんのう》な安田さんも案外、句会に興味を示すかもしれない。外国で今流行《はや》っているように、英語のＨＡＩＫＵをつくってくれる可能性もある。

そうなると、月に一回くらい、手づくりの句誌を出すのも夢ではない。どんな句でも歓迎だ。季語などない、つぶやきのような句でも構わない。

わたしの夢はふくらんでいく。

老健と特養では、年に四回、マイクロバスでの日帰りツアーをする。車椅子の入所者は、職員の乗用車数台に乗せられて、バスの後をついて行く。

夏になる前、山の緑が濃くなる頃、ハイキングの目的地をN村にする。

突然訪れた須藤さんに村人が驚き、三々五々集まって来るに違いない。須藤さんがかつて住んでいて、今は空家になっている家の前に車を停めてもいい。庭にシートを敷いて、昼食をとるのも一興だ。期せずして、集まった村人たちとの交歓会に早変わりするかもしれない。庭には案外、遅咲きのつつじが満開かもしれない。

帰りがけには、彦山ガラガラの製造所を訪れよう。まだあの山あいに土鈴を作っている家があれば、わたしにとっては五十年ぶりの再訪になる。

鯉が飼われていた池はまだ残っているだろうか。庭先にある段々畑は、今もまだ耕作されているだろうか。

入所者にも、付き添いの職員にも、ひとり一個ずつ、彦山ガラガラを買ってプレゼントしてやろう。わたしだけはいらない。須藤さんの手になる大きな土鈴が目の前にある。

間もなく彼岸がくる。ハイキングに出かける前、亡父母の墓に詣《もう》でてみよう。ふとそんな気になる。この二年ばかり、忙しさにかまけて菩提寺《ぼだいじ》の墓にも行っていなかった。

家内を連れ、バスハイキングの下見も兼ねて、英彦山の麓をうろつく自分の姿を思い浮かべる。

わたしは机の上の彦山ガラガラを手に取り、思い切り鳴らす。

「先生、何でしょうか」

恐れたとおり、看護師が顔を出した。

「何でもなか。鳴らしただけ」

答えると、若い看護師は不平も言わず、半分笑い、半分あきれた顔を引っ込めた。

父の石　一九三六年

虫医者と人から言われ、自分でもそう自任していた父の野北保造《やすぞう》が医師になったのは、明治の終わりである。

その頃の医学界は複雑で、医師になるには六通りの方法があったらしい。父が卒業したのは九州帝国大学医科大学で、同様な大学が東京と京都、仙台にあり、まずこれが第一の大学出身の医師だった。第二は、長崎・岡山・金沢・新潟・千葉の五官立医学専門学校出身者である。父の時代は入学は九月だったのが、大正六年からは四月に変更されたという。

医師の出自の第三が、大阪・京都・名古屋の三府県立医学専門学校の卒業生であり、第四が東京にある二つの私立医専、日本医専と東京慈恵会医院医専、さらに私立の熊本医専の卒業生だ。

そして第五が、以上の医学校の卒業生ではなく、医師の国家検定試験に合格した検定医だった。後年この制度は廃止されるものの、難関を突破するべく、代診をしながら勉強している受験者がいたらしい。父が二十六歳で公立病院に副院長として赴任したとき、堂々たる髭《ひげ》を生やした代診先生に遭遇したという。

さらに六番目の限地開業医がいた。山間《やまあい》の五、六十軒足らずの地域に限って、医療を許されていた人たちだ。

しかし実際は、それだけにとどまらず、七番目の例外があったと、父は少しばかり皮肉な顔をした。これは東京や大阪など大都市に三人か四人いて、〈ドクトル・メディチーネ〉という称号を、看板や新聞広告に入れていた。父が見たその証書は、一メートル角の立派な免状だった。この免状は、ベルリン大学医学部など、ドイツの有名大学に入学して、六ヵ月間学び、一定の金額を納入すると授与された。もちろん、当人はもともと日本で医師の免許をとっているので、いわゆる箔《はく》づけのための称号ではある。夫婦で留学していれば、その奥方も、〈フラウ・ドクトル〉というやはり一メートル角の免状を貰《もら》ったそうだが、さすがに父はそれは実見していなかった。

はじめは大学病院、ついで公立病院に出て副院長となった父は、三十五歳のとき、郷里のN市で野北医院を開業した。N市は炭坑町といってよく、周辺に、三井系や三菱《びし》系、貝島系などの炭坑が、十数社あった。あちこちにボタ山がそびえ、大きな炭《たん》住《じゅう》には人がひしめきあっていたのを、私も覚えている。

開業してすぐ、遠縁で十五歳年下の女性を嫁に迎えた。それが私の母で、私は父の三十六歳、母の二十一歳のときの子である。大変な難産だったらしく、下手をすれば母子ともに死の転帰をとる危険もあった。それに懲《こ》りてか、父母はその後、子供をもうけようとはしなかった。

私がもの心ついた頃、父は毎日のように人力車で往診に出かけていた。入院患者は常時、十五、六名いて、看護婦が三、四名、家政婦がひとりいた。入院患者の食事を作るのは、母と家政婦で、患者の病衣の洗濯、病室の掃除などもしなければならず、父に劣らず、母も朝から晩までてんてこ舞いだった。

開業して程なく、父は虫医者として有名になった。当時は、腸管内寄生虫、中でも蛔虫《かいちゅう》が異常に多かった。蛔虫には虫下しの薬があり、通常は海人草《マクリ》やサントニンが用いられていた。父はそれらの薬にはあきたらず、自分で乳鉢を使って特別の薬を作っていた。私が小学生になる頃、乳鉢で細かく砕く作業を手伝わされた。父はそれがチモールという薬品だと教えてくれた。これをオブラートに三グラム包み、患者に飲ませる。子供の場合は半分の量だ。服用後十時間経過したとき、今度はひまし油を飲ませると、蛔虫が尻《しり》からどんどん排出される。

父のやり方は厳密だった。単に虫が出たか否《いな》かを訊《き》くのではなく、排出した虫体が何匹だったかを正確に数えさせた。「たくさん出ました」では父が納得しないので、往診先でも患者は「ハイ、五十四出ました」とか「二十七匹でした」と正確に答えなければならない。あるときなど、虫体が一匹ずつきれいに並べられた菓子箱を、父は往診先から持ち帰って、母を辟易《へきえき》させた。今でも私は、菓子箱を開けるたび、そのときのわずかにピンクがかった白い虫体の群を思い出す。

身体《からだ》が衰弱した患者は、大事をとって入院させて虫下しを飲ませる。出て来る虫体の数を数えるのは、住み込みの看護婦の役目だった。母は血のついた繃帯《ほうたい》などの洗濯はしても、虫体数えは決して手伝おうとしなかった。

ひとりで百匹以上の排出はざらにあり、中には三百匹を超す例もあった。

単に蛔虫の排出の有無を尋ねるのではなく、何匹出たかを報告させる父のやり方は、宣伝効果が大きかった。口から口へと、父の名が広まり、県外からも患者たちがやって来るようになった。往診も遠方まで行くようになった。

県境の山奥の村に呼ばれて行った先の患者は、まだ小学校に上がる前の男の子で、骨と皮だけに痩《や》せ、腹だけが異様に膨れていた。父は往診先ではたいした検査もできないと判断し、患児を数日の予定で入院させた。

種々の検査でまず判明したのが、検便に見られたおびただしい数の蛔虫卵だった。患児は意識もうろうとして元気がない。とはいえ、他に何か重篤《じゅうとく》な脳症があるようにも見えない。

とりあえず父は駆虫剤を処方した。すると第一回目に二百七十一匹の蛔虫が出た。その効果か、子供の意識が急に回復し始めた。父はさらに入院を三週間に延ばして、駆虫を続けた。

排便があるたびに看護婦が虫体の数を集計し、三週後の退院の日までに、合計七百九十六匹に達した。

子供が、入院の際とはうって変わって元気になったのはもちろんで、天気の良い日には庭に出て来て、私とビー玉遊びに興じるまでになった。

退院の日、迎えに来た両親や親戚《しんせき》の人たちの喜びようは大きく、持参した風呂敷《ふろしき》包みの中には、大根や人参《にんじん》、白菜、葱《ねぎ》、玉葱がはち切れんばかりにはいっていた。

父は両親に、家に戻ってからも駆虫剤を投与するように言って薬を渡した。もちろん、蛔虫の排出があれば手紙で報告するように念をおした。

後日、また米や平柿と一緒に届いた礼状には、虫が無事出たとは書いてあったものの、肝腎《かんじん》の数の記載がなかった。それを父はひどく口惜《くや》しがった。というのも、父が調べた欧米の文献では、死んだ患者の解剖例で、腸や胆嚢《たんのう》などに、合計千三百三十二匹の虫体が見つかったのが最多だったからだ。どうしても諦《あきら》めきれない父は、患児の家に手紙を出し、数えてはいないにしても、おおよそ何匹くらいが出たかを問いただした。

返事には、二百匹あまりという数字が書かれていた。父は「合計千匹前後か。世界記録とまではいかんが、小児の例では、たぶん世界一かもしれん」と、その後ずっと自慢の種にした。

排出させた蛔虫の数が世界で一、二位を争うという噂《うわさ》は、さらに広まって、医院の前には、まだ夜の明けやらぬうちから患者が集まり出した。

「門前市をなす、というのもまんざら嘘《うそ》じゃなかですね」

母も忙しさを楽しんでいる様子が、子供心にもうかがえて私は嬉《うれ》しかった。この頃が私の子供時代の黄金期だった。

「T町のほうで、先生のところの〈野北の虫下し〉が売られとりますが、あれは本物でっしょか」

こんな質問を患者の家族がするようになったのも、その頃だ。父の作る薬が医院外で売られるはずはないので、母も看護婦も即座に否定した。

「ニセものの薬が出回るようになったのは、名誉なこつ」

父はそううそぶいて、ニセ薬の発売元にも我関せずだった。

小児科医院でもないのに、三歳くらいの女の子が入院したときもある。やはり、骨と皮に痩せ、腹だけが膨れ上がっていた。その腹の突端のへそが腐れていて、父はそこから四匹の蛔虫を引き出した。

「腹に水も溜《た》まっとるし、長くはないかもしれん」

夕食の席で、父は母に暗い表情で告げた。

私は、女の子に付き添って病室に寝泊まりしている若い母親を思い浮かべて、胸が詰まった。

「何とかならんでっしょか」

母が父に訊く。

「虫が全部出てしまうまで、女の子の体力がもつかどうかで決まる。体力勝負じゃろ」

父の言葉が効《き》いて、母は泊まり込みの女児の母親と一緒に、牛乳で作った粥《かゆ》や、肉のスープや卵のスープを三度三度こしらえた。

女の子が元気になり出したのは十日ばかりしてからで、父によれば、腹水がなくなり、へその傷も塞《ふさ》がったらしかった。

入院二十日目になると、女の子は母親と一緒に中庭に出てきて遊び、「お兄ちゃん」と言って、私にも手まり遊びをせがんだ。

ひと月して女の子は元気に退院して行った。迎えに来た父親と祖父母が大根や人参を山ほど持参したので、それ以降十日ばかり、人参と大根料理を嫌というほど食べさせられた。

父の虫下しの薬を乳鉢で擂《す》るのは、相変わらず私の役目だった。材料は干した海人草と、サントニンとチモールという薬品で、父はその配合割合を厳密に量った。私のほうは根気よくそれらを乳鉢で砕き、混ぜ合わせればよかった。

出来上がった薬は、母がカプセルに小さな匙《さじ》で入れ込むか、目分量でオブラートに包んだ。後には、私も目分量でオブラートに包めるようになった。

カプセルにするかオブラートにするかは、父は患者の好みに合わせていた。しかし、概して、外来患者にはカプセル、入院患者にはオブラートで服用させていたような気がする。この虫下しを服用して十時間後に、ひまし油を飲ませて猛烈な下痢を起こさせると、死んだ蛔虫がぞろぞろ排出されるのだ。

ある日曜日、どう思ったか、父が人力車で往診に行く際、私を誘った。玄関先につけられた人力車は、通常よりは幅広く、大人が二人乗ってちょうどよいくらいだった。私は生まれて初めて人力車に乗った。思ったよりも高い所に坐《すわ》れて、町の眺めがすっかり変わるのに驚いた。大して揺れもしない。学生帽をかぶり、襟巻きをしているので、風も冷たく感じない。私は、八百屋や魚屋の店先を上から眺め、普段は見えないよその家の庭を、塀越しに覗《のぞ》いた。

道はやがて田舎道になり、一面稲の刈り取られた田んぼが左右に広がった。藁小積《わらこづ》みの向こうで、子供たちが凧《たこ》上《あ》げをしていた。凧は高い空に上がり、長い尾を垂らして悠然と舞っていた。

稲田を過ぎると、小高い山の麓《ふもと》にある村落にはいった。ゆるい坂道を人力車は緩慢に進んだ。途中、小さな運動場のある小学校が見えた。分校に違いなく、平屋の校舎には、教室が四つか五つしかなかった。二階建で広い運動場のある私の小学校と比べると、十分の一くらいの規模だ。

人力車は、車夫が何回か道を尋ねたあと、小学校の上方、高台にある農家にようやく行き着いた。

車夫が額の汗をぬぐうそばで、私は登って来た道がどこだったのか、眼で辿《たど》った。曲がりくねった道を、人力車は優に一時間半近く小走りしていたのだ。いくつかの美しいボタ山も遠望できた。

「はい、ご苦労さん。喉《のど》が渇いたでっしょ」

もんぺ姿のおかみさんが出てきて、白い物ののったお皿を縁側に置いた。手に取ってみて、輪切りの大根だと初めて分かった。車夫がかぶりつくのを見て、私もならう。

大根の冷たい水分が、口いっぱいに広がる。井戸水ともまた違う、ほんのり甘い水だ。車夫が三切れ、私は二切れ口に入れた。たった二切れなのに、コップ二杯の井戸水を飲んだくらいに、喉の渇きはおさまっていた。

往診の目的は、そこの主人の頑固な便秘らしかった。何でも十日も排便がなく、うんうん唸《うな》っているだけらしい。しかし父の診察は、ものの三十分くらいで終わったろうか。便の排出にかけては、虫医者だけあって、処方はお手のものだったのだろう。

外に出て来た父は、庭先に並べられた岩石に気がついた。

「この石は売り物じゃろか」

父がおかみさんに訊く。

「売るつもりで、お義父《とう》さんが集めとられますが、売れたとはひとつかふたつです」

父は二十個近くある石のひとつひとつを手で撫《な》でたり、腰をかがめて点検する。

それぞれ形の違う石は、テーブルのような物もあれば、ラクダの背中に似た物もある。

「これば売ってくれんね」

どことなく犬の頭の形をした石を父が指さす。

「売るなんて、滅相もなかです。先生はこれが気に入られたとですか。あとで、うちの主人に運ばせますけんで、待っといて下さい」

譲ってもらえると聞いて、父は子供のように喜んだ。

四、五日して、学校から帰ると、その石が玄関先に届いていた。何でも昼過ぎに、例の家の息子が、ひとりで荷車をひいてやって来たらしかった。父親には無事に大量の排便があったという。さらに荷車には、犬の頭の形をした石の他に、大根や蕪《かぶ》、白菜、キャベツなどが山と積まれていたらしい。

「犬の石ばどこにおくとね」

何気なく母に訊いて、注意された。

「犬じゃなか。お父さんは獅子《しし》の岩と言われとるけ、宏一《こういち》もそのつもりでおらんと。明日、大きな水盤を買いに行かっしゃるげな」

母が言ったとおり、深さは一尺、長径が四、五尺ある楕円形《だえんけい》の水盤が、二、三日して届いた。底には砂が敷かれてあり、父はそれをまず医院の玄関の靴箱の上に置き、獅子岩も据えつける。そして、どこからか小さな鮒《ふな》を二匹買って来て、入れた。

これ以後、日曜日ごとに、水盤の水の入れ替え役が、私にまわってきた。全部の水を入れ替えるのではなく、細いチューブで水をバケツに半分だけ吸い出し、井戸水を半分加える。二匹の鮒は、水が少なくなるのを心細げに眺めて動かず、新しい水を注ぐと嬉しそうに動き出した。

ホースの先を水につけ、水を吸い出してから、床に置いたバケツに入れると、水はひとりでに流れ出す。それがサイホンの原理だとは、父から教えてもらった。

犬ならぬ獅子の頭の形をした岩は、底に凹《くぼ》みがあり、小鮒はよくその凹みを隠れ家にしていた。水を替えたあと、凹みに眼を近づけると、いかにも大きな洞窟《どうくつ》に見えた。電灯の光が壁に反射して、まるで向こう側に夕陽が沈んでいる錯覚にもかられる。そんなときの石は、海岸の大岩であり、小鮒は、洞窟の主《ぬし》にも見えた。あるとき、覗き込んだ私の眼と小鮒の眼がかち合い、むこうもこっちもどきりとした。鮒の目玉が金色に縁どられているのも、そのとき初めて知った。

私が小学校を出て中学校にはいった頃も、父の忙しさは続いた。日曜日すら往診に出かけ、家にいない日が多かった。

私は水盤の水を入れ替えたあと、石をじっくり眺めた。その頃、水盤は待合室に置かれた。患者にも見せびらかしたかったのだ。休診の札を出した朝の待合室はがらんとしていて、私の天下だった。獅子岩には薄い苔《こけ》が生え、島の貫禄《かんろく》が出てきた。そうなると、犬の頭ではなく、確かに獅子の頭だ。底の凹みの周囲にも苔が付着し、側面に刻まれた小さな筋の一本一本に、滝が流れ落ちているような気さえした。

私が中学三年を終わろうとするある冬の日、父は往診先から腹を押さえ、呻《うめ》きながら戻ってきた。人力車を帰らせ、診察室にはいるなり、吐血した。

慌《あわ》てて母が持って来た新聞紙の上に、父の吐く赤黒い血液が、みるみる濃く拡《ひろ》がっていくのを、私は何か不吉なものを見る気持で眺めた。

これを境にして、自分の環境が一変するのではないかという懸念《けねん》が、いくら打ち消そうとしても、次々と襲ってくる。母は看護婦を呼び、市立病院に走らせた。父の後輩の医師がそこで働き、父の医院にも時々助《すけ》っ人《と》として来てくれていたのだ。

息せき切って駆けつけた医師は、父を診察したあと、蒼《あお》ざめた表情で、一刻も早い入院を勧めた。

また人力車が二台呼ばれ、一方には父と医師が乗り、もう一台に母と私が乗った。母は私の手を握りしめ、「大丈夫よ、大丈夫」と繰り返し言った。

小雪が顔にかかるなかで、私は母から手を強く握られるたび、事態はますます悪い方に傾いているような気がした。

人力車が前後して市立病院に着いたとき、父の身体を抱きおろす後輩の医師の白衣が、父の新たな吐血で赤くなった。

父は目を閉じ、青白い顔をしている。すぐに担架が運ばれ、父の身体が横たわった。母が父にとりすがっているのを、私は涙をこらえながら眺めた。

病気は胃潰瘍《いかいよう》と告げられた。その夜、父はまた吐血を何回かし、昏睡《こんすい》状態になった。母はそのまま病室に残り、私は人力車でひとり家に帰らされた。終始身体が震えていたのは、寒さのせいばかりではなかった。これしきのことで父が死ぬはずはないと思う気持と、あれだけ血を吐いた人間が生きられるはずはないという思いが、幾度も幾度も交叉《こうさ》する。

父の医院の病室にいる患者の食事は、家政婦のおばさんと、住み込みの看護婦が力を合わせて用意していた。

私は炬燵《こたつ》にはいり、窓の外に降る雪をぼんやり眺めた。母の手の加わらない食事が、炬燵の上に置かれていた。残したらいけないと思い、箸《はし》をつけた。半分も食べないうちに、涙が溢《あふ》れ出てきた。

父無きあとの侘《わび》しさと自分の無力さが、胸に迫ってくる。食事をすませて窓辺に立つと、雪の中で椿《つばき》が赤い花を二つ三つつけていた。

父が亡《な》くなれば、もうこの医院は閉める他ない。父の弟である叔父が、十数年来事務を取り仕切ってはいるものの、医師ではないので、医院は継げない。

そうなると、母と私は何で食べていけばよいのか。母は料理がうまいので、どこかの寮に住み込めば、生活はしていけよう。しかし、私を中学にやり続けるだけの余裕はないかもしれない。

「宏一はひとり息子じゃけん、わしの跡を継いで医者にならんといかん」

あまり面と向かって話をしたことのない父が、珍しく一緒に風呂にはいったときに言ったのを覚えている。

しかし中学を途中でやめれば医師にはなれない。そんな私に何ができるだろうか。どこかの会社に雇ってもらい、使い走りの小僧の仕事くらいが、私の能力の範囲に違いなかった。

その夜、私は頭が冴《さ》えて眠れなかった。

窓の外では雪が舞っていた。母はとうとう帰って来なかった。

翌日、学校に父の病状を知らせ、欠席する旨《むね》を伝えた。市立病院までは歩いて四、五十分はかかる。家を出ようとしたとき人力車が来た。病院からの知らせで迎えに来たのだと言う。

寒い朝だった。学生服の上からマントをかぶり、帽子のひさしを目深にした。雪が薄く積もった道を、人力車は軽々と走った。時々粉雪が首筋にはいり込み、肌を刺した。

「父が死にかかっている」

私は何度も胸の内で言い、覚悟を新たにした。これが夢であればどんなによかろうと思った。

雪が一尺ほど積もった二日後の午前十時過ぎ、父はまた腹痛を訴え、顔面蒼白《そうはく》になった。主治医が病室にはいり、父の脈をとった。父は冷汗を流しながら、見えない瞳《ひとみ》を見開き、母と私を手招きした。

「もうよか。みんな、お世話になった」

一語一語言い終わると、呼吸をとめた。私は泣く母と、息をしない父の顔を、呆然《ぼうぜん》と見つめるだけだった。これから先のことのみが、頭を占めていた。

その夜、家で通夜《つや》が営まれた。入院中の患者と、知らせを聞いた外来患者や元患者たちがひきもきらず訪れた。

「こげな年寄りが先生のおかげで生き残り、先生はこれからというときに、亡くなられた。口惜《くや》しかでっしょね」

老患者は、父の遺体の前でさめざめと泣いた。

「ほんに、日曜もなかごつして、あちこち往診されておられたもんな。自分の身ば削らっしゃったとです。せがれは、そのおかげで助けてもらいましたばってん」

小学生の男の子と一緒に来た父親が、母に頭を下げ、涙を流した。

私はその男の子が羨《うらや》ましかった。もう私には父親はいない。この先、母と二人で生きていかねばならない。しかも私は、まだ世の中を知らぬ中学生だった。

本葬の行われた近くの寺は、梅の名所でも名が知られていた。土塀の前の梅には、紅梅と白梅が何輪かずつを咲かせ、白い塀には寒々とした樹影が映っていた。

早咲きの椿も白い花をつけ、樹木の下には、咲き終わった花が散っている。それがどこか父の亡骸《なきがら》を見ているようで、私は眼をそむけた。

僧侶《そうりょ》たちの読経《どきょう》に合わせて、親戚《しんせき》や友人、医療関係者や近所の人たちが、焼香をした。母と私は椅子《いす》に坐り、何度も何度も頭をさげる。中には、悔やみの声をかけてくれる人たちもいて、母も言葉少なに答えた。私の耳にそれらの言葉は届かず、これからの心細さをかみ殺すのがやっとだった。

式が終わると、集まった人々と一緒に野辺送りに出発した。父の棺《ひつぎ》は男六人で担《かつ》がれ、母と私は、寒々しい野辺の道を一歩一歩踏みしめて後に従った。

葬列の先頭には、あたかも万事を仕切るようにして、叔父が歩いている。

医院の会計や事務のすべてを任されていた叔父を、私はなぜか好きになれなかった。大きな薬屋に勤めていたこの叔父を、父は開院当初から事務長にすえた。薬にも強く、会計にも明るいという理由からだった。

叔父は、陽気で人なつっこい父とは反対の性格で、無口で愛想が悪かった。いきおい叔父が連れて来た受付にいる事務の二人の女性も、あまりしゃべらない。私は看護婦からはよく話しかけられ、冗談も言いあった。しかし、どことなく暗い雰囲気の事務室には、足を踏み入れた覚えがなかった。

でっぷり肥《ふと》っていた父に対して、叔父は痩せて、頬骨も出、おまけに眼鏡をかけている。父とは正真正銘の兄弟のはずなのに、これほど似ていないのも珍しかった。

とはいえ、葬式が終わったあと、入院患者をすべて他の病院に移らせ、看護婦四人にもそれぞれ働き口を見つけてやったのは、叔父の才覚だった。母のみでは、こんなふうに事は円滑に運ばなかっただろう。

閉院して数日後、叔父が書類をもって母を訪れた。母に言われて私も同席した。

話の内容は、私が恐れながらも予期していたとおりだった。

「義姉《ねえ》さん、従業員にもなにがしかの退職金を払っとります。この医院を建てるにあたっての借金も、まだ四分の一ほど残っとります。従って、一番よか方法は、なるべく早かうちにこの医院を、しかるべき開業希望の医師に売ることです。その差額で、義姉さんたちは、小さな家を借りられます。その手はずは既に整えとります」

あまりの段取りの良さに、母も驚いたようだった。しかし大黒柱を失ったこの医院に、母と私が住んでも無益だった。それよりも二人が住むにふさわしい小さな家に移れるなら、そのほうがいい。母も同じ考えだったろう。叔父の提案を受け入れた。

叔父は母の承諾を得て、すっかり機嫌をよくしていた。

「それで、義姉さん。ぼくに、待合室にある水盤と石を譲ってもらえませんか」

叔父が改まった調子で訊いた。「ぼくも兄と一緒にこの医院で働いた思い出として、大事にしておきたかとです」

母は当惑顔で私の顔を見た。私が水盤と犬石、いや獅子岩を気に入っているのを知っていたからだ。

「あれは父の形見ですけん、ぼくがずっと持っときます」

私は顔を上げ、有無を言わさぬ口調で言った。考えてみれば、父の形見となるような物は一切なかった。菓子箱につまった蛔虫の標本など、私と母が持っていても仕方がない。

「あの石は確かに主人も大切にしとったし、この子には父の形見にふさわしか気がします。何もかもがなくなったとですから」

母が静かに言ったので、叔父は引き下がるしかなかった。

代わりに、押しつけがましい口調で私に問いかけた。

「ところで、宏一君も、中学を卒業したら、どこか勤めなきゃなりまっせんが、よかったら仕事先ば見つけときましょうか」

それまで漠然と、父が死んだからには、母を助けるために、自分はどこかで職を得なければなるまいと思っていたのだ。ところが、叔父から訊かれたとたん、私の気持は反転していた。

「ぼくは医者になります」

私の返事に叔父の顔色が明らかに変わった。

「宏一君、それには学資がいる。あいにく、おやじさんは、宏一君の学資までは残しとらん」

叔父は書類をめくる手つきまでもしてみせた。

「ま、これから宏一がどうするか、考える余裕はありますけ、働き口の件は、どうぞ放念してやって下さい」

叔父をたしなめるように母が言った。

叔父が去ったあと、私は何かペテンにあったような気分をぬぐえなかった。口惜しかった。そのあと通夜の席での老人の言葉を思い出し、一番口惜しいのは、父のはずだと気がついた。生きていれば、医院も建て増して大きくしていたのは間違いない。叔父はおそらく、退職金の名目で、相当な額を自分の取り分にしたのに違いない。いやそれより、父が経営には見向きもしないのをいいことにして、日頃から医業収入のうちのなにがしかを着服していたのかもしれない。

医院を他の医師に売却するにあたっても、その額と、母に手渡す額の差は、相当の開きがあるのに違いなかった。そのくらいの書類上の数字合わせなど、叔父にとっては朝飯前だろう。

「宏一、よかかい。この医院はお父さんが一代で建てらっしゃった。お父さんが亡くなった今、誰か他の人に使ってもらったほうが、世の中の役に立つ。お父さんも喜ばれるじゃろ。お前が医者になったら、また別な所に病院ば建てればよか。お前が二代目たい」

母が言い、心配気な私の顔を見て諭すように続けた。「心配せんでよか。お前の学資は、ちゃんとお母さんが貯《た》めとったから」

私は思わず涙ぐんだ。父に死なれた寂しさ以上に、父の無念を晴らしてやるのだという決心が胸に満ちる。それがそのまま母に対する恩返しにもなる。そして、これから先、懸命に勉強していかねばならない。覚悟の涙が次から次に溢れ出てきた。

春になって私たちは、六畳と四畳半二間に台所、便所つきの共同長屋に引っ越した。縁側の先には小さな庭もついていた。これくらいの借家だと、叔父から貰った金で、充分生活が成り立つらしかった。

母が一戸建てを買うつもりでいたのを反対したのは、私だった。家を買っても、私が進学すればまたどこかに引っ越さねばならない。それよりは借家のほうが実際的だったのだ。

私はせめてもと思い、水盤を借家の縁側に置き、獅子岩と魚二匹を入れた。

父の医院の待合室に置いていたときの水盤と比べて、借家の縁側ではいかにも不釣合に見えた。雨が降る日、洗濯物を縁側に干すときも、水盤と岩は邪魔になった。しかし母はそれを捨てろとは、ひと言も言わなかった。

私は以前と同じように、週に一回の水替えを続けた。母が言ったように、それだけが父の形見だった。

あるとき、母が薄い冊子を出して来て、私に見せた。地方の医師会が出している会員誌で、最後のほうに会員の短歌と俳句欄があった。

「そこにお父さんの句が載っとるはずよ」

母から言われ、頁《ページ》を開いた。父が俳句をたしなんでいるなど、迂闊《うかつ》にも私は知らなかった。

水盤の　岩を湿らす　新酒かな
初日の出　水盤の岩に　手を合わせ
岩陰の　春陽を映す　小鮒の眼

ああそうか、父もあの水盤を覗き込み、小鮒と眼が合ったときがあったのだ。私は、忽然《こつぜん》とこの世から消えた頼もしい父の姿を思い出し、涙がにじみ出るのを抑えられなかった。

その後私は苦学して、昭和十三年に久留米《くるめ》にある九州医専に入学した。と同時に、学校近くの借家に移った。縁側にはやはり水盤を置いた。ところが、医専にはいってからは、来る日も来る日も勉強漬けで、水盤の水を替える暇もなくなり、小鮒は死んだ。空になった水盤と父の石も、縁側の隅に押しやられた。

医専を卒業して医師になったのも束の間《つかま》、戦争になり、軍医にとられた。フィリピンで転戦に転戦を重ねた。いや転戦というより、敗け戦《ま》の退却続きだった。戦傷よりも病魔で倒れる将兵が多かった。食い物がなくなり、手当たり次第に野草を食べているうちに、敗戦を迎えた。あのまま戦争が続いたら、勤めていた兵站《へいたん》病院では患者のみならず軍医と看護婦も餓死していたろう。小屋同然の病院をたたんだあとの、俘虜《ふりょ》生活もまた戦争の続きと同じで、ここでも食糧不足と病魔に悩まされた。九死に一生を得た思いで、博多に復員して来たのは昭和二十一年の一月だった。

久留米駅で、私は自分の借家のあるあたりが、空襲から焼け残っている事実を知らされた。徒歩で櫛原《くしはら》の方に歩いて行くと、途中で雪が降り出した。

生きて帰ったのだと、私は雪まじりの空気を、思い切り吸った。

借家は元の場所にあった。汚れた軍衣に破れた背嚢《はいのう》を背負ったままで、私は玄関の戸を開け、「ただいま」と声を出した。

母がとんで来て私を見、「おかえり」と言うなり泣き出した。しかし気丈にも涙をぬぐい、「よかった、よかった」と言いながら、背嚢を受け取った。検疫所で浴びせられたＤＤＴの粉末が、ザラザラと土間に落ちた。雪の降る中を庭に出て、どんよりとした空を見上げ、口の中に雪片を受けた。これこそが、戦地では味わえなかった祖国の冬だった。母に呼ばれて玄関に向かうとき、ふと縁側の下を見やった。そこには埃《ほこり》をかぶったままの水盤と獅子岩があった。

戦時中、縁側に置くのも邪魔になったので、母は縁側の下に移動させたのだろう。父の石も無事であり、私は生きて帰れた喜びを今一度しかとかみしめた。これから先、命のある限り、軍医ではなく、父のように町医者として、患者の治療に邁進《まいしん》しようと思った。それこそが、市井《しせい》の病人を救うために一生を捧《ささ》げて、いわば戦死した父の無念を晴らす道でもあった。

そして落ちついたら、またあの水盤と岩を洗い直し、父が生きていた頃のように、水をたっぷり入れ、小鮒も飼おうと、私は胸の内で誓った。

歩く死者《デッド・マン・ウォーキング》 二〇一五年

「糖尿病が外科手術で本当に治るとか」

二年間の米国留学から帰ってきたとき、父が信じられないという顔で訊《き》いた。「糖尿病は内科疾患だと思っとった」

内科医の父がそう考えるのも無理はなかった。ほんの四、五年前までは、糖尿病を外科手術で治すなど、日本では誰も思いつかなかった。しかし欧米では、既に半世紀前から、肥満の患者に対して、肥満手術が行われていたのだ。

肥満手術は減量手術とも言われている。肥満を、食事制限や運動療法、薬で治すのではなく、胃と腸にバイパスを作って、劇的に体重を減らす。この減量手術の症例が増えるにつれ、肥満からくる糖尿病には最も有効であるという事実が判明した。そして十年ほど前から、難治の糖尿病に、積極的に減量手術を行うようになった。ぼくがボストンのベス・イスラエル医療センターで学んだのは、その手技だった。

「手術で体重を減らせるだけでなく、血糖のコントロールも明らかに良くなるとよ」

ぼくの返答で、父はよけい怪訝《けげん》な表情になった。

「まさか、手術で膵臓《すいぞう》をいじくるわけじゃなかろう」

「膵臓には手をつけん。単に胃から下部小腸にバイパスを作るだけ。十二指腸は、膵臓に直接縫いつけると」

ぼくはメモ用紙に、術式の略図を描いてみせた。

「たったそれだけで、血糖のコントロール力が増すなど信じられん。どげなメカニズムなんか」

「理由は分かっとらん。ばってんバイパス手術後、数日で血糖値が安定して、数週間で糖尿病の治療はせんでもよくなる」

「まさか」

「実際この眼で何十例も見てきたから、嘘《うそ》じゃなか。その理屈がまだ解明されとらんだけ。医学の進歩ってそげなもんじゃろ。事実が偶然分かって、あとづけで理論が完成する。もちろん、理論が先にあって、そんあと治療法が見つかる場合もあるけど」

ぼくはそう強調するしかなかった。

それが父との二年前の問答で、当時、日本では糖尿病に対する減量手術はまだ試行段階でしかなかった。他の分野での医療技術では、世界でもトップクラスの水準を誇っても、この分野では最も遅れた国のひとつだったのだ。

減量手術後、わずか数日から数週間の早さで、なぜ糖尿病の治療が不必要になるかについては、二つの仮説がある。この時期、患者にはまだ体重減少は見られていない。

ひとつは前腸仮説だ。バイパス手術によって、食物は十二指腸と上部小腸を通過せず、直接下部小腸に達する。これがインスリン抵抗性を高める未知の因子の分泌《ぶんぴ》を抑制するのではないか、という仮説である。この因子の分泌が少なくなれば、膵臓から出されるインスリンの効果が増して耐糖能が改善する。多少糖が増えても、生体はびくともしないというわけだ。

しかしそれなら、未知の因子とは何だと問われれば、首をすくめるしかないのが前腸仮説の弱みでもある。

もうひとつが後腸仮説だ。口からはいった食物は、バイパスでいち早く遠位《えんい》小腸に到達するので、遠位小腸に多く存在するＬ細胞が活性化され、二つの因子を多く分泌する。因子のひとつはある種のインクレチン、もうひとつは食欲抑制作用をもつホルモンである。このインクレチンが膵臓のβ《ベータ》細胞に作用してインスリンの分泌を促進する一方で、食欲も抑えられ、糖尿病に劇的な改善をもたらす。

現在のところ、有力なのは後腸仮説である。

ぼくが父に二つの仮説を説明すると、半ば理解、半ば保留というような顔をされた。

「欧米では、そげんバイパス手術が盛んか」

父が訊いてくる。これも内科医としては当然の疑問で、二年前まで、わが国の医学雑誌が大きく扱うことなどなく、外科学会でシンポジウムが組まれた記憶もない。糖尿病学会でも似たような事情だったろう。

「二〇〇九年の統計を見ると、全世界で三十四万件実施されとる。米国で十万件、ブラジルで六万五千件、フランスで二万八千件、オーストラリアとニュージーランドで一万二千件ずつ、英国で一万件、あとはスウェーデンやベルギー、オランダ、イタリア、サウジアラビアやドイツなどで、数千件ずつ」

ぼくは記憶していた表のあらましを開陳する。地方の学会で講演をさせられたおかげだ。

「アジアではどげんか」

「アジアでは確かインドが五千件、台湾が千三百件くらいじゃったと思う。その他の国ではゼロに近く、日本も例外ではなか」

「日本には、そこまで極端な肥満は少なかけんね」

父は日本の後進性をかばうような口調になった。

「しかし、このままいくと、日本も欧米なみの肥満大国になるよ」

ぼくはいささかの反発を感じて言う。

「確かにな。そげな意味では、お前は将来有望な先端の手術を覚えてきたこつになる」

父は最後には励ましじみた言い方をした。

「米国で問題になっとるのは、小児の肥満。留学先の病院で、白人の十三歳の女児で、肥満のために糖尿病と肝硬変、高血圧に加えて、腎《じん》不全の徴候を呈しとった患者も診た。十六歳のヒスパニック系の少年は、体重が二百三十ポンド（約百四キロ）もあった。

高カロリー食と、ソフトドリンクの過剰摂取が原因になっとる。いったんＢＭＩ（ボディ・マス・インデックス）がある上限を超えると、もう永遠に元の適切なＢＭＩには戻らん。伸び切ったゴムと同じたい。タバコが万病のもとと言われるごつ、肥満も万病のもとになる。禁煙運動が米国ではもう徹底され始めとるから、肥満が次のターゲットになっとる。二十年後には、日本も似たような状況になるとじゃなかかな」

「すると、お前の手術、将来増々有望になるな」

「まあね」

ここで調子に乗ってはいけないと、自制しながら答える。

小さい頃から、父の性癖は手放しの誉《ほ》め方をしないことだった。試験でいい点を取っても、まだ一桁《けた》の順位じゃないなとか、〈勝って兜《かぶと》の緒を締めよ〉とか、何かにつけ留保と注意事項がついた。前学期より数段良くなった成績表を貰《もら》い、喜びいさんで家に帰っても、父のそのひと言で、膨んだ胸がぺしゃんとへこんだ。

母は反対で、多少成績が落ちても、次があるからと慰め、逆に上位に食い込めば誉めたたえた。中学三年のとき、何が幸いしたのか、数学の成績が学年で一番になった。母は、これならあと少しで他の科目も五番以内にはいるようになると目を細めた。ところが父は、中位より下の国社の成績を見て、「これじゃ志望校は無理無理」と渋い顔をするばかりだった。

小中学生の頃は、こうした父の性癖が分からず、父と会話したあとは気が晴れず、必ずしょげる気分が残った。後味が悪いので、高校生になってからは、なるべく父とは込み入った話をしなくなった。端的に言えば、父が煙たい存在になったのだ。

父の癖が分かるようになったのは、大学進学で家を出てからだ。ははあ、これが父の性格なんだと理解してしまうと、その前にこちらで予防線を張るので、気が滅入らずにすむ。父の性癖が出ても、また来たなと、微笑《ほほえ》ましくさえなる。その点、妹の由美《ゆみ》は父の苦言など全く受けつけず、話すのは母とばかりだったので、父の妙な性癖の犠牲者にはならなかった。

おそらく父は、有頂天になるたび、そのあと何か苦い思いをしたのではないだろうか。あるいは家庭環境が、そういう用心深い雰囲気を持っていたのかもしれない。

野北家は、曾祖父《そうそふ》の時代からいわば町医者の家系だった。父の話では、初代の保造という人は明治の終わりに医師になり、郷里で開業して、一時は大いにはやったという。ところが五十歳過ぎで急死したため、医院は売却の憂き目《うめ》にあい、残された妻子は借家住まいになったらしい。

ひとり息子だった祖父の宏一は、苦学の末に医師になり、軍医として戦争にとられたあと、町立病院の院長に迎えられ、そのあと小さな診療所を持った。やはり町医者だろう。

父の伸二《しんじ》はそのひとり息子で、姉は医師にならず、妹は歯科医師になった。小さい頃から、父は祖父に連れられて往診に行っていたというから、医師になる以外の道は考えられなかったはずだ。

勤務医のあと、いったん内科医院を開いてからは、経営も順調で、年々、付帯の施設を充実させている。内科医としては申し分のない職業生活を送っていると言える。堂々たる町医者の三代目だ。

とはいえ、父がぼくに医師の道を強制しなかったのは事実だ。強要される前に、こっちのほうから選んでいた。ぼくとしてはなぜか医師以外の選択は考えられなかった。小学高学年から、その気持は既に芽生えていたような気がする。

たぶん、ぼくの意志は、母を通じて父の耳にはいっていたのに違いない。半ば安心して息子の成長を眺め、半ば警戒しながら、道からはずれないようにしていたのだ。そこに、手放しの賞賛をしない性癖が、繰り返し発揮されたのかもしれない。

ぼくが内科医を選ばずに外科医になったのは、せめてもの抵抗だったような気がする。いやひょっとしたら、四代目の町医者になる自信がなかったのかもしれない。町医者になると、生活全般が、それで塗りつぶされてしまう。その多忙さは、はたから見ていて嫌というほど感じた。

卒業後の外科医の選択に関しては、直接父に告げた。父は驚かなかった。何を専攻するかは息子の領域であり、父親が口出しできる筋合いではないと、思い定めていたのだろう。

外科で四年の研修を終えたあと、教授の推挙を得て、米国留学が決まった旨《むね》を告げたときも、金のことは心配するなと、言ってくれた。

留学先の奨学金は、生きていくのが精一杯くらいの金額だったので、遅滞なく口座に振り込まれる金はありがたかった。急な入用があれば、いつでも連絡してくれと、中古車や冬服などを買う際にもメールがはいった。おかげで、経済的には何ひとつ不自由しない二年間を送れた。これも父が町医者だったからできたのだ。

留学先の病院で、徹底的に仕込まれたのが腹腔鏡《ふくくうきょう》下ルーワイ胃バイパス術だった。減量手術の歴史自体は六十年と長いものの、急速に発達したのは一九九〇年代、腹腔鏡手術が普及したからである。開腹せずに、胃に穴を開けるだけの手技なので、安全でもあり侵襲《しんしゅう》も少ない。

手術では、まず食道につながる胃の先端を、三十ccほどの小袋になるように切断して、小腸を持ち上げて吻合《ふんごう》する。ついで、食べ物が流れる小腸の途中に、切断した小腸の端を吻合すれば完了である。これによって、胆嚢《たんのう》から出てくる胆汁と、膵臓から分泌される膵液は、食物と自然に混じりあって、不都合は生じない。

吻合する小腸の長さは、術前の肥満度に応じて調節する必要があり、これで栄養吸収の度合いを変えられる。口からはいった食物は、食道を通って胃の小袋にたまるので、すぐに満腹感が起こる。

実に理にかなった手術であり、ゴールド・スタンダードとされ、世界で最も広く実施される術式だった。

しかし、ここで気になるのは、先端の小袋を形成したあとの、残りの胃の存在である。切断端は縫合されているので、一見問題ない。とはいえ、本来働くべき胃が、ぽつんと腹腔内に何十年も放置されて、何の害もないのかという疑問は生じる。

この空置胃について、何度か上級医や指導医に質問をぶつけてみた。返答は、判でおしたように、「ノー・プロブレム」だった。

実際、術後二十年を経ている症例に、障害は起きていなかった。しかし日本独自の特殊性も無視できない。わが国では欧米に比べて胃癌《いがん》の発生率が高い。

通常の胃であれば、定期的な健診でも胃内視鏡による検査が容易である。ところが空置胃の場合、内視鏡の入れ所がない。口からが駄目なら、肛門《こうもん》からファイバーを入れる手技もある。しかし大腸を通って小腸にまで達し、さらに吻合部から空置胃にまで到達させるには、気の遠くなるような技術が要求される。

従って減量手術のあとは、空置胃に癌が発生しないように祈るしか手立てはなかった。

ベス・イスラエル医療センターでは、減量手術だけでなく、肥満そのものに対する複合的な教育と訓練がなされていた。この背景には、米国で子供の三分の一、大人の三分の二が過体重だという現状がある。特にミシシッピー川から東にあるミシシッピー州やアラバマ州、テネシー州、ケンタッキー州、インディアナ州、オハイオ州などは、肥満州と揶揄《やゆ》されていた。肥満こそは米国の国民病だと言っても過言ではなかった。

本来なら、生活習慣病でもある肥満は、医療の前線を守る家庭医が診るべき病気だった。しかし家庭医は軒並み多忙で、薬が効く高血圧症や糖尿病しか眼中にない。肥満は緊急性の度合いの一番低い疾患とされて、見過ごされるのがオチだ。

病院では、研修医たちや近在の開業医を集めての講義が、頻繁に行われていた。若い医師や第一線の医師に教育を施せば、その医師は生涯にわたって肥満に関心をもち、患者を指導し続けられる。

実際に講義に参加しての衝撃は大きかった。肥満が、人間の健康を多方面から阻害していく事実が、生化学や生理学、内分泌学の専門家によって次々と暴《あば》かれる。整形外科の医師は、二十キロの体重オーバーがどれほど足の関節に負担をかけるか示すために、重い椅子《いす》を二脚抱えて、歩いたり、階段の上り下りをしたりしてみせた。

講堂に集まっている受講者も、医師以外のコメディカルスタッフのほか、栄養士や保健指導の教師までがいた。時には、肥満の患者自身が、涙ぐましい、しかし実を結ばない減量のための努力を縷々《るる》語ってくれた。

講義に参加し続けていると、肥満が「ライフスタイル病」と定義づけられる所以《ゆえん》が理解できた。

肥満教育の他に、レジデントの実地研修にあたって、指導医のデイブからしごかれたのは、患者の病歴を聴取する際の重点の置き方だった。ひとつひとつの疾患の来歴を知るのが重要なのは言うまでもない。デイブは患者の生活の背後にあるものも知るように、口すっぱく注意した。

「患者の病気だけを治療するのではなく、患者と患者をとりまく全体に気を配れ」

口をすぼめて「全体《ホウル》」と言った彼の口の形まで、眼の底に残っている。

確かに、減量手術ひとつとっても、医学的に必要なら誰でもというわけにはいかなかった。その患者の財力、言い換えると、患者の加入している保険が減量手術までも含んでいるかで、可否が決まった。

米国での研修が始まって早々、アパートに電機屋が訪ねて来た。入居してすぐなのに冷蔵庫の調子がおかしく、大家に連絡していたのだ。五十がらみの電機職人は、冷蔵庫の具合いを手際《てぎわ》良く調べながら、今日は、あと五軒修理にまわらなければならないとぼやいた。

働き者ですねとぼくが言うと、

「冠動脈のバイパス手術を受けるために金がいるんだ」

と、こともなげに答えた。

デイブは、消化器外科センターで働く一方で、同じ病院内にある、低所得者向けに医療相談を受け持つ部署でも働いていた。そこは毎週土曜日に開けられて、院内の研修医や指導医たちが、ボランティアで詰めていた。デイブから誘われて、ぼくも参加した。英会話の勉強になるという下心もあった。

全くそこは、肥満の患者を扱う減量手術部門とは、別世界だった。待合所の造りも簡素で、坐《すわ》る椅子も、公園にあるようなプラスチック製だ。土曜日の朝早くから、患者たちが詰めかけ、椅子に坐れずに床に腰を下ろす人たちもいた。ただ受付には欠かさず花瓶に季節の花が飾られていた。ボランティアがいつも切らさずに持って来るという。そこはいかにも米国流だった。

診察をする前に、デイブに教えられたとおり、患者の生活の詳細をそれとなく訊いた。

すると、日本では考えられない数々の不合理が明らかになった。それはもう医学医療を超えた別種の不合理だった。

処方箋《しょほうせん》を渡しても、薬局に行ってその薬が買えない患者は、断念するしかない。薬を買う金があっても、薬局に行くまで、公共の交通手段で往復三時間もかけなければならない患者もいた。

膠原病《こうげんびょう》が悪化して腎臓に障害が起きている患者は、薬だけなら、低所得者用の公的医療保険メディケイドが何とか援助してくれる。しかし腎透析までは保障してくれない。いずれは死を甘受しなければならない。

心筋梗塞《こうそく》からどうにか命を取りとめた患者もいた。しかし、次の心臓発作を予防する薬を買うには、既に財力を使い果たしていた。

患者の中にはホームレスも混じっていた。糖尿病を患《わずら》っていて、ヘモグロビンA１cの値が十一を超えていて、インスリン治療が必要だった。このインスリンをたとえ買えても、彼が冷蔵庫を持っているとは思えなかった。インスリンは冷蔵保存でないと、効力を失う。

エイズに罹患《りかん》している中年の男性も診た。全身に皮疹《ひしん》ができていて、早急に専門の皮膚科受診が必要だった。しかし彼も保険がなく、治療どころか、受診さえも無理だった。

ある肥《ふと》った六十代の女性は、うっ血性心不全を患っていた。精査には、当然ながら心エコーが不可欠だ。彼女にはその検査を受けるだけの金がなく、せいぜい支払える治療としては、利尿剤の投薬くらいしかなかった。

別の女性は胸部Ｘ線写真で、左肺に小さな影が見つかった。ぼくはデイブを呼び、その影が肺癌の可能性大と確認してもらった。とすれば、次の検査は胸部のＰＥＴスキャンだ。しかしその独身の女性は悲し気にかぶりを振った。検査の費用が払えないと言うのだ。デイブもぼくも、黙って送り出すしかなかった。

ある雪の土曜日、デイブの診察室に呼ばれた。ぼくを横に坐らせて説明する。受診していたのは、五十代半ばの夫婦だった。若い頃から働き続けてきたものの、夫婦とも無保険だった。夫が訴えたのは、腹痛と頑固な便秘だ。

無料相談外来に来る一週間前、彼はぼくらの病院の救急センターを、同じ症状で受診していた。そこでの診察と血液生化学検査、ＣＴスキャン検査で、一万ドルを支払った。この金額は、患者と妻が若い頃からこつこつ貯《た》めた全財産に等しかった。診断は、転移性大腸癌だった。

その半年前も、患者はやはり腹痛と便秘を訴えて、プライマリ・ケアの医師を訪れていた。医師は診察のあと、さらなる精査を受けるためには保険に加入していないと、とても費用がかかると助言した。この診察だけで、患者は二百ドルを支払った。

今さら保険にはいるにしても金はなく、州のメディケイドに加入申請するのにも資格がなかった。患者は仕方なく、浣腸《かんちょう》だけでやり過ごした。当然ながら最後には排便できなくなり、一週間前に救急センターに搬送されたのだ。

患者は、この半年で体重が二十キロ減り、今は四十五キロだと、小声でデイブに訴えた。その脇《わき》で、妻は泣くばかりだ。

「腹痛は耐えられますか」

デイブが当惑顔で患者に訊く。

「耐えられるような痛みであればいいのですが」

痩《や》せて頬骨の出た患者は力なく首を振る。

「何か便の出るような手立てはないのでしょうか」

血色の悪い妻が涙をぬぐって訊く。

「初期の頃だと処置の仕方があったのですがね」

デイブが絞り出すように答え、首を振った。

夫婦は助けを求めるように、ぼくの顔を見た。答えようがなく、ぼくは唇を一文字にするのがやっとだった。

夫婦はゆるゆると立ち上がり、患者のほうが、デイブとぼくに握手をし、出て行った。

夫婦を送り出したあと、デイブはぼくに背を向け、窓の外を眺める。雪はまだ降り続いていた。

「この国では、成人の三割強が医療保険にはいっていない。去年の統計でも、保険がないため、一年に四万五千人が死亡したと算出された」

並んで外を見るぼくにデイブが続けた。「いくら医療が進んでも、それが届けられない市民がいるのでは、無意味だよ。ケン、これが、お前が先進技術を学びに来ている国の現実だ。俺が、この無料相談所で週一回、ボランティアをしているのは、この現実を忘れないためだよ」

「分かるよ」

ぼくは敬う気持でデイブの横顔を見やる。

「隣の国のキューバは、貧乏な国だとみんな軽蔑《けいべつ》しているけど、医療費は全国民が無料だよ。そしてあの国の最大の輸出産業は医療だ。医師や看護師が南米の各国に出向いて行き、給料の大半を母国に送っている。国民はひとり残らず、医療の恩恵を受けられる。それも進んだ医療をね。貧乏だけどそんな国と、この国を比べて、どちらが本来の国だと思う？」

「確かにキューバは違う」

「ケン、お前の国も、国民は全部、国が管理する保険にはいっているんだろう」

「原則として三割しか支払わなくていい。費用のかかる治療には、高額療養費制度や特定疾病《しっぺい》療養制度があって、個人負担の上限は決められている」

「誰彼の区別なく、だろう」

「区別はないさ。例えば、ある血友病の青年の治療費は、ひと月百万ドルかかる。血液を固める注射だけでも、一アンプルが四千ドルはする。それを打ち続けるしか、治療法はない。しかし本人が支払うのは、百ドルですむ」

「百ドル？　本当か」

デイブが驚愕《きょうがく》の面持ちでぼくを見返す。

「通常は、かかった費用の三割を支払う。高額になると、月千ドル以上は払わなくていい。月に一万ドルの費用がかかっても、支払いは千ドル以下。しかし血友病や、腎不全の人工透析などは、特例措置があって、自己負担は月百ドルでいい」

「それは、すごいよ」

今度はデイブが畏敬《いけい》の眼差《まなざ》しでぼくを見る番だった。

「今ぼくが学んでいる減量手術だって、必要であれば、国民の誰もが受けられる。一様に保険がきく」

「だったら、ケン、勉強する価値が、百倍になるな」

デイブが苦笑いの顔をした。「俺がいくら減量手術の腕を磨いたからといって、この国では全部の患者には届かない。金持の患者しか、手術は受けられない。もっとも、同僚の中には、金持だけを相手にすればいいと考えている連中も多いけどな」

デイブが黙り、何か考えるように、また窓の外を見続ける。

ぼくも降る雪を眺めた。

「ケン、見てみろ、さっきの夫婦が帰って行く」

病院から地下鉄の駅までは、ゆるい下り坂になっていた。歩道には十センチ近い雪が積もっている。夫妻は肩を寄せ合って、転ばないように用心して歩く。雪は容赦なく、二人の肩に降りかかっていた。

「歩く死者《デッド・マン・ウォーキング》と、その妻だ」

呟《つぶや》くようにデイブが言った。

〈デッド・マン・ウォーキング〉。ぼくは凍りつくような気持で、胸の内で繰り返した。


それから二、三日後、唐突にデイブから訊かれた。

「ケンはハイクはやらないのか」

「俳句？　いやしない」

「日本人なら、みんなしているのかと思った」

「いくら何でも、誰もがやっているわけではない」

父が俳句を作っていると言おうとして、やめた。その代わりに訊き返す。

「デイブはハイクを作っているのか」

「ああ、作っている。医師になって以来さ」

はにかみの色がデイブの顔を横切った。「最近の作だけど、読んでみるか」

アイフォンをちょこまかと操作して、ぼくの前にさし出す。

Falling is the snow
On a dead man walking with
No means for cure
（治療の手段がなく、歩く死者に雪が降りかかる）

「いいね」

思わず言う。俳句が外国でも盛んだとは聞いていたものの、実例を読むのは初めてだった。五七五の代わりに、五七五ふうの音節で短詩を作ればいいのだろう。もちろんそこに、季節を詠《よ》み込む必要があるのに違いない。

「いいだろうか」

少しばかり顔を赤くしてデイブが訊く。

「立派な俳句だよ。しかもデッド・マン・ウォーキングという言葉を詠み込んだ俳句など、これが世界で初めてじゃないか」

ぼくは正直な感想を口にした。

それ以来だった。デイブは新作ができたと言っては、アイフォンを開いて、ぼくに披露した。

ふた月たった頃、ぼくはデイブのハイクを、父が加わっている医師会の句歌誌に送ってみる気になった。その句歌誌でも、英文の句が載るのは初めてのはずだ。しかも内容はすべて医療に関係していて、選者も無視はできまい。もちろん、和訳もつける必要があり、訳は俳句の体裁にしなければならない。

この案をデイブに持ちかけると、信じられないという顔になった。彼自身、どこかのハイク同好会に属しているわけでもなく、全くの独学だったのだ。

翌日、デイブは自信作三句をプリントアウトして持参した。そこには、もちろんデッド・マン・ウォーキングの句も含まれていた。ぼくは四、五日かけて俳句じみた和訳をつけた。父が読めば駄作だと軽蔑するだろうが、とにかく英語の内容が伝わればいいのだ。

Falling is the snow
On a dead man walking with
No means for cure
薬なく　歩く死者に　雪が降る

Outside the window
Growing are spring leaves
My patient is dying
わが患者　死地につくなり　若芽吹く

Empty is the bed
Where a man died at night
Icy cold rain falls
昨夜死に　空のベッドに　氷雨《ひさめ》降る

出来上がった句は、短い手紙をつけて父に郵送した。メールで送らなかったのは、その後、父から頻繁にメールがはいるのを忌避するためだった。郵便なら、先方も一通の返事で用がすむはずだった。

ひと月ばかりして、三句とも採用されたとの短い手紙が届いた。選者も、英文のハイクには度胆《どぎも》を抜かれたらしい。とはいえ、内容が実に臨床的なので喜んでいた、と付記されていた。つけた和訳がぼくの作文だとは、父も当然分かったに違いない。それに対してひとことも書いていないのが、父の無言の批評だった。

さらにひと月して、父は小冊子を三冊送って来た。デイブの句は、何と特別寄稿として冒頭に載せられていた。所属もぼくが付記したとおり、英文で書かれている。一冊を自分用にして、二冊をデイブに進呈した。

頁《ページ》を開けるなり、デイブは目を見張った。横にして読み、また縦にして、最後には礼を言いながら抱きついてきた。

「デイブの句は、日本でも好評だったらしいよ」

「本当か」

「本当だよ。だから冒頭に載ったのだ」

「この縦に書かれているのが、日本語訳か」

「そう」

「どんな訳か」

「どんな訳かと言われても、意味はこの英文のとおりだ」

「いやいや、その日本語訳がどう発音されるのか、聞きたいのだよ」

「読み方か」

「そう」

そこまで指示されると、断るすべもない。指でなぞりながら、ゆっくり朗読する。耳を澄ましていたデイブは、もう一度と所望し、ぼくは結局、三句を三回ずつ、読み下すはめになった。

声を聞きながら、デイブは英文を指でなぞる。繰返すたび、こっちは羞恥《しゅうち》で顔が赤くなる。復唱する価値もない、駄作の見本のような俳句訳だった。

「ありがとう。本物のハイクの音は、こういうものなんだな。よく分かった。これからの参考になる」

デイブが感激しながら、今度は握手を求めた。「この小冊子は、家の宝にするよ」

参考になるはずもなく、家の宝にされて、またいつの日か、別の日本人に見せられては、恥の上塗りになる。

上機嫌のデイブを前にして、ぼくは身の縮まる思いをするばかりだった。

アパートに帰って、改めて句歌誌をめくってみる。

驚いたことに父の二句が載せられていた。自作が掲載されているのなら、付箋でも貼《は》っておけばよさそうなものだが、そうしないのがやはり父らしかった。

雪積むか　ボストンの道　月白し

寒椿《かんつばき》　死者の唇　紅をひく

明らかにデイブの句に呼応させた作品だ。普段の父にはとても感じられない生の感情が、そこに綴《つづ》られている。同時に、異郷でひとり研修を続けているぼくへの激励も、込められている気がした。

ハイクの一件以来、デイブは以前にも増して、懇切丁寧に指導してくれるようになった。

最後の半年で、内視鏡手術は、それまでの三穴や二穴手術から、単孔式に完全に移行した。臍部《さいぶ》の一ヵ所だけに穴を開け、既製の円盤状の器具を装着後、内視鏡と必要な数の鉗子《かんし》をさし込んで、モニターを見ながら手術を行う。

欠点としては、単孔に装置した円盤内に開けた穴の間隔が狭いので、鉗子の使い方に修練が必要だった。しかも、胃の一部や腸を取り出す際、摘出口として臍部を四～五センチ直線的に追加切開しなければならなかった。

臍部の上下にどうしてもわずかな手術痕《こん》の縫い目が残る。それでも、ひと昔前の開腹手術での大きな手術痕や、四つも五つも穴の痕《あと》のある手術よりは、見た目も美しかった。

二年の研修を終えて帰国するぼくに、デイブは、「俺の知っていることはみんなケンに教えた」と言ってくれた。実際、ぼくが行う減量手術の所要時間も、手術痕の小ささも、デイブが施行した症例とほとんど差がなくなっていた。

「俺の手術は、貧乏人には行き渡らない。それに比べて、ケンの手術は、日本人なら誰でも受けられる。俺が嬉《うれ》しいのはそこだよ」

デイブが別れ際に言った。

帰国して、ぼくは米国のやり方に改良を加えた。デイブが実施していたのは、もっぱらルーワイ胃バイパス術で、入口を失った胃はそのまま腹腔内に残されていた。手術後、胃の内部の検査ができないのが懸案のままだった。空置胃に胃癌が発生しても、早期検査の手段がないのだ。

それに対して、新しい腹腔鏡下スリーブ・バイパス術は、胃をバナナくらいの大きさにして、下部を小腸につなげる。他方で、十二指腸と小腸を吻合する。多少手間はかかるものの、食後の胃不快感であるダンピング症状が少なく、胃潰瘍《いかいよう》のできる頻度も少なくなる。もちろん、胃の内部も、通常の胃内視鏡で観察できる。

胃バイパス術と比べて、まだ例数が少ないとはいえ、予後の優劣はなかった。

最近では、臍部の切開を、まっすぐするのではなく、ジグザグに切るやり方にしている。同じ二・五センチの断ち幅でも、臍《へそ》の上下をZの形に切開すると、開いた穴は直径が五センチくらいに大きくなる。その結果、装着する円盤状の器具も大きくでき、挿入する鉗子の間隔が広くなって、操作が容易になった。切除した胃や小腸の摘出も、径五センチの穴ならそのまま可能だ。

手術痕もきれいで、紹介元の外科医から「本当に手術は終わったのでしょうか」と問い合わせの電話が来たこともある。

五、六年前と比べて、日本でも肥満で悩む患者は二、三倍に増えている。手術予約の患者は、今のところ三ヵ月待ちだ。このままいくと、半年待ち、一年待ちの日がやって来そうな患者の増え方には、恐怖さえ覚える。

現在、一日に四例、多い日は五例の腹腔鏡下スリーブ・バイパス術をこなす日が続いている。

新しい患者を手術台に迎えるたび、デイブの言葉がぼくの胸によみがえってくる。

――俺の手術は貧乏人には行き渡らない。しかしケンの手術は、日本人なら誰でも受けられる。

確かにそうだった。手術台に横たわる患者に、貧富の差はなかった。選択は、あくまで医学上の適応の差だ。BMIの高値の度合、合併している糖尿病や高血圧、脂質異常症、睡眠時無呼吸症候群の重篤《じゅうとく》度が、勘案されるだけなのだ。

臍部に装着された単孔式の器具を通して、内視鏡で腹腔を映し出す瞬間、モニターの映像に重なって見えるのは、雪道の坂を下って行く、あのデッド・マン・ウォーキングの男性とその妻の姿だった。

兵站《へいたん》病院

一九四三—四五年

1

昭和十三年、久留米の九州医学専門学校に入学した私は、四年制の課程を終えて十七年三月に卒業して、内科教室に入局した。母校は昭和十四年に五年制になり、十七年に四年制課程は廃止された。翌十八年に九州高等医学専門学校に名称が変わった。もともとこの医専は軍医養成のために設立されたようなもので、たとえ内科医であっても、外科の素養も身につけなければならなかった。これが後に私の運命を決めた。

そのまま大学の医局に残っていたところ、昭和十六年十二月に始まった太平洋戦争も、風雲急を告げるようになり、周囲の同僚が次々と短期現役軍医候補生に応募しはじめた。どうせ若い医師は軍医として戦場に駆り出される。それなら赤紙で二等兵として召集されるより、最も短期間で軍医になれる短現のコースに乗ろうという魂胆だった。短現なら、ひと月の歩兵連隊、さらにひと月の所属部隊での訓練を終えると見習士官になる。その後二年間軍医として働けば、一応の兵役を終えられた。

この短現コースを母に相談すると、反対された。何も今からすぐ志願して軍務につく必要はないと言うのだ。卒業したてで今から腕を磨こうという段階で軍医になっても、立派な仕事はできないだろう。それよりは、赤紙が来るまで教室に残って、腕を磨いたほうがいい。母の言い分はもっともだった。父の死後、生活を支えてくれたのが、母の和裁と洋裁の腕だった。父の許《もと》に嫁いで来る前、和裁をしたまま習っていて、父の着物はすべて母が縫って仕立てた。そのあと洋裁も習って、母の許には両方の注文がひきも切らず届いた。母が腕に厳しいのもそのためだろう。

調べてみると、赤紙で召集される医師には、相当な苦労が待っていることが分かった。まず二等兵で入営したあと、五ヵ月後に一等兵で陸軍衛生部幹部候補生に推挙される。歩兵連隊で三ヵ月の軍人教育を受けて、ようやく上等兵になる。次に控えているのが、東京戸山の陸軍軍医学校での甲種幹部候補生としての軍医教育だ。この間、伍長《ごちょう》ついで軍曹となって学校を卒業し、さらに配属された所属部隊でひと月の軍隊教育を受け、ようやく軍医見習士官になる。そのあとが陸軍病院での三ヵ月の実習で、曹長待遇である。こうして軍医少尉に任官されるまで、全部で二年間を、あちこち移動しながら過ごさねばならない。もちろん二等兵で入営すれば、往復ビンタなど苛酷《かこく》な軍隊生活は覚悟しなければならない。医師だからといって手加減などなかろう。

幸い、昭和十二年に施行された軍医補充制度では、短現の他に軍医予備員があって、四十五歳以下なら応募できた。これは短現と違って二年間も軍役につかなくていい。まず教育召集を受けて衛生上等兵になり、歩兵部隊でひと月軍人としての作法を叩《たた》き込まれる。軍人教育が終わると、衛生伍長の身分で三ヵ月、近くの陸軍病院で軍陣医学を学ぶ。修了したときが衛生軍曹であり、召集解除されて予備役に編入される。わずか四ヵ月の辛抱ですんだ。

母も賛同してくれて、私は軍医予備員を選択した。

この軍医予備員には、三十代から四十歳そこそこの中堅医師が多かった。大学なら講師や助教授クラス、病院であれば医長や副院長といった腕利《うでき》き連中ばかりで、私などとは技量が違った。

予備役になって、やれやれという思いで教室の医局員として戻ったのが、昭和十八年の一月だった。

ほっとしたのも束《つか》の間《ま》、同年九月下旬に召集令状が届いた。十月十日、小倉陸軍病院に入営されたしという文面に、とうとう来たかと腰が砕けそうになった。いったんシャバの味を知っただけに、再召集がうらめしく、これなら短現のほうがよかったかと後悔もした。

教室の教授、先輩、同僚に別れの挨拶《あいさつ》をするとき、再びこの校門をくぐれるだろうかと不安がよぎった。しかし教室自体が、教授と古参の医師は残っているものの、中堅以下はもう櫛《くし》の歯が欠けるように、軍隊に引っ張られていて、閑散としていた。

「赴任先はどこでしょうね」

母はまず行き先を心配した。「ずっと小倉の陸軍病院勤めだとよかね」

そんな期待など、万が一にもかなうはずはなく、私は曖昧《あいまい》に応じるしかなかった。

指定の十月十日、九ヵ月ぶりに再び小倉陸軍病院の営門をくぐった。私服から、支給された下士官用の軍服に着替えた。金筋一本に星三つの襟章と座金をつけて、衛生軍曹から軍医見習士官に昇格した。

部隊の編成が終わったのは十月下旬で、名称は渡《わたり》第九七六六部隊だった。部隊長の飯田《いいだ》軍医少佐はまだ三十二歳の若さであり、他の年配の軍医見習士官より、よほど若かった。

それもそのはず、部隊長は大学医学部に入学したときからの陸軍衛生部依託学生だった。初めから軍医になる覚悟ができていたわけで、半ばしぶしぶ軍医になった私たちとは毛並みからして違う。

この依託学生は、医専では依託生徒と称して、月三十五円の奨学金が貰《もら》える。大学の依託学生は十円増しの四十五円だった。もちろん試験があって十人にひとりしか合格しないと言われていた。私の同期にももちろん依託生徒がおり、毎月八日には先輩とともに護国神社に参詣《さんけい》し、夏休み毎《ごと》に久留米の歩兵第五十六連隊にひと月入営していた。卒業とともに曹長待遇の見習士官になり、三ヵ月同じ歩兵連隊で訓練を受けたあと、東京戸山の軍医学校に入学する。そこでは、医専卒は丙種学生、大学卒は乙種学生として一年間の課程を終える。大卒はそのとき既に軍医中尉《ちゅうい》、医専卒は軍医少尉になった。

乙種学生のうち優秀な者は、師団軍医部長の推挙で選抜試験を受け、合格すれば甲種学生としてさらに一年間、軍医学校で学べる。これはいわば軍医の天保銭《てんぽうせん》組といえ、希望次第では、帝大医学部の医局で二年間、専門科を専攻できた。行く行くは、師団軍医部長の席が用意されていた。

飯田部隊長は乙種学生どまりで、三年して大尉、そして部隊編成の直前に少佐になっていた。

渡第九七六六部隊の総員は、部隊長以下四百二十名だった。軍医が三十五名（うち一名が歯科将校）、薬剤将校二名、主計将校一名、衛生将校二名、下士官八十一名、残りが兵だった。軍医のうち約半数を見習士官が占めていた。

十一月八日午後、全員が軍装を整えて、陸軍病院の営庭に整列した。部隊長の訓辞で行先が告げられるかと期待したものの、全く不明のまま営門を出た。徒歩で小倉市内を行軍し、二班に分かれ、第一班は大里《だいり》公会堂、第二班は門司《もじ》公会堂に分宿した。

翌日門司港に行って、玉鉾《たまほこ》丸という輸送船に乗船する。すぐに若松港にはいって、その翌日も、燃料補給のために停泊した。翌十一日若松港を出港、六連《むつれ》沖で他の船と合流し、十二隻《せき》の船団になった。これを駆逐艦五隻が護衛してくれた。

ここに至っても、行先は分からず、船員も知らない。分かったのは玉鉾丸が六千屯《トン》ということだけだった。

翌未明、済州島沖で敵潜水艦の攻撃にあい、最後尾の一隻が沈没した。あとで石炭船だったと知らされた。

それから後は、船に慣れていない全員が、船腹に大波が当たって音を立てるたび、震え上がった。船は中国大陸沿いに南下を続けているようで、物知り顔の隊員によると、沿岸沿いの浅い海には、敵の潜水艦も近づけないらしい。

出港して七日後の十八日、台湾の高雄《たかお》港に入港した。二日間の停泊中に上陸できたのは将校のみで、見習士官以下は船内に留めおかれた。食事に新鮮なバナナが出て、久方ぶりに果物のうまさを味わった。

二十日に高雄港を出港、いよいよ敵の潜水艦がうようよしているバシー海峡を通過するという。船内が蒸し暑く感じられ、熱帯に近づいているのが分かる。二段ベッドの上下に、それぞれ個人の荷物を足元と枕元《まくらもと》に置いている。一人当たりの場所は狭く苦労したが、四、五日で慣れた。夜は熟眠できる。時々、ドカーンという船腹に響く音で目が覚め、魚雷かと色めき立つ。やはり大波が船腹に当たる音だった。

どこからともなく、目的地がフィリピンらしいという話が伝わってきたのも、この頃だった。

やがて船は同じ場所をグルグル回り始めた。船員によると、防潜網のため、夜間にはマニラ湾の中にはいれないらしい。十一月二十三日マニラ港に着岸し、直ちに現地の兵站《へいたん》宿舎にはいった。

翌日、北に向かって行軍を開始、二十六日、クラークフィールド飛行場近くのパンパンガ州ダウ村に第一三八兵站病院を設営した。

フィリピンはいくつもの島から成り、北に最大の島ルソン島があり、南に主な島としてミンドロ島、パナイ島、サマール島、レイテ島、セブ島、ネグロス島、ミンダナオ島などが連なる。フィリピンを担当しているのは、南方軍隷下《れいか》の第十四軍だった。陸軍病院は三ヵ所にあり、マニラに設置されているのが南方第十二陸軍病院で、その他セブ島に第十四陸軍病院、ミンダナオ島のダバオに第十三陸軍病院があった。

兵站病院は、前線にある隊繃帯所《ほうたいじょ》や衛生隊、野戦病院からの後送患者を治療し、できるかぎり原部隊に復帰させる役割を担《にな》う。もちろん、兵站地を通過する部隊の傷病兵の治療も引き受けた。

病院は、元米軍の兵舎を利用して建てられた。サンホセからマニラに通じる鉄道のダウ駅から、クラークフィールド飛行場に向かう道路の北側に、営外宿舎として、将校宿舎、見習士官宿舎、看護婦宿舎、副官宿舎、隊長官舎が並ぶ。

道路の南側に病院の広い敷地が展開する。中央を南北に道が貫通し、まず衛生所を通過すると、左手東側に八棟の病棟がコの字形に建っている。いずれも二階建てで、屋根には大きく赤十字のマークがつけられた。

八棟の内訳は、将校病棟一、内科病棟四、外科病棟二、伝染病棟一だった。コの字の中央には、部隊本部、将校食堂、手術室、病理室、炊事棟、酒保、縫工および鉄工棟、そして英霊棟がある。病院の東側は広大な平野で、正面中央にアラヤット山が秀麗な山容を見せていた。

こうした兵站病院はフィリピン全土に六つあった。このうちルソン島には第一三四兵站病院が島中央のバヨンボンにあり、北のファームスクールに第一三九兵站病院、さらに西方のバギオに第七四兵站病院が設置されていた。

十二月一日の開院と同時に、ラバウルやニューギニアなど、南方からの傷病兵が次々に移送されてきて、たちまち入院患者は五百名を超えた。

私の担当は第二外科病棟で、一階を加治《かじ》軍医少尉、二階を私が受け持った。この加治少尉は昭和十年九州帝大卒で、有名な後藤外科の出身であり、支那《しな》事変にも出征していて、私など到底足元にも及ばない腕前の持主だった。戦歴も学歴も腕前もない軍医中尉がいるのに、加治軍医が少尉どまりというのもおかしな話ではあった。

南方からの移送患者には、創傷の中に蛆虫《うじむし》がわいている者もいて、まずはピンセットで一匹ずつ取り除かなくてはならない。蛆のわいた創は思ったよりもきれいで、その後の治りも早かった。

移送されて来る患者には、当然病床日誌もついて来る。ニューギニアからの日誌の主治医名に、医専で同期だった級友の名を発見し、苛酷な戦場がしのばれるとともに、安否のほどが気遣われた。

ルソン島地図
フンドアン
ファームスクール
リンガエン湾
バギオ
アリタオ
サンホセ
カバナツアン
クラークフィールド
飛行場
ダウ
マニラ
0
50km
レイテ島方面

年も押し迫る暮に、捕虜となった米兵が虫垂炎で運ばれて来た。加治少尉と二人で型通りの虫垂切除術を行った。患者は感謝し、私の下手な英語でも何とか耳を傾けてくれた。両腕いっぱいに入墨がある割には気さくな男で、年齢は二十二、学徒兵で空軍少尉とまでは理解できた。ようやく抜糸した夜、患者は忽然《こつぜん》と憲兵二名が連れ去って行った。主治医である私の許可など一切無視しての蛮行だった。

明けて十九年の正月、全員が営庭に集合して宮城《きゅうじょう》のある東北方を遥拝《ようはい》したあと、半《はん》袖半袴《そではんこ》を着て元旦《がんたん》を祝った。午後になって、発着所脇《わき》の講堂で演芸会が催された。芸達者な者が多いなかで、やんやの喝采《かっさい》を浴びたのは、天中軒雲月《てんちゅうけんうんげつ》の愛弟子《まなでし》で、天中軒日月という芸名を持つ山口一等兵だった。さすがに東京の本場で鍛えられた浪花節《なにわぶし》は、満場を唸《うな》らせた。

一月下旬、原田一等兵が部隊で初めての戦死者になった。軍経理部勤務を命じられ、邦人軍属一名とともに、現地人の運転する乗用車に乗って任地に向かった。途中タルラック付近でゲリラに銃撃されたのだ。

二月一日、かねてから第三内科病棟に入院加療していた多田一等兵が病死する。由《ゆ》布《ふ》見習士官の解剖の結果、脳腫瘍《しゅよう》と判明、部隊初の病死だった。

二月に入って新しく病舎ができ、収容人数が増えるとともに、第一次日赤第三一八救護班福岡班十二名、大阪班九名の計二十一名の看護婦が赴任して来て、ようやく病院らしい雰囲気になった。

この頃より、同僚の見習士官が数名ずつセブ島やマニラ兵站司令部医務室に派遣を命じられ、数ヵ月後に帰隊するなど移動が激しくなった。由布見習士官は帰隊途中でマラリアを発病し、直接マニラの第十二陸軍病院に入院した。

後日、この由布軍医は、内地送還の途中、台湾陸軍病院において敵の空襲を受け戦死した旨《むね》が通知された。

三月十日、第十四軍軍医部長の伊藤大佐の巡視を受けた。その後、師団の野戦病院や連隊の衛生隊で負傷した衛生兵が相継いで入院、原隊復帰不可能のため、そのまま兵站病院勤務になった。

四月二日、第一次日赤第三一七救護班東京班十名と神奈川班十二名が到着、看護婦総数四十三名になった。しかしアメーバ赤痢で伝染病棟に入院していた堀看護婦が、四月十七日死亡する。私が執刀を命じられて解剖した結果、腸穿孔《せんこう》による汎《はん》発《ぱつ》性腹膜炎が死因だと分かった。これが日赤看護婦最初の戦病死になった。十日後、太田婦長が遺骨を持って内地に帰還した。

五月になって、他の連隊から衛生兵が続々と兵站病院に編入され、通称部隊名も、渡第九七六六部隊から威《い》第九七六六部隊に変更された。防諜《ぼうちょう》上の措置らしかった。

六月六日、第二次日赤救護班十九名が新たに赴任して来た。このため第一次日赤救護班員は内地帰還になった。

七月二日、さらに日赤救護班二十三名が赴任し業務に加わった。これによって古参の救護班員二十二名が内地に戻った。

そして七月二十八日をもって、第十四軍は第十四方面軍に改編昇格する。この新編成は、近々予想される米軍上陸に対して、有効な防禦《ぼうぎょ》線を張るためだった。

九月になってすぐ、兵站病院にパラチフスの患者が多発し、病院全体を隔離、患者収容と移送業務を全面停止した。この病気はパラチフスA菌によって起こる急性の感染症で、隔離が原則だ。幸い腸チフスよりも軽く、半月で快方に向かう。第十四方面軍軍医部とカバナツアンに移動した第一三九兵站病院から、応援医師と衛生兵が急行して、毛布や敷布などすべての寝具を消毒した。この防疫《ぼうえき》業務によって、一週間後には伝染病は下火になった。

この直後、クラークフィールド飛行場を防衛する部隊から、ひとりの軍属女子隊員が運ばれて来た。陣痛だと分かり、産婦人科医でもあった西島軍医中尉が診察、看護婦も手伝って、無事女児を出産した。〈ひとみ〉と命名された赤ん坊とともに、女子隊員は内地に戻った。

九月中旬、広沢虎造《ひろさわとらぞう》が部隊の慰問に来て、講堂に隊員と患者が集められた。虎造の「森の石松」が場内を沸かせ、前座を務めた天中軒日月こと山口一等兵の浪曲、麻生《あそう》看護婦の「博多夜船」も大好評だった。

兵站病院が内地の病院と何ら変わることのない平穏さを保っていたのは、実にこのときまでである。戦況についてはほとんど知らされておらず、私たちは戦地にいることさえ忘れがちだった。

しかし九月二十一日の午前、クラークフィールド飛行場が初空襲を受けると、兵站病院も一転して戦闘状態に突入した。

午前十時、空襲警報のサイレンが病院全体にけたたましく鳴り響いた。

私は運悪く、パラチフスの最後の患者として、伝染病棟の二階に寝かされていた。その朝の検温でも三十八度三分あって、身体《からだ》全体が重くて怠《だる》い。それでも飛び起きて、一枚の毛布を抱いて一階に降りた。防空壕《ごう》に駆けつけると満員である。こちらは伝染病患者でもあるので、仕方なく営庭の椰子《やし》林の中に退避した。

空は青く晴れ、東の方に眼を移すと、約六十機のグラマンが編隊を組み、銀翼を輝かせて接近していた。キラキラ光って、この世のものに思えない美しさだ。

アラヤット山を過ぎたところで編隊はさっと解かれ、飛行場に向かって高度を下げ、突っ込んでいく。そこで続けざまに爆弾を投下したあと、南に機首を向けて東に反転、病院の上を通過して遠ざかった。間もなく、飛行場の方から黒煙が空高く上がりはじめた。

息をつくのは束の間で、再び別のグラマンの編隊が同じような体勢で突っ込み、爆弾を落し終えて反転する。それが四、五回は繰り返されただろうか。そのうち伝染病棟の南側に爆弾が落ち、地響きと音が、伏せた身体をズシーンと揺らした。続いて第二弾が兵舎の近く、さらに第四内科病棟の南にも落とされた。

病棟の各屋根には大きな赤十字のマークが書かれているので、誤爆かもしれなかった。

あとでこのとき、衛生所勤務の一等兵が飛行機に向けて三八銃を撃ったことが判明した。命じたのは衛兵司令の仁田《にた》衛生中尉だった。しかし因果関係ははっきりせず、仁田中尉は叱責《しっせき》されなかった。この爆撃で、伝染病棟が少し傾き、第二外科病棟が使用不能になった。

私だけは兵営近くの民家にひとり移され、藤島当番兵が三度の食事を運んで来た。病棟がなくなり、第二外科病棟勤務の軍医と衛生兵、看護婦は、マバラカットの民家で診療を開始したらしかった。クラークフィールド飛行場の空爆による負傷者が次々と運び込まれており、病院内は大混乱らしい。私自身はまだ熱もひかず、申し訳なかった。

そのうち、近くのタルラックに大きな病院の設営が始まり、南サンフェルナンドにも分院が開設された旨、藤島当番兵から報告を受けた。

そして九月末、第十四方面軍の司令官が、黒田重徳《しげのり》中将から山下奉文《ともゆき》大将に代わった。

十月中旬になっても、私の検便結果は陰性にならなかった。十月下旬、米艦隊がレイテ湾に集結、ついに我が軍の防禦を破って上陸を果たしたと聞かされた。

十月二十七日、第十四方面軍から、私たち第一三八兵站病院のレイテ島への進駐命令が下った。レイテ島で米軍と決戦をするという、大本営の参謀本部と南方総軍の基本方針の余波だった。

飯田部隊長は、部隊を二つに分け、まず第二班をマニラに向かわせた。十一月になって、部隊長以下の第一班がマニラに移動を開始した。病院は、広島から来た軍医による第一三七兵站病院が引き継いで診療に当たった。

しかし私はまだ検便陽性のまま、民家の小部屋に寝かされ、居残った藤島当番兵が忠実に三度の食事を運んで来た。

時折クラークフィールド飛行場の空襲があり、私はそのたび近くの道路下の土管の中に避難した。

検便がやっと陰性になったのは、十一月中旬で、藤島一等兵とともにマニラの本隊に追及した。

部隊は日本人小学校に駐屯していた。飯田部隊長に復隊した旨を申告、レイテ行きが第四乗船班になっている旨を告げられた。

ここで日頃から親しくしていた久米《くめ》見習士官から、これまでの経緯を聞くことができた。

田川軍医大尉の指揮する第一乗船班の先遣隊五十名が、二隻の輸送船でレイテ島に向かったのは十一月四日である。乗船間際《まぎわ》にデング熱の発病が判明した久米見習士官以下三名は、乗船を許されなかった。久米見習士官と井出伍長は、マニラの第十二陸軍病院、井上見習士官はケソン病院に入院させられた。この井上見習士官は、当番兵と将校行李《こうり》はレイテ島に行ってしまい、残ったのは背嚢《はいのう》のみだという。

その後の第一乗船班の行動は、後に石田軍医中尉たちが負傷患者を護送してマニラに戻って来て分かった。マニラを出港して、レイテ島を前にしたオルモック湾で敵機の銃撃を受け、多数の死傷者が出た。石田軍医中尉以下が患者をマニラに護送中、再び敵機によって船は撃沈され、大半は戦死する。結局、無事にレイテ島に上陸したのは半数の二十五、六名らしかった。

次の第二乗船班員が隊貨とともに乗船したのは、六八六三屯のせれべす丸で、十一月九日十三時半マニラを出港していた。

私が復隊して間もなく、せれべす丸に乗っていたはずの大石見習士官がひょっこり帰って来た。話を聞くと、港を出たせれべす丸は翌日の夜半二時頃、ルソン島南端ボンドック沖で座礁《ざしょう》、船団から離れたという。そこに友軍の駆逐艦が来て、部隊員は救助された。ところが大石見習士官ら数名は、船内で患者の治療をしていたため、駆逐艦に移乗できず、夜が明けて木造船と機帆船に助けられたらしい。

せれべす丸には各部隊の隊貨が積まれたままであり、十数名の部隊員が五隻の木造船に乗って、座礁現場に向かった。しかしせれべす丸は既に浸水が始っており、隊貨の持ち出しは不可能だった。

この第二乗船班員は、やむなくマニラの日本人小学校にいる本隊に合流した。

十一月二十日、部隊はマニラ城内の兵站宿舎に移動した。毎朝十時頃、判でおしたように米軍の空襲があり、そのつど城壁内部の防空壕に避難した。

ある日、定期便の空襲が終わり、昼食をすませて、午睡をしていたとき、突如として飛行機の爆音が耳にはいった。飛び起きて、すぐ隣の兵舎に眼をやると、赤い炎を出して燃えている。急いで階段を下り、防空壕にはいった。

防空壕から出てみると、兵舎はものの見事に燃え尽きていた。米軍一機が上空から急降下して、兵舎に焼夷弾《しょういだん》を落としたらしかった。

兵舎にいたのは落下傘《らっかさん》部隊の高千穂部隊で、将兵は二階から飛び下りて避難し、一名の犠牲者も出さなかった。この高千穂部隊は、陸軍の空挺《くうてい》部隊である第二挺身団の秘《ひ》匿《とく》名で、レイテ行きを待っているところだと聞かされた。

爆弾騒ぎで、部隊は再び日本人小学校に立ち戻った。

十一月二十六日、飯田部隊長以下中軸の第三乗船班員は、マニラ港で乗船した。しかしそれも束の間で、敵機の猛烈な空襲にあい、全員が日本人小学校に引き揚げて来た。

翌二十七日の朝、私は部隊長に呼ばれた。

「レイテでは激戦が予想される。従って外科医は全員連れて行く。きみもその準備をし給《たま》え」

自分は第四乗船班になっているなどとは、到底言えない。さっそく戻って、藤島当番兵に将校行李を運ぶ準備をするように命じた。同時に、第四乗船班長の加藤軍医中尉に申告に行った。

「それは困る。こうした状況下では、各班がバラバラになることを覚悟しなければならない。外科の軍医がいないようでは話にならない」

普段からもの静かで柔和な加藤中尉が咄嗟《とっさ》に顔色を変えた。「よし俺が部隊長にかけ合って来る」と言い置いて、大股《おおまた》で出て行った。

間もなくして、私は再び部隊長に呼ばれた。

「野北見習士官、きみは残り給え」

このひと言が、結局私の生死の分かれ目になる。もちろんそのときは知るよしもなかった。

部隊長以下の第三乗船班が、十一月二十八日乗船したのは神祥《しんしょう》丸である。マニラを出港した翌日の夕方、飯田部隊長戦死の報がもたらされた。その他の部隊員は全員無事にレイテ島に上陸したという。

部隊長のみが戦死するのは、どういう戦況下だったたか、みんな首をかしげた。具体的な情報は何ももたらされなかった。

その経緯が判明したのは、終戦後、レイテ島に渡った第一三八兵站病院二百五名中ただひとりの生残者、輪島軍医中尉の証言からだった。当時レイテ島を守る主力の第十六師団は、ひと月前の十月十八日、七百隻十万の戦力で攻撃して来た米軍の前に、わずか一日で壊滅に近い損害を受けていた。敵の上陸は二十日であり、米軍はそのままタクロバンに進撃した。救援に向かった第二十六師団も第一師団も、大した成果を上げていなかった。

マニラを出た第三乗船班の船団は幸い潜水艦の攻撃も受けず、時折友軍機が現れて護衛してくれたために、敵機も姿を見せなかった。途中、座礁したせれべす丸の残骸《ざんがい》を眺めながら、夕刻オルモック湾にはいった。

友軍機が去るのと入れ代わりに襲ってきたのが、グラマンと双胴のコンソルだった。船団の対空砲火は無きに等しく、銃爆撃にさらされるなか、飯田部隊長が慌《あわ》てて船室から飛び出して、第三乗船班最初の犠牲者になった。

このレイテ上陸組はすぐにジャングルの中に逃げ込み、あとは赤痢とマラリア、そして飢えで消耗していき、散り散りになった。兵站病院を開設する余裕などなかったのである。開設するどころか、自らの食糧さえも確保していなかった。翌二十年六月下旬までに全滅する。衰弱して川岸近くに倒れていた輪島軍医中尉のみが、現地人に助けられ、捕虜になった。

他方、ルソン島マニラの日本人小学校に残されたのは、第二乗船班員と第四乗船班員、および第一乗船班員で、患者護送のため帰って来た石田軍医中尉以下九名だった。総員二一名で、当初の約半数である。これで兵站病院は片肺飛行と同じになった。日本人小学校も敵襲を受ける恐れが充分にあり、数日後、マニラ市内ピナパル街の民家に分宿した。私たちがはいったのはピアノのある大きな家で、久しぶりでくつろぐ思いがした。

この頃、日本から来る船はほとんど、バシー海峡で沈められていた。いきおいレイテ島に渡るにも船がない。そのうち、ルソン島にも敵が上陸作戦を行う公算が大になり、第十四方面軍司令部から、私たち第一三八兵站病院の残留部隊はカバナツアンの第一三九兵站病院近くに移動する命令が下された。

十二月二十四日、部隊のトラックに分乗して、カバナツアンに向かった。そこにはマニラ兵站司令部が第六三兵站病院となって移動していて、私たちは主に伝染病患者の治療にあたった。

アメーバ赤痢、腸チフス、パラチフス、疥癬《かいせん》など、伝染病は放置すると、一大隊分くらいの兵力損失を招く。

暮もおし迫ったある日、士官勤務の准尉《じゅんい》と見習士官の席次はどちらが上か、問題になった。上官から、軍司令部で聞いて来いと命令を受けたのが私だった。

敵がルソン島に上陸するという火急の時期に、何たる下らない命令かと腹が立った。しかし上官の命令には逆らえない。食糧受領に行く部隊のトラックに乗せてもらった。おそらく司令部でも、「馬鹿者」と一喝をくらうのに違いなかった。

マニラに着き、肚《はら》をきめて軍司令部に赴く。しかしそこはもぬけの殻で、司令部はルソン島中部の高原にある避暑地バギオに移ったという。やれやれこれで怒られずにすんだと胸を撫《な》でおろし、食糧を積んだトラックに乗り、口笛気分で病院に戻った。上官に報告し、結局上官の判断で、将校待遇の見習士官のほうが上席ということに決まった。

年が明けた昭和二十年一月六日、ルソン島中部のリンガエン湾に米大艦隊と多数の輸送船が現れたとの情報がはいった。これで敵のルソン島上陸も時間の問題になった。前年の暮、大本営のレイテ決戦の方針が、第十四方面軍のルソン持久作戦に変更されたらしかった。

一月十日、北方の山中に向かって行軍を開始した。戦況が伝わりにくい兵站病院でも、この移動は退却であることが感じられた。隊貨と将校行李、兵隊の装具はトラックが運び、隊員は徒歩である。ムニオスを経てサンホセを通過し、山中に分け入る。

十一日、プンカンに到着し、伝染病患者の治療にあたった。ほとんどがアメーバ赤痢による下痢患者だ。

十五日、さらに奥地に移動するため、歩行困難な患者は、適当に処置せよという命令が下った。

適当な処置とは、いわば安楽死である。患者のほうも、そういう軍命令が出されたことはうすうす感じている。主治医の私が尋ねると、「はい歩けます」と立ってみせる。片脚切断の患者も、急ごしらえの松葉杖《まつばづえ》にすがって歩く恰好《かっこう》をする。下痢で衰弱した患者は、骨と皮の姿で必死で立ち上がる。よろければ木の枝の杖に体重をかけて立つ。

それでも立てないと分かると静かに横たわって、腕をさし出した。注射の中味はクレゾールの希釈液一・二ccだった。注射を準備する看護婦の顔も、私の顔も、死にゆく患者には鬼に見えたかもしれなかった。「軍医殿、お世話になりました」と言って目を閉じる患者もいた。観念した患者の目から、ひと筋涙が流れた。注射器内の液がなくなる前に患者は身体を硬直させて息絶えた。

新年の　月を仰ぎて　逝《ゆ》きし兵

ふたたびの　年新たなり　我は鬼
新年を　迎えて我は　鬼になり

私は入営の日から、日々の出来事を手帳にメモしていた。俳句はこの悔恨の日、初めて書きつけた。軍医になったのを後悔したのもこの日が初めてだった。患者を自らの手であやめるなど、医師のやることであるはずはなかった。こんな行為をするために、私は医学を学んだのではなかった。

同僚の見習士官も、私と同じ苦しみをもったに違いなかった。幽鬼のような独歩患者百名近くを、バヨンボンにある第一三四兵站病院まで、徒歩護送する任を命じられた塩川見習士官は気の毒だった。途中で倒れる患者は、所詮《しょせん》置き去りにするしかないのだ。助けようにも、やっと立っている患者に余力は残っていない。三分の一は見殺しにしたと、塩川見習士官は戻ってからぽつりと口にした。

2

一月十六日、私はルソン残存隊員を指揮する石田軍医中尉から、アリタオに向かって先発する命令を受けた。今後はアリタオをわが兵站病院の根拠地にするという。軍曹以下五十名を率いての行軍である。夜は野営し、夜明けとともに出発すると、下り坂の先で民家が燃えていた。ゲリラが潜んでいるとにらんで小休止をとっている中を、友軍の戦闘部隊一個小隊ほどが進んで来た。これ幸いとその後について通過し、昼前に無事アリタオに到着した。

アリタオは、ルソン島の中央にある渓谷地で、西の丘陵地にバギオ、さらに西に下るとリンガエン湾に行きつく。

兵站病院の貝島伍長以下の建設班は、そこに兵舎と患者収容棟を造った。南方特有の竹林を利用して、壁も屋根も竹製で、ベッドも竹でできていた。

片肺飛行同然になった兵站病院に残った軍医は、わずか五名。軍医中尉が三名と、私を含めて見習士官が二名に過ぎなかった。私のルソン島残留を部隊長にかけあってくれた加藤軍医中尉と石田軍医中尉は本部、隅本《すみもと》軍医中尉は内科、塩川見習士官は内科病棟を担当、私は外科と手術室を受け持った。

手術室は、葉が空を遮るほどの大木の下に設けられた。八畳ほどの広さで土を一メートル掘り下げ、屋根はテントで覆《おお》われた。小川に沿って、道路に近いところから、発着所、手術室、兵舎が並び、小川の向こう側には物資集積場、本部、本部防空壕、兵舎がある。さらに上流に行くと、両岸に内科病棟と外科病棟が並んでいた。炊事棟は、橋の手前に小川に面して造られた。

それでもこの頃は医療器具や薬品も確保されており、車両班は四両のトラックを所有していた。このトラックを利用して、プンカンとアリタオ間を行き来して、患者や食糧、衛生材料その他の隊貨を運んだ。

一月二十一日、病院業務を開始した。搬送されて来る患者は、主として鉄と撃の両兵団からだった。鉄兵団は、岡山の歩兵第十連隊を主力とする第十師団で、アリタオの南にあるバレテ峠とサラクサク峠で、進撃して来る米軍と死闘を繰り広げていた。手足をもがれた患者は、全身火傷《やけど》も負っていて、敵の火力のすごさが想像できた。

撃兵団は戦車第二師団で、サンホセの北ルパオ付近で、北上して来る米軍の迎撃に専念していた。送られて来る患者が口にするのは、敵のM４戦車の優秀さで、自軍の戦車砲ではびくともしないらしい。唯一《ゆいいつ》の戦術は、至近距離から比較的鋼板の弱い側面を攻撃するか、戦車前面に爆雷をつけて体当りすることだという。

私以外の外科医はすべてレイテ島行きになっていたので、外科手術は一手に引き受けなければならない。手足が吹っ飛ばされていなくても、傷口から菌がはいり、たちまちガス壊疽《えそ》を起こす。病院には血清類がない。そうなると早期に切断しなければ命にかかわる。私の日々の仕事は切断手術で、切断後は早急に、後方の病院に送った。

二月にはいると、送られて来る患者数も急増した。鉄兵団はバレテ峠、撃兵団はサラクサク峠で防戦一方だった。米軍の空爆と砲撃、戦車と火炎放射器に対し、こちらは全く補充のない残った兵器と弾薬で、勝負にならない。横綱と相撲をとる小学生のようなものだと、右手を失った患者が言った。

兵站病院も時々空襲を受けた。手術中に空爆を受けたときは、患者ともども、手術室横の壕に退避する。水量の少ない小川の両側は岩層になっていて、建設班がそこに横穴を掘ってくれていた。

敵機を警戒して、日中に火を焚《た》くことは厳禁されていた。しかし手術室だけは火が必要で、消すことはできない。竹を小さく割って少しずつ燃やせば、煙はほとんど出ない。この方法で、火を保ち続けた。

三月になると、バレテ峠とサラクサク峠の前線は、いよいよ緊迫の度を増した。三月十三日、私たち第一三八兵站病院は撃兵団の指揮下にはいった。兵站病院から二班の派遣隊が編成され、それぞれ前線からの患者収容と患者後送の任についた。

これまで当番兵として私の面倒をみてくれていた藤島一等兵が、この派遣隊に組み入れられたため、後任として今川一等兵が来てくれた。

四月になるや、サラクサク峠の攻防戦は熾烈《しれつ》を極めるようになった。患者収容に当たっていた隊員にも次々と犠牲者が出た。四月四日、和田一等兵が頭部砲弾破片創を受けて戦死、二十七日にも天中軒日月こと山口一等兵が胸部砲弾破片創で戦死した。

四月下旬、患者収容隊の補強のため、六名が撃兵団に送られた。数日後木下一等兵は左大腿部《だいたいぶ》砲弾破片創を受けて、私の手術室に運ばれて来た。創《そう》の処置は無事済んだものの、破傷風を併発して五月三日死亡した。五月六日、上野一等兵も頭部砲弾破片創で戦死、七日茂司《もじ》一等兵も同じ創で戦死する。

五月十五日、根元見習士官が右胸部砲弾破片創で戦死、同じく二十五日、菱川《ひしかわ》伍長がイムガンの山中で頭部砲弾破片創を受けて戦死した。この頃、患者をさらに後送するのは、アリタオの北にあるバヨンボンの第一三四兵站病院か、プンカンの第一三九兵站病院だった。

六月にはいって早速、バレテ峠の鉄兵団もサラクサク峠の撃兵団も壊滅的な打撃を受け、米軍のアリタオ進攻も時間の問題という知らせが届いた。六月三日、半年間起居した病院施設を放棄して撤収が決定された。行く先は北方のピンキャン、キャンガン方面で、最終的な落ち着き場所がどこになるかは分からない。

久米見習士官は三百万ペソ紙幣の軍票を木の根元に埋め、下士官や兵たちも足手まといになる兵器を山に埋めた。

私は兵たちに、各自抗マラリア錠剤を持てるだけ持たせた。マラリアにかかれば体力が衰えて、移動部隊から脱落する。脱落は死を意味していた。隊貨の運搬は大八車である。その他多量の隊貨は、路上に積み上げ、少数の兵を残して輜重《しちょう》隊のトラックを待たせた。しかしやって来たのは敵の戦車であり、隊貨を残したまま追及して来た。

バヨンボンに至る五号線を北上中、敵機の空襲が始まり、全員が路傍の土管の中に逃げ込む。敵機が去るのを見届けて再出発になる。ようやくバムバンに到着し、そこで小休止したあと、夜になるのを待ってまた出発する。そこから先は、夜行動物なみに夜の移動になった。夜の間、満天の星を時折眺めながら、行ける所まで行く。夜明けとともに、適当な退避場所を見つけて死んだように眠った。

五号線に沿って流れるマガット川にかかっていたバトウ橋は、空襲で破壊されていた。工兵隊が急造した狭い橋を、松明《たいまつ》を頼りにして渡る。夜明けとともに、道から離れて林の中に入り、食事をすませる。その後バラバラになって休養を取り、眠る。大変なのは炊事班である。移動した場所で、一日二回分の食事を準備しなければならない。

日中、敵機が襲って来れば、各自退避する。林や森に隠れていても、一人でも敵機に発見されると、その林や森は何度も銃撃される。空襲の間、できるだけ動かないのが銃撃されないコツだった。

兵站病院以外の別の部隊も、いつの間にか五号線に集結して来た。戦闘部隊のはずなのに、弾も尽きたのか、銃も手にしていない。ただの歩く兵隊になっていた。身軽になって足の速い部隊は、私たちを次々に追い越して行く。そのなかには老人や幼い子供を抱えた邦人もいる。五号線はまさに敗残道路と化していた。月白の道を、兵隊と民間人が入り乱れて先を急ぐ。もはや戦争はここでケリがついたように思えた。

夜間行動のため、周囲の地形は全く見えない。注意をしないと、よその部隊に紛れ込んでしまう。お互いに声を掛けあい、「おーい、こっちだ」と呼び合った。

夜が明けると、空からは見えない場所を探して隠れる。夜になって歩き出す。その繰り返しだ。

やがて五号線から西にそれる四号線にはいった。もう今日が何日だか分からない。分からなくても構わない。関心事は、早く敵から遠ざかることだけだった。

夜明け近くになって、前方に川が見えた。何川か誰も知らない。工兵隊が造った舟橋を渡る。他の部隊も我先にと渡るので、戦友同士、見失わないように確認し合う。

誰かがここはレストハウスだという。しかしそのレストハウスがどの辺なのか、さっぱり分からない。幸い四号線にはいって、砲撃音が聞こえなくなった。日が暮れて進み、夜明けとともに、森を見つけて散って行く。炊事班はそれから仕事を始め、全員の食糧を確保する。朝夕二回の食事の量がめっきり少なくなっているものの、文句は言えない。

この頃から、兵隊に混じって、ルソン島の各地で暮していたはずの邦人の姿が、目立って増えてくる。やはり女と子供、老人ばかりで、足は遅い。兵隊たちが次々と追い抜いて行く。

私たちも、お互い離れないようにして歩くばかりだ。隊列を組むわけにはいかず、追い越したり後になったりしてただ歩く。次第に口数も減ってきた。

この道の先がファームスクールで、かつて第一三九兵站病院が設営していた場所だと誰かが言う。私には何の感慨もわかず、そうかと思うだけだ。

道は今までと違って登り坂になる。友軍のトラックが物資を積んで追い抜く。空になったトラックが何台も引き返して来る。それでも各部隊の混雑は五号線のときより少なくなった。

夜が明けると、山の中だった。サントドミンゴ山の麓《ふもと》だという。ここから先は、平野ではなく山中行軍になった。それぞれ疲れたら休養し、敵機が見えたときだけ身を隠す。山中は隠れるのには都合がいい。昼間に睡眠をとるのがうまくなった。夜間行軍でくたびれたせいもある。

夜が来る。また坂道を登る。峠を越して下り坂になり、また登る。四号線からさらに脇道にはいったらしい。暗くて、道の詳しい情況は分からない。先頭が曲がるから、こちらも黙って曲がるだけだ。

夜が明けてみると、目の前にあるのは広々とした台地だった。トラックが列をなして停まっている。道端の里程標識に三百二十㎞と書いてある。もちろんマニラからの距離を示した道程だった。

木立の少ない草原の南側の山手に、森と林があり、北はなだらかな下り坂で、奥に川が流れているようだ。

突然、上空に敵機の爆音がして、蜘蛛《くも》の子を散らすように避難する。案の定、敵機はトラックの群に向かって執拗《しつよう》に機銃掃射を繰り返した。

空襲が終わって道まで出ると、トラックの下で乳のみ子が泣いている。胸にすがっている母親は既にこと切れていた。乳のみ子をかかえていた母親は、遠くに逃げられず、咄嗟の判断でトラックの下に隠れたのだろう。

泣いている赤子を見ても、私たちにはどうすることもできない。そこを行き交う兵隊や邦人も、赤子には眼もくれなかった。

兵站部隊はキャンガンを目指すことになり、フカブから旧道にはいった。距離はあと八キロだという。夜が明け、建設班の兵隊が竹を切って簡易寝台を多数作ってくれた。竹のベッドの上は快適で、久し振りによく眠れた。雨期なので、山ではどこでも水の流れができる。水は寝台の下を流れた。

三日後にいよいよキャンガンに着く。トラックの通れる道はここまでで、二十台近いトラックが停まっていた。そのうちの一台が、真白い塩を荷台一杯に積んでいる。私は兵に命じて、各自塩をどこでもいいので詰めて行くようにさせた。私自身は外被の帽子をはずして、塩で一杯にして紐《ひも》でくくった。

キャンガンには一週間とどまった。そこから先は細い山道を辿《たど》り、奥地にはいって行く。自動車のタイヤで作った松明の明かりを頼りにして、細道を登り、また下る。谷間は先日からの雨で深い泥濘《でいねい》になっている。泥に足を取られながら兵隊も在留邦人も進む。やっと難路を抜けた先が、マゴックという村だった。

段々畑が幾重にも重なり、水田もある。穂先はほとんど切り取られていた。私たちは残された穂を切って、部隊から支給された籾《もみ》と合わせて棒でつく。牛蒡剣《ごぼうけん》の頭でついている兵隊もいる。キャンガンを過ぎてからは、各自が飯盒《はんごう》炊飯をするようになっていた。バナナの木もあるが、実は既に取りつくされていた。マゴックには三日野宿した。毎朝十時には、定期便のように空襲があった。空襲をやり過ごしたあと、十数名の兵と一緒にジャングルの中の蟹《かに》を取りに行く。谷川の上流で二十名くらいの将校団が休憩していた。参謀を示す肩章も見える。近寄ると、先方が近づくなと制止する仕草をした。それなら敬礼しなくてもすむ。沢蟹を探し袋に入れて持ち帰った。

「それはおそらく山下閣下の一行ではないか」

私の話を聞いて、久米見習士官が言った。

第十四方面軍の司令部も、バギオを捨てて山中を彷徨《ほうこう》しているのだとすれば、もう先が見えている。ますます気が滅入《めい》ってくる。

雨期の泥道のために、私の右の軍靴《ぐんぐつ》の縫糸が腐り、先の方から口を開けはじめていた。仕方なく布切れで縛っていた。ある日、今川当番兵が一足のズック靴を見つけて来てくれた。谷川で足を洗っていた兵隊の物をくすねて来たのだと言う。それは嘘《うそ》で、死体の靴をはがしたのに違いない。ありがたくズック靴にはき替えた。

この頃、同僚の軍医塩川見習士官が靴をはけなくなっていた。サラクサク峠で受けた左足第五趾《し》の傷痕《きずあと》が化膿《かのう》していた。請《こ》われて、私が切開することになった。もちろん麻酔薬などない。軍医携帯嚢から、未使用のメスを出し、一気に切開した。排膿したあとは、靴を元どおりにはけるようになって感謝された。

二日後、道はフンドアンという村で三九〇号道路とぶつかった。ここがどうやら駐屯地になるらしかった。

村民は避難していて、空家になった家が点在している。広場の前に大きな教会があり、その周辺に居を構えることになった。

峠から細道を登った所の数軒を本部にし、私たち見習士官は、当番兵も一緒に近くの広い平屋にはいった。隊員は各分隊毎に三九〇号線を西に下った所に、適宜平屋を見つけて分散した。それでもおよそ二キロの範囲内にいて、私が率いる外科関係十二名も、本部から一キロの所に集まっていた。

このフンドアンで、炊事班の組織的な給食は全く不可能になり、兵站病院部隊は自活態勢にはいった。

毎日、各自が現地人の栽培する芋畑に行き、勝手に芋を掘り、一日分を収穫して帰ってくる。夜になって、炎が見えないように天幕を張り、飯盒炊飯をする。眠って夜が明けたら、各自芋畑に散った。空襲がないので、午前中に芋掘り、午後は水浴し、洗濯もできた。

ところが、虱《しらみ》が発生して、蔓延《まんえん》しはじめた。取りつくしても、翌日には同じくらい涌《わ》いている。毎日午後は虱取りで、その有様は乞食《こじき》の集団か猿の集団である。そのうち赤ダニも発生して、虫取りがいよいよ忙しくなった。

ダニは小さくピンク色をしている。腋下《えきか》や陰嚢などの毛穴や汗腺《かんせん》に寄生するので取りにくい。しかも小さく、手で潰《つぶ》すのは不可能だ。針の先でつつき出す以外にない。腋の下は自分では取れないので、戦友同士で取り合うしかない。しかも痒《かゆ》みは虱以上で、毎日が苦行だった。

マッチも既になく、器用な兵隊が火縄を作ってくれた。青い草を縄をなう要領でなって、天井からぶら下げ、先端に火をつける。使用するときは、息を吹きかけて炎を起こす。用済み後は炎を消しておけば火種が残った。

七月半ば、近くに布陣する荒木兵団から淡治《たんじ》軍医大尉が赴任して、第一三八兵站病院の院長になった。兵站病院とはいえ、もはや実力の上では野戦病院以下になっていた。

この頃から食糧も少なくなり、芋掘りに時間がかかるようになる。慣れない私は夕方までかかった。芋だけでは足らず、大きなシダ類の根を掘る。粘り気があって、私たちはこれを南方山芋と称した。

夜間に家の中を走り回るネズミも食糧だった。蛇を捕えたときは、皮を剝《は》いで焼いて食べた。田にいるゲンゴロウも貴重な蛋白《たんぱく》源だ。残念ながら蛙《かえる》はいない。山野に生える柔らかい草は何でも食った。幸い塩があるので、塩汁にすれば喉《のど》を通る。他部隊の兵で、大きな野生の豆を食べて死んだ者も出た。アトロピン様の作用があったのだろう。

そのうち兵隊や看護婦の中に、下肢に腫《は》れが出て来る者が出はじめた。栄養失調の兆候だ。

そんな折、看護婦から油虫は食べられますかと質問された。昆虫の一種だから食べられないはずはない。油虫はゴマンといるものの、捕えるのは簡単ではない。翌日、看護婦が糸に通した五、六十匹の油虫を持って来た。器用にも、縫い針で突き刺して集めたのだと言う。鉄兜《てつかぶと》に入れて、火をかけ油虫を焼く。コーヒーの枝で作った箸《はし》で混ぜると、干し魚を焼くような匂《にお》いがたちこめた。

「油虫と思っちゃダメ」

「目をつぶって食べるのよ」

看護婦たちがひそひそと言い合う。涙をためて尻込《しりご》みする看護婦もいる。

「軍医殿、いかがですか」

私も勧められたが、縮んでしまった油虫の量は、ほんのひと口なので遠慮した。あとで看護婦たちは油虫を捨てたと聞いた。

夢に出てくるのは、食べる光景ばかりになった。腹一杯の米の飯を食べる寸前に目が覚めて、呆然《ぼうぜん》となる。兵隊の中には、饅頭《まんじゅう》や菓子の作り方を手帳に書き、虱退治の間に開けて、食ったつもりにしている者もいた。

栄養失調になると運動神経も鈍ってきて、素早い動作ができない。貴重な蛋白源のイナゴも、一匹か二匹捕えられればいいほうだった。病院の誰もが、もはや他人の世話などしておられなくなった。餓鬼のようになって食糧を探しまわった。

桜餅《さくらもち》　口ごもりつつ　兵は逝き
うつろな眼　春菊もどきを　探しあう
患者らの　飢えたる小屋に　春の月

ある日、今川当番兵に誘われてシダ掘りに出かけた。山裾《やますそ》まで来たとき、敵の低速偵察機に発見されてしまった。竹トンボと私たちが名づけた偵察機は、二機がひと組になっている。一機が山陰に去ると次の一機が立ち現れる。逃げようにも身動きできない。やがて迫撃砲隊に連絡がいったのか、左前方の小山の向こう側で、祭り太鼓のような連続音がした。同時にシュルシュルと風を切って砲弾が続けざまに、十数メートル先に炸裂《さくれつ》しはじめた。

「軍医殿、砲弾の穴にはいりましょう」

怯《ひる》む私に今川当番兵が言ってくれた。弾丸でできた穴は、湯気とも煙ともつかない白い気体に満ちている。壁にはキラキラ光る破片がいくつも突きささっていた。

着弾の合い間に、何回か穴の場所を変えた。しかし身体の動きが鈍い。そのうえ敵の照準は増々正確になってくる。頭上では二機の竹トンボが舞い続け、着弾地点を修正しているようだった。

たった二人の日本兵を倒すために、迫撃砲は執拗に追いまわす。覚悟を決めた穴の中で身動きしなかったのを死んだと思ったのか、二十分ほどして竹トンボは去り、砲撃も止《や》んだ。二人ともしばらく震えが止まらず、口もきけなかった。見上げると雲ひとつない青空だった。

七月下旬、私は命じられて二十名を率いてマゴック方面に行った。荒木兵団から手《て》榴弾《りゅうだん》を受け取り、ひとりあたり五、六発を運ぶ。帰る途中、頭上に爆音を聞いた。制空権を取られて久しく、友軍機であるはずがない。頭上には二十機以上のグラマンの編隊が旋回しはじめている。各自、箱型の石穴に飛び込み、頭を低くした。すぐ頭の上の爆音がひとしきり激しくなり、シュルシュルと唸り出し、爆弾が周辺で炸裂し出した。ピシャッと音がして、目の前の石に肉片がへばりついた。

大きな犠牲が出ていると直感したものの、こちらも人ごとではない。何十発ともしれない爆発音で、谷と山は唸り通しだ。もう最期《さいご》と思い、目を閉じる。すると味方の手榴弾も一発炸裂したらしく、別の爆発音が響き渡った。

耳がチーンと鳴って、額からなま温かいものが頬をつたってくる。口の中もガリッと音がして異物もはいっていた。

敵機の攻撃の二、三十分が十時間にも思えた。

敵機が去ったあとの周辺は、無惨《むざん》な姿になっていた。暗いほどだった林の繁《しげ》みも、木の葉ひとつなく、裸になった木の幹がニョキニョキと立っている。

岩陰からひとり二人と銃を杖にして出て来た。ほとんどが負傷し、無傷なのは五、六名だけだ。二名が跡形もなく散華《さんげ》していた。私の額にはゴマ粒大の破片が突き刺さり、口中の異物は門歯の欠けたものだった。おそらく、爆弾の小さな破片が口を開けたとき、歯に当たったのだろう。わずかにそれていれば、破片は喉を突き破っていたかもしれなかった。

無傷だった肥田《こえだ》一等兵の鉄帽の縁が三センチほど欠けていた。もう一ミリ下であれば、破片は頭をブチ抜いていたはずだ。肥田一等兵は鉄帽を脱ぎ、呆《ほう》けたように欠けた部分を見つめた。

フンドアンには、道路を避けて、道より一段低くなっている川沿いを帰った。やがて村の方で飛行機の銃撃音が聞こえた。空襲がやんだ頃を見計らって戻ると、教会が炎上している。中にいた病院部隊の四名が戦死していた。いずれも全身火傷だった。

荒木兵団が最後の拠点としているアシン川渓谷は要害の地で、周囲を高い山々に囲まれている。東にキャンガンがあり、北は三九〇号線でバナウエに続いている。米軍はこの両方面から浸透作戦を実行していた。道が険阻で狭隘《きょうあい》なため、敵のＭ４戦車も進出不可能だ。六月から続いている攻防戦は、八月に入ってついに敵が優位に立ったようだった。フンドアンにも砲声が届くようになり、渓谷を例の竹トンボが眠気を誘う音をたてて行き交いはじめた。

日本兵が少しでも集団行動をとると、東の山から続けざまに迫撃砲弾が撃ち込まれる。しばらくすると、東側の山の上に白いテントが肉眼でも見えるようになった。直線距離はおそらく三、四キロだ。

やがて、竹トンボが朝から晩まで低空飛行をするようになる。昼間の一時間は昼休みのようで、やって来ない。低空なので搭乗員の顔が見えるくらいだ。銃撃したら落ちそうだが、後の迫撃砲の応酬が恐いので、誰ひとり攻撃しない。

単独行動で芋掘りをする限り、竹トンボも襲って来ず、砲弾も飛んでこない。どこか暗黙裡《り》の生命保証をされているようだった。芋掘りに疲れて腰をおろし、飛行機を眺めていると、最前線であることを一瞬忘れた。敵機さえおらず、砲弾も飛んで来なければ、ここは風光明媚《めいび》な渓谷だった。

とはいえ、戦況は厳しさを増していて、いずれは米兵がここに進攻して来るはずだった。どうせ死ぬのなら、海岸まで逃げて、塩水をたらふく飲んで死にたかった。

キヤンガンで各自持って来させた塩は、もうなくなっていた。塩がないので食事はすべて水炊《みずだ》きになる。芋は水炊きすると甘味が出る。ところが甘味があると余計食えない。塩気が欲しかった。野生の山椒《さんしょう》を見つけて、その葉を代用にしたが、所詮塩には勝てなかった。

　八月上旬、私が率いる曽根《そね》伍長以下の外科班に、家を移るよう指示が出た。このとき移動を集団でしたのがいけなかった。坂を登って道に出ようとしたとき、迫撃砲弾が飛んできた。曽根伍長が右足第五趾に砲弾破片創を受けた。その他の兵は無事で、目的の家に移った。

衛生兵だけあって、曽根伍長は自分で傷の手当てをした。一週間後、口が開けられないという報告を受け、驚いた私は見舞いに行った。明らかに破傷風の牙《が》関《かん》緊急の症状だった。破傷風抗血清の手持ちがなく、慰めの言葉もない。曽根伍長もこの事実を知っているはずだった。励ますしか私にできることはなく、一週間後死亡した。兵站病院開設以来、外科手術のときには必ず手伝ってもらった優秀な衛生下士官だった。遺体は近くに土を掘って葬《ほうむ》った。

この頃になると、毎日何人かが栄養失調とマラリアで死んでいく。三九〇号道路にも、行き倒れや死人を見ることが多くなった。死体は三日くらいは腐臭がする。一週間すると軍服を着た骸骨になる。そのうちに雨が降り、軽くなった死骸は道路から崖《がけ》下《した》に流される。次々とこの現象が繰り返された。雨量も多いので腐食作用も速いのだ。

炎天下　斃《たお》れし兵の　腐れゆく
夏草の　突き破りたり　しゃれこうべ

食糧不足になるにつれて、現地人も反抗を示すようになった。芋掘りはひとりずつの行動でないと、迫撃砲弾が飛来する。弱った単独行動の日本兵が、現地人の集団に襲われはじめた。現地人が隠匿していた稲穂の束を、銃を持った日本兵が盗んでいくので、復讐《ふくしゅう》されるのももっともだ。

第一線の兵士には、後方から食糧を送らねばならない。その量は半端ではない。現地人にとって日本兵は略奪集団以外の何者でもなかった。

現地人のイゴロット族は、投槍《なげやり》が得意だった。しかも以前は食人の習慣もあったらしい。確かに現地人の家の入口には、頭蓋骨《ずがいこつ》が飾られているのを見かける。何の毒かは分からないが、毒を塗った投槍で殺された兵隊も出はじめた。最近になって現地人が人肉も食い始めたという噂《うわさ》も流れてきた。

兵站病院の牧村軍曹も、芋掘りの帰りに現地人に襲われ、額の傷を私が治療した。幸い毒は塗られていなかった。九死に一生を得たのは、拾った米軍の拳銃《けんじゅう》をぶっ放したからだった。

以来、私も重たい拳銃を持参するようにした。一日分の芋を掘るのに、朝から夕方までかかるようになった。ある日の帰りがけ、古賀一等兵の杖が落ちているのを見つけた。しばらく進むと彼の帽子、さらに先には彼の靴が落ちていた。現地人に連れ去られた可能性が大で、すぐに本部に報告した。

椎田《しいだ》兵長はフンドアン東方へ食糧収集に行き、矢野一等兵の戦闘帽が落ちているのを発見した。古賀一等兵も矢野一等兵もついに帰院しなかった。

荒木兵団本部に連絡に行った与田伍長は、帰途病院本部に寄ったあと、自分の宿舎に向かったはずだが、姿を消していた。

3

八月十二日、矢加部《やかべ》兵長以下四名が病院本部で、米軍捕虜の護送の命令を受けて出発した。四人とも病院の中では、比較的元気な者ばかりだ。捕虜は友軍陣地に不時着した飛行機の搭乗員で、まず荒木兵団からその米軍大尉を受け取り、第十四方面軍司令部まで連れて行く任務だ。

四人を「ご苦労」「ご苦労さんです」と言って送り出した私たちも、四人の苦労がしのばれた。荒木兵団司令部の位置はおおよそ見当がつくものの、第十四方面軍司令部が現在どこに所在するのかが分からない。おそらくトッカンに至る途中にある第三レストハウス付近だろうとだけ伝えられた。

出発の日は雨で、夜半は桁《けた》はずれの豪雨になった。案じているなか、四人が無事に帰って来たのが八月十六日だった。道中どうなったか、私たち見習士官は矢加部兵長から直接話を聞いた。

四人は雨が滝のように流れる断崖《だんがい》の谷間の道を進んだという。夕闇《ゆうやみ》が迫り、先は見えない。先行する者の剣尻を握りしめて、川の中を泳ぐように芋虫同様に進むと、左側の木の柱に、「(荒木兵団登り口)」と書いてあるのが見えた。それから先は五里霧中、手探りで進んだ。しかしどうしても斜面から抜け出せない。

ふと矢加部兵長の右手に一本の線が触れた。司令部に続く電話線だと直感して、線を辿りつつ進むと平地に出て、現地人の家が見えた。日本語の話し声がするので友軍に間違いなく、戸を開けて来意を告げた。奥の暗い土間に兵隊たちが車座になっていた。

「雨の中をご苦労でした。早く炉端に寄って服を乾かして下さい」

口々に言われるも、そんな余裕などない。

「荒木兵団の本部はどこでしょうか。到着の申告をしたいのですが」

「この雨で、夜中でもあるので、引継ぎは明朝になります」

目が慣れると、奥にそれと分かる大男の米兵がいて、眼鏡の日本人軍属と話をしていた。前線から捕虜を護送して来た兵たちと、偶然出会っていたのだ。

長時間雨にうたれて寒い。炉端を囲んで暖をとり、飯盒を火にかけ、芋を口にしてようやく正気を取り戻した。

翌朝は晴れて、矢加部兵長のみが申告に行った。一番早く眼についた小屋にいたのは中尉と当番兵だった。

「昨夜の雨の中を、ご苦労だった。司令部は近日中に転進する。とても捕虜護送に兵は出せない。道中は捕虜を充分に監視し、飛行機に合図など送らせないように。それから途中まで新聞記者も同行する」

中尉から案内されて司令部に行き、捕虜の身柄引継が終わり、昨夜来た道を引き返す。

護送するといっても、米兵は体格もよく、見るからに栄養がいきとどき、態度も泰然としていた。それに比べ、こちらは痩《や》せた兵ばかりで、体力もない。どちらが捕虜か分からなかった。

捕虜が要求すれば、矢加部兵長たちも小休止をする。鶴《つる》上等兵が煙草《たばこ》をさし出すと、その米軍大尉はうまそうに吸った。便利な金属製のマッチ箱も持っていて、表面は大根おろしのようになっている。濡《ぬ》れたマッチ棒でも、数回強くこすりつけると発火した。

米兵は歩き出すと、時々足を痛がった。新聞記者に聞くと、不時着した際、脛《すね》に火傷をしたらしかった。矢加部兵長が火傷の程度を調べると、こちらには薬はないものの、何とかなりそうだ。水筒の水で傷口を洗浄してやると、彼は服のポケットから携帯用薬物を取り出した。チューブ入りで、日本のメンソレータムと似たようなものだった。

軍属の新聞記者から米兵の身分その他を聞いた。父親は州の上院議員で、学徒兵であり、二十四歳の空軍大尉だという。

「こういうことはしゃべっても、軍の機密については一切話してくれません。しかし彼によると、八月十五日に戦争が終わり、世界が平和になるそうです」

驚いた矢加部兵長は、部下と顔を見合せた。

「戦争が終わるというのは、日本が勝つのか、それともアメリカが勝つのか」

記者が通訳すると、彼は悠長に答えた。

「現在の情況からきみたちが判断すれば分かると思うが」

余裕たっぷりの返事は、まんざら強がりとも思えない。山奥にある兵站病院では、第一線の戦況など分からない。しかし追い詰められた挙句の極度の食糧難を考えると、米兵の情報のほうが確実なような気がした。

新聞記者の宿営地が近づき、通訳代わりの軍属とはそこで別れた。握手をしている米兵も心細く思ったはずだった。

道中、バラバラになって宿営地を決めている兵站病院の内科病棟が見えたので、そこで一泊を決めた。病兵の患者たちは米兵を見ても驚いた様子もなかった。米兵とは夕食の芋を共にし、不寝番を交互にして寝た。

翌朝も幸い快晴に恵まれた。道には全く人影がない。行き倒れや死骸もない。時々遠くで砲声がした。午後になって、初めて向こうから二人連れの兵隊の姿が見えた。接近するとひとりは服装からして参謀であり、ひとりは当番兵のようだった。

指示を受けるべく姿勢を正して申告する。

「自分は荒木兵団の前線を視察に行く途中で、先を急ぐ。この先の道路上に検問所が開設されている。所長の少佐に指示を受け給え」

参謀の言葉どおり、前方に岬のように突き出た所が見えた。歩きはじめて間もなく、頭上でプロペラの音がする。案の定、米軍の偵察機が旋回していた。砲撃が開始される前触れだった。

米兵に手振りで危険を知らせると、彼のほうから兵隊の手を取って、山手の方に駆け出した。矢加部兵長は発射音と同時に、道路上に身を投げ出す。ヒューと弾道音がして、すぐ近くで破裂する。頭上から土砂が降りかかり、振動で身体が上下する。近いが、どうやらここが目標ではないようだ。

砲撃が終わり、偵察機が飛び去ったのを確かめて、捕虜ともども無事を確認した。谷から水が流れている所で、手と顔を洗いひと息つく。流れの向こう、山肌を背にして少尉が休憩しているのに気がつき、近づいて敬礼をした。少尉は装具らしい持物が一切なかった。

「実は、少し前にここに来て休んでいると、通りがかりの兵が『お疲れのようですから、自分が装具を流れの向こうに運んであげます』と言ってくれた。厚意に甘え、流れを渡ると急に駆け出し、装具一式を持ち逃げされた。皇軍もここまで軍規が乱れ、落ちるところまで落ちた」

嘆く少尉に慰めの言葉もない。

「ところで君たちは知っているか。ソ連軍が突然参戦して満州国に侵攻した。各地で激戦中だそうだ」

矢加部兵長が捕虜の言った見通しを伝えると、少尉は頷《うなず》いた。

「八月十五日に戦争が終わる話は、充分ありうる。検問所は右折してすぐそこだ」

捕虜と少尉からたて続けに重大ニュースを二つ聞いて、矢加部兵長たちは暗然とするばかりだった。

検問所には、見習士官を長として兵隊三名が腰かけていた。荒木兵団から捕虜を護送したことを告げると、見習士官が坂に向かって駆け出して行き、やがて戻って来た。案内された奥の方の小屋には、少佐と当番兵がいた。少佐は片足を切断されていて、這《は》って前に出て来た。矢加部兵長が申告をする。

「早速、司令部に連絡兵を出す。指示が出るまで時間がかかると思う。従って今夜の宿舎を準備させる。手持ちの食糧はあるのか。この辺の畑もたいていは掘り尽くされている。しかし丹念に探せば多少は手にはいるはずだ。宿舎が決まったら、矢加部兵長はここに常駐するように」

宿舎は山の中腹にあり、部下に捕虜の監視を頼んで、矢加部兵長は少佐の小屋に引き返した。ちょうど当番兵が、一週間分の配給だと言って少佐に稲穂をさし出しているところだった。一週間分が、稲穂十本あるかないかだ。

「矢加部兵長、御覧のとおりで、察しがつくだろう」

そう言われて、矢加部兵長は八月十五日の件や少尉の盗難事件、ソ連の参戦について報告した。そしてつけ加える。

「実はこの機会に、遠目にでも軍司令官山下閣下のお顔を拝見することができるかもしれないと、内心期待して来ました」

「まことに気の毒だが、それは無理だ。司令部からは係官が派遣されて来ると思う。現在の軍司令部の哀れな現状を、敵さんに見せるわけにはいかんだろう」

日頃話し相手がいないのか、少佐は階級を度外視したように話しかけてくれる。

「自分は元々軍司令部の所属ではない。このとおり片足切断で何の役にも立たず、戦友たちに対して心苦しい思いをしている。捕虜とは、自分も初戦で接することがあった。彼らは二年後には必ず連合国軍が勝利すると確信して、明るく、何の屈託もなかった」

やりとりのあと、部下たちと芋掘りをしたが、大した収穫はなかった。少量の芋と南方春菊で夕食を作った。捕虜の米兵は遠慮してか食べなかった。

翌朝、打ち合わせのため少佐の小屋に行くと、眼鏡の中尉と膝《ひざ》を交じえて談合中だった。挨拶《あいさつ》して立ち聞きしても、何の注意もされなかった。

話の内容は、極秘と思われる軍司令部の最終作戦計画だった。現在なお戦力を有する部隊は、アシン盆地方面に脱出、高地と北西部でゲリラ戦に転じ、最終目的のために戦闘を継続するというものだ。その時点で指揮権は終了し、山下閣下と武藤参謀長は共に自決するという。

話が終わって、眼鏡の中尉を紹介された。英語での捕虜尋問のために軍司令部から派遣されていた。この中尉も昨夜、当番兵に脱走されていた。捕虜が大尉で、取り調べる側が中尉だと都合が悪く、少佐の上着を中尉は着させてもらった。

尋問は短時間で終わった。やはり軍機に関する事項には一切口をつぐんだという。やがて交代兵が到着して、捕虜と別れるときがきた。お互い握手をしてもう一度強く握りしめ、「さようなら」と言うと、相手も「グッバイ、サンキュー」と返してくれた。

少佐に帰隊の申告をすると、下の川沿いの道のほうが安全だと助言された。これが八月十五日で、川沿いの道を進むと、頭上を飛んできたダグラス機から宣伝ビラが投下された。拾って読むと、内容が連日の投降勧告文と違い、戦争が終わったことが書かれている。

米兵が話していた八月十五日と完全に一致する。四人で顔を見合せるが、誰も動揺している風ではない。

戦争が終わったのなら、一刻も早く帰隊を急ぐ必要がある。既に手持ちの食糧はなくなっていた。

夕刻近く、現地人の高床式の家を見つけ、空家なので今夜の宿にした。天の恵みか、家の周辺には、葉も青々とした芋畑が広がっている。早速芋掘りを始めたとたん、銃声がした。驚いて顔を上げると、一段高い所から、兵隊が銃口を向けていた。

「この芋畑は、自分たちの部隊が管理している。勝手に掘る者は、友軍であっても射殺する」

友軍から銃口を向けられるのは心外だ。とはいえ命には代えられず、薄暗くなった道を再び歩き出した。幸運にも空家を見つけた。家の前には、少量ながら米粒が落ちていた。拾い集めて夕食にする。土砂混じりであっても、久しぶりの米食だった。

夜半から雨になり、翌朝起床しても、まだ雨は降り続いていた。渓谷から流出する水は濁流となって道路に溢《あふ》れ、轟音《ごうおん》とともに棚田へ落下していく。水の流れに恐れをなしたのか、両岸で友軍の兵隊たちが立往生していた。

ここで福島一等兵が腰に紐を巻き、杖を片手にして、試験的に渡り出した。水深は膝下までで、四人は無事に渡り終える。友軍の兵隊たちもそれを見て、我先にと渡り出した。

帰隊する頃には雨は上がっていて、本部に赴き、大声で帰隊の申告をした。

「矢加部兵長、ご苦労。軍司令部では何か変わったニュースはなかったか」

「戦争が終わって、日本が負けたそうです」

「本当か。そう言えば、砲撃もないし、飛行機も来ない」

私は矢加部兵長の話をじっと聞いていて、やっと終わったかと思った。このまま戦争が続けば、私の命は万が一にもなく、もはや兵站病院の体をなしていないなかで、部隊員も同じ運命を辿るはずだ。

翌八月十七日、軍司令部から、八月十五日に日本が無条件降伏をして戦争は終わったという通達が届いた。

戦場は静かになった。偵察機の竹トンボも飛ばず、砲声もない。しかし、食糧難、マラリアと栄養失調に変わりはない。戦争が終わったというのに、毎日死亡者が出た。

連日、芋掘りと食糧収集が続く。もう砲撃されないという精神的な安らぎはあっても、はたして日本に帰れるかという不安が去らない。

八月下旬になると、いよいよ食糧事情が悪くなった。遊兵と称する友軍の兵隊数人が徒党を組み、銃を使って現地人から食糧を奪う。友軍の兵隊のわずかな食糧も略奪する。この犠牲になって命を落とす隊員も出た。まさに皇軍全体が餓鬼道に堕《お》ちていた。

患者は、民家に収容しはじめたものの、医療器具はもちろん、医薬品もない。あるのはわずかの抗マラリア剤だけだった。

給食は不可能であり、患者は原隊から食糧を持参するか、自分で食糧を集めて、自分で炊かねばならない。

日付だけは、終戦が八月十五日なので、正確になった。八月二十五日、私たち見習士官が集められ、荒木兵団長からすべて軍医少尉あるいは少尉に任官した旨の伝達があった。その間にも隊員の死亡が続いた。

九月二日、マニラ出発以来、庶務主任の重責を果たし、隊員の信望も厚かった加藤軍医中尉が、三十九度の高熱を出して、突然死去した。死の直前、私は留守宅への伝言を頼まれた。レイテ行きから私の残留を進言してくれた上官だった。それまで日陰をつくっていた大木に白い花が咲き、一陣の風で一斉に花びらが散った日だった。

直ちに隅本軍医中尉が庶務主任になり指揮をとったものの、五日後、同様の高熱で急死する。ともに栄養失調だった。

部隊責任者の淡治軍医大尉から私が呼ばれたのは、その直後だ。

「君が庶務主任になってくれ」

命令されても、私は少尉に任官したばかりであり、部隊の諸事についてはあまり関知していない。とても務まるとは思えない。

しかし命令は命令で逆らえない。外科の軍医とはいえ、医療器具も医薬品もない今、もはや軍医とはいえず、ただの士官になっていたのだ。

翌日、米軍の曹長を長とする四名の米兵が、私たちの兵站部隊にやって来た。患者収容の状況を視察したいと言う。かなり離れた所に設けていた収容病棟に案内した。通訳は羽田伍長がしてくれた。

収容人員は六十数名で、米兵は軍刀と日章旗を欲しがった。日章旗には、各人が応召する際、友人知人親類が書いた文字が一杯に書かれている。戦争に負けた今、日章旗も軍刀も用済みで、患者たちは迷いなくさし出した。

その夜、米兵は本部近くの小屋に泊まり、翌朝、細長い青い布を私に渡して帰って行った。布は、本部前の原っぱに十字に重ねて置くように指示された。

さらに翌日、双発機が二機飛来して、十字の印目がけて次々と落下傘につけた荷物を落とした。一個の落下傘には、段ボール四個がきつく縛られて梱包《こんぽう》してある。全部で五十二梱包が落とされたが、三つ四つは風に流されて病院周辺に落ち、他の部隊が拾いに行き、おこぼれにあずかった。

中味はすべて缶詰で、患者に給食したあとでも、隊員二人に一個ずつ行きわたった。私と今川当番兵に配布されたのは、エンドウ豆の缶詰だった。二人で相談して、なけなしの米を使って豆御飯を炊いた。

飯盒炊飯ができ上がる前から、忘れかけていた懐《なつか》しい匂いがたち込めた。「助かった」という感慨が湧《わ》いてくる。もう飢え死にからは免れると確信した。

豆御飯　しみじみしのぶ　里の味

エンドウの　緑美《うま》し　豆御飯

二人で飯盒の中味を全部食べてしまった。本当に何年ぶりかに味わう満腹感だった。ところがその日の夕方から、続々と下痢患者が出はじめた。コンビーフの牛肉、オイル漬の魚など、油濃いものを一気に食べて消化不良を起こしたのだ。さっそく下痢患者収容所を造って治療にあたった。

九月十二日、土橋《どばし》少尉が部下五人を率いて、独歩患者六十四名を、北方のバナウエまで護送し、夕刻帰って来た。兵站病院の周囲に駐屯していた他の部隊も、逐次バナウエ方面に撤退しているらしかった。

翌日、荒木兵団からの命令が届いた。私たち第一三八兵站病院は、他の諸部隊が撤退完了したあと、撤収すべきだという。その際、独歩患者はもちろん、担送患者も共に撤収し、道中にいる日本兵は一名たりとも残らず撤収させよ、と付言されていた。そのための援助要員として、必要な担架と担送兵二十名が派遣されて来た。退却する際の残酷な患者の扱いとは、正反対だった。

兵站病院部隊のフンドアン出発は翌日の九月十四日だった。道も狭くて悪路なうえに、担送患者も連れての行軍なので、進める速度は知れている。谷川にかかっているのが丸木橋だったりして、難行軍が続いた。十七キロの道程に二泊三日を費して、十六日昼前にバナウエに到着した。

直ちに米軍の指揮下に入って、全員武装解除を完了した。このとき私は、胸にさしていたパイロットの万年筆を米兵にくれと言われ、やむなく渡した。母校を成績優秀で卒業したときの記念品で、母校の名が彫られていた。米兵は、ボロボロになった私の手帳には眼もくれなかった。

三日間バナウエに宿泊後、米軍のトラックに分乗して四号線を東に進み、五号線に出て南下した。そこは昨年、私たちが敗走した道だった。米軍が第十師団と戦車第二師団との間で死闘を繰りひろげたバレテ峠を過ぎ、サンホセに到着した。ここでマニラに向かう貨物列車に乗せられた。列車に乗り込む間も、集まったフィリピン人から罵声《ばせい》をあびせられ、投石もされた。警護に当たる米兵が銃を発砲して、追い払う。

下車したマニラは、見渡す限りほとんど焼野原になっていた。再び米軍のトラックに乗せられて、カンルバン捕虜収容所に入れられた。将校、下士官、兵に分けられ、別々の天幕に収容された。

それに先立って、私物はすべて取り上げられた。聴診器はもちろん、衣服は褌《ふんどし》まで脱がされる。頭髪の中に白い粉がかけられ、身体も噴霧器でまんべんなく白い粉が吹きつけられる。しばらくしてシャワー室で洗い流し、米軍の古い軍服を着た。日本人は小柄なうえに痩せこけているので、誰もがダブダブの軍服姿になった。

天幕の中のベッドに横になり、寝そべる。もう虱もダニもいない。これで生きて帰れることを実感した。

私が帰国の通知を受けたのは三ヵ月後の十二月二十四日だった。その前に、阿川曹長が訪ねて来て、第一三八兵站病院の名簿を手渡された。私が庶務主任だったせいだ。名簿は米袋の紙を綴《と》じて、鉛筆で書かれている。私はその詳しさに驚嘆した。昭和十八年十月二十六日現在と昭和十九年十月現在の二つがあった。五十音順に氏名と兵站病院に編入された年月日、前所属部隊、本籍、留守担当者の住所と続柄、軍隊に徴集された年と現時点での階級が記された完璧《かんぺき》な書類だった。この名簿を敗走と飢餓のなかで守った阿川曹長の使命感には、深く頭《こうべ》を垂れるしかなかった。

その日、他の将校たちと一緒にトラックでマニラに行き、米軍の船に乗った。二十六日出港、翌二十一年一月九日、浦賀港に上陸した。相模《さがみ》湾にはいったとき、白雪をいただく富士山が見えた。まさしくわが祖国だった。思わず涙ぐみ、しばらくすると嗚咽《おえつ》に襲われた。

助かったという感慨だけではなかった。患者を自らの手であやめたという悔恨のほうが優っていた。故郷に帰ったら、自分の命は自分のためではなく、患者のために使おうと決心した。

白き富士　生き永らえて　仰ぎ見る
富士の雪　見せてやりたし　亡《な》き友ら
白雪を　仰ぐ我が身は　罪深し

昭和十九年の名簿にあった第一三八兵站病院隊員は四百三十六名である。そのうち生還者数は四分の一強の百十九名、これに終戦前に内地に帰還した十四名が加わり、結局戦没者数は三百三名にのぼった。

戦没者の大多数を占めるのはレイテ島に渡った二百四名であり、生還者は輪島軍医中尉ひとりだった。

この輪島中尉の証言によると、レイテ島への上陸直前に部隊長を失った部隊は、その後すぐにジャングルの中に避難したという。隊貨は少なく、一度も病院を設営することなく、米軍の追撃を受けながら敗走するうち、隊員たちは散り散りになってしまった。輪島中尉も当番兵や部下たちとはぐれて途方にくれた。日中は敵の目を逃れてジャングルに潜み、明け方と黄昏《たそがれ》時、月夜のときのみ、部下を探して歩き続けた。しかしかなわず一週間後には体力も限界に達する。喉が渇き、椰子林の中の谷川に下って、水を飲もうとしたが、飲み込む力さえない。仕方なく水筒に水を入れただけで、谷川の縁を上がろうとした。ところが水を入れた水筒の重さがこたえて、谷川から上に登れない。水筒の水を捨て、やっと一間の高さを越えたとき、力が尽き、昏倒《こんとう》した。しばらくして運良く現地人に発見されて、米軍の陣地に運ばれ、捕虜になっていた。

このときレイテ島の守備についていたのは第十六師団であり、将兵一万三千七百七十八名中、生存者はわずか六百二十名だった。師団の主力となった福知山の歩兵第二十連隊、津の歩兵第三十三連隊、京都の歩兵第九連隊は全滅した。また第八師団のうちレイテに渡った青森の歩兵第五連隊も、二千四百五十五名中、生存者は四百八十一名に過ぎなかった。

第二十六師団も、一部はルソン島に残留し、本隊はレイテ島に渡った。約一万二千名中、生存者はわずか三百名足らずだった。同じく第二十六師団下にある独立歩兵第十二連隊も全滅の憂《う》き目《め》にあう。その他、第三十師団下の歩兵第四十一連隊も、レイテに渡って全滅する。

一方、ルソン島で敗走しながらも山中で抵抗を続けたのが、第十師団と第十九師団、第二十三師団、第百三師団、第百五師団だった。これにサラクサク峠を守備した戦車第二師団が加わる。

このうち第十師団の歩兵第十連隊はバレテ峠でほぼ全滅する。第二十三師団の歩兵第七十一連隊も、総勢四千六百名中、生存者は六百名余りだった。同じく第七十二連隊も生き残りは約四百名だった。

戦車第二師団は、戦車第六、戦車第七、戦車第十の連隊から成っていた。彼我《ひが》の戦力の違いは明らかで、米軍はまず戦闘機と爆撃機で猛爆を加え、次に迫撃砲を撃ち込む。砲弾も五百キロ、一トン爆弾が主で、一分間に数千発が惜しみなく襲ってくる。これが止むと、いよいよＭ４戦車が登場する。砲弾は七十五ミリ砲で、威力は日本の戦車の比ではない。そのあとを自動小銃を持った歩兵が悠々と近づく。どの戦車連隊も一、二時間の戦闘で死傷者が続出、退却を余儀なくされた。壊滅的な打撃を受け、戦車第十連隊九百五十名のうち、生存者は三十数名に過ぎなかった。結局、戦争中にフィリピンに投入された日本軍兵力は約六十三万一千名、うち四十九万八千六百名が戦死した。これは太平洋戦争の日本人全戦没者の約四分の一に当たる。

第十四方面軍司令官山下奉文大将は、八月三十一日、降伏を促す米軍の書信が投下されたのを機に、翌九月一日、ひとりで杖をついて山を降りた。わずか二ヵ月の裁判で死刑の判決が下される。翌昭和二十一年二月二十三日午前六時、目隠しをされ手錠を受けて、絞首刑《こうしゅけい》を執行された。罪状は、司令官として、米国民およびその同盟国ならびに保護下にある市民、特にフィリピン市民に対する、部下の野蛮な残虐《ざんぎゃく》行為と重大なる犯罪行為を許し、指揮官としてその部下の行動を統制する義務を無視し、実行を怠ったというものだった。

病歴　二〇〇三年

開業して八年が過ぎようとしたとき、所属している地区医師会の学術担当K先生から講演の依頼があった。ちょうど亡父の一周忌をすませて、ひと息ついた頃だ。

父、野北宏一の葬儀には、医師会の幹部がこぞって参列してくれていた。確かに、父には開業後の数年間、外来診療を週二日ほど手伝ってもらったものの、父は医師会には加入していなかった。医師会幹部たちの厚意に報いるためにも、講演の依頼を断るのは論外だった。

年に二回開かれる医師会の特別講演には、たいてい大学教授が招聘《しょうへい》される。その前座として講演をするのが中堅会員で、持ち回りになっている。断ってもいずれ番が来るのは確実だ。それなら、早々に役目を終えるに限る。わたしは承諾した。

特別講演をする教授はさまざまで、少壮気鋭の学者もいれば、引退間際《まぎわ》の老教授もいる。内容の良し悪《あ》し、話の面白さも、それこそ十人十色だった。

そのなかで一番印象に残っているのは、三年前に聞いた講演だ。演者は開業医として の経験が長く、私立医大に形成外科が新設された際、教授に招かれた人だった。五十歳をわずかに超えたくらいで、根っからの臨床医であるせいか、学究肌の臭みが全くなかった。

演題がまた会員たちを唸《うな》らせた。『形成外科的美人論』という題が功を奏したのだ。その日は医師会館ホールが満席になった。

教授は美容外科を長く実践してきたため、美人コンテストの審査員に選ばれた回数は十指に余るという。最終決定は、例外なく常にもつれにもつれるらしい。ある審査員がAを一位にしてBは選外に置いても、別な審査員はBを一位に推して、Aをはずす。十人の審査員がいれば、それこそ千差万別の意見が錯綜《さくそう》してまとまらない。結局は点数制での投票で集計がなされ、票点が最も高かった美人が最高位に選ばれる。誰が見ても無難な平均的美人が、栄冠を勝ち取る仕組みらしかった。

教授は、聴衆がなるほどと感心するのを見届けたあと、哲学論議を持ち出した。片やカントであり、もう一方はニーチェだったのも、高齢の会員たちの目を輝やかせた。カントの美的判断法は、自己の感情や理性を超越させて、純粋に対象を客観視するというやり方である。これを痛烈に批判したのがニーチェで、カント流美的判断法は非人間的だと斬《き》り捨てた。美こそは、欲望と意志の行き着く先にあると断じる。とはいえ、ニーチェ流のあまりに人間的な美的判断法の行き過ぎは危険だと、教授は警鐘を鳴らした。

美容形成外科医は、患者の欲するとおりに隆鼻術や重瞼《じゅうけん》術を施していいのか。そこに医師自身の美意識をどの程度、盛り込むべきなのか。臨床医の立つべき位置はどの辺にあるのか。

この迷いを仮に払拭《ふっしょく》する考え方が、バランスという概念かもしれないと、教授は聞き手に問いかけた。

容貌《ようぼう》の美醜を決定する重要な要素がバランスだとするのは、確かに首肯できる。わたしを含めて大方の会員が納得したところで、教授はしかしと続けた。

鼻を何ミリメートルかリフトすることで顔全体のバランスがよくなるのは、プロポーションの観点からも正しい。しかしバランスをよくしさえすれば、容貌の美的価値が増大するかというと、必ずしもそうではない。アンバランスの個性美がありうるからだ。

鼻のやや低い点が、愛らしさと性格の素直さを端的に表現して、魅力を与える場合だってある。

重瞼術も同様である。一般には、単瞼《たんけん》よりも重瞼のほうが魅力的で美しいとされてはいるものの、単瞼によって気品が出、顔に個性を与えている場合も考えられる。こんなとき美容形成によって重瞼にすると、容貌が俗化して個性まで減却してしまう。実際に教授は、外国の形成外科医から、日本人女性はどうして神秘的な一重の眼を二重にしたがるのかと、質問されたことがあるらしい。

真の女性美と魅力はどこから生まれるのか、と教授はいよいよ結論を導き出した。美容形成外科の本道は、眼や鼻の形態的欠点を修整したり、欠損部を補塡《ほてん》したりすることの他に、色素性母斑《ぼはん》や血管腫《しゅ》などの先天的皮膚障害を除去することにもある。しかしこのような外形美は、内面の精神美の発露と相俟《あいま》ってこそ、初めて発現される。つまり外形美を、生きた魂の躍動する精神美で包含してこそ、美と魅力が女性の上に輝くのだと、教授は強調した。

鼻が少し高くなったからといって、目尻《めじり》の皺《しわ》が少しばかり消えたからといって、それは「醜」形が取り除かれ、顔かたちが多少整ったというだけのことである。このあと〝美人〟になるかならないかは、一《いつ》にかかって本人の問題であり、重要なのは精神美の養成である。それにも増して重要なのは、心身における真の健康であるのを忘れてはならない——。

教授はそう結んで、万雷の拍手を浴びた。女性の会員たちも笑顔で手を叩《たた》いていたので、教授の結論が至極妥当であったのは間違いない。わたしはその教授ほどの経験も知識も持ち合わせておらず、弁舌とてさわやかでない。会員の興味をひくために、ささやかな仕掛けをするくらいしか思い浮かばなかった。演題は『病歴三題』とした。

当日は生憎《あいにく》の雨になった。十一月下旬の雨は気温を下げる。スーツの下に毛糸のベストを着込み、レインコートの襟を立てて出かけた。予期したとおり参加者は少なく、会場は半分くらいしか埋まっていなかった。特別講演を依頼している国立大の某老教授には申し訳なかった。学術担当のK先生と一緒に控室に行き、前座を務める内科の開業医だと自己紹介をした。K先生が集まりの悪さを謝罪すると、老教授は「熱心な会員さんだけが集まっていただけたと思っています」と応じた。なるほどそう考えればいいのだと、わたしは感心した。老教授のネクタイにある、りんどうの花柄が若々しかった。

その老教授が、わたしの講演の際、最前列に坐《すわ》ったのには恐縮した。特別講演の講師は、前座の話は控室でお茶でも飲みながら、モニターで見るのが通例だったからだ。三十分の講演に対して、合計六枚のスライドを用意していた。一例に対して三枚ずつで、およそ十分しゃべったあと質問を少し受け、二例目も同様にするつもりだった。スライドには要点のみを書き出していた。あとはスライドを見ながら、適当に補足してしゃべればよい。

——一例目は五十三歳の男性です。年の暮も迫った大安吉日の日、架橋落成の式典に主賓として招待されました。普段は酒をたしなまないほうでしたが、祝いの席なので無下には断れず、ついつい自分の許容量を越えてしまいました。宴会の途中から、少し頭重感《ずじゅうかん》があり、軽い眩暈《めまい》と嘔気《おうき》を感じました。終宴帰宅の頃には、気分もいくらかよくなっていました。周囲の客が送ってやろうというのを、ほろ酔い気分で断り、馬にまたがります。みんながとめるのを振り切って帰路につきました。

男性は少年時代から馬術の稽古《けいこ》を積んでいて、乗馬は手馴《てな》れたものであり、自信たっぷりに手綱を取ります。ところが、冷たい風に吹かれながら進んで行くうち、頭に激痛が走ります。握っていた手綱が手から離れました。そのはずみで、馬の背からもんどりうって転落、地面に頭をしたたかに打ちつけたのです。

その瞬間から人事不省に陥ったらしく、目撃者が駆け寄り、助け起こして近くの民家に運び入れました。容態を見守るも、昏睡《こんすい》から醒《さ》める気配はありません。大騒ぎになり、やがて担架が運び込まれ、その上に男性を横たわらせます。このとき上体は幾分強張《こわば》り、手足も不自由になっていました。

かなりの道のりを、揺り動かさないようにして気遣いつつ、ようやく広い屋敷に辿《たど》り着きます。呼びにやられた医師陣が診療にあたりました。外部に出血はなく、創傷や外血腫も見当りません。男性はそのまま意識を回復することなく眠り続け、二週間後には息を引き取りました。

「以上が第一例目の病歴ですが、はたして正確な診断は何でしょうか」

わたしは三枚目のスライドを映したままで、五十名近い同業者に問いかけた。さすがにあまりに簡略で杜撰《ずさん》な病歴のためか、全員が首をかしげ、手もあがらない。

「素人《しろうと》の判断であれば簡単です。飲めもしない男が酒を飲みすぎて酔っぱらい、偉そうにも馬に乗った因果で、振り落とされて頭を打ち、血が溜《たま》って死んだ、となります。しかしこれでは医師の診断とは言えません。専門家の診断としてはどうでしょうか」

わたしは挑戦するように畳みかけた。すると若い会員が手を上げ、座長のＫ先生が発言を促した。

「これだけの病歴だと何とも判断しにくいです。CTやMRIとまではいかなくても、脳波もしくは頭蓋骨《とうがいこつ》単純X線写真はないでしょうか。腰椎穿刺《ようついせんし》と髄液検査もあれば、確定診断はつきますが」

もっともな言い分に、わたしは頷《うなず》くしかない。若い会員は苦笑しながら続けた。

「何も検査データがなければ、憶測でしかものが言えませんが、ぼくなら、頭部打撲による硬膜下血腫による死亡とします。いかがでしょうか」

衆人環視のなかでの勇気ある発言に、わたしは拍手を送りたいほどだった。しかしここでも曖昧《あいまい》に笑みを返すだけにした。

「ただ今、硬膜下血腫だろうという診断が下りました。他に、いや違うと思われる方はいないでしょうか」

座長はわたしの意を酌《く》んで挙手を促す。四、五本の手が上がった。その中のひとりは、最前列にいた特別講演の老教授だった。そうなると座長は指名せざるを得ない。

「どこかひと昔前の、鄙《ひな》びた村で起きたと思われる大変興味深い症例です」

老教授は微笑しながら、そう前置きした。「この患者は、落馬して頭部を強打して、受傷直後から意識障害が続いています。外部に創《そう》が見られないということですから、閉鎖性全般性頭部外傷の脳挫傷《ざしょう》型と、ひとまずは診断できます。しかし意識清明期がないので、先程言われたような急性硬膜下血腫や硬膜外血腫が外傷に合併したとは考えたくありません。もしそうだとすれば重症で、手術治療で救命しない限り、数日内に死の転帰をとるのが普通です。この症例では、嘔気はあっても嘔吐はないので、頭蓋内圧亢進《こうしん》症状は明らかではありません。ところが外傷直後から二週間という長時間の意識障害が続いているので、いわゆる外傷性遷延《せんえん》性昏睡での死亡と言えます。結局、脳実質損傷の中の、びまん性脳挫傷が最も適切な診断ではないでしょうか」

ゆったりとした発言内容は理路整然としていて、あちこちから納得したような拍手が起こったのも無理はなかった。

「ありがとうございます」

わたしも頭を下げながら言う。

「野北先生ご自身はどう診断なされたのでしょうか」

座長が逆にわたしに質問した。

「先程の診断につけ加える点もないように思えるのですが、わたしがどうしても気になるのは、この患者が、宴会中に頭重と眩暈、悪心《おしん》を覚えたという点です。これは飲酒の副作用とも思えますし、一方で脳血管障害の前駆症状とも考えられます。この二つの鑑別で大切なのは、患者が馬上で揺られて手綱がはずれ、転落したという事実です。若いときから鍛え上げた乗馬の名手であれば、いくら酔っていても手綱を放すなどとは考えられません。ここは、乗馬中に脳血管障害が突発し、意識の低下をきたし、四肢の麻痺《まひ》も起きて、手から手綱が離れ、落馬したと推測したほうがいいかと思います」

発表前から熟考していた内容を早口で答えた。最前列の老教授がにこやかに首肯する様子も眼にはいり、わたしは少しばかりいい気になって続けた。

「また担架に移されるときに、いくらか上体が強張っていたといいますから、既に髄膜刺激症状があり、項部硬直の初期症状も呈していたと考えれば、脳内出血よりはクモ膜下出血ではなかったかと思います。その原因の七、八割は動脈瘤《りゅう》破裂とされていますので、患者にはもともと脳動脈瘤があったとも考えられます。以上、わたしなりにまとめますと、本症例は脳動脈瘤破裂によるクモ膜下出血で発症、意識喪失のため落馬事故につながり、頭部外傷に合併した、びまん性脳実質損傷で死亡したと診断できます」

今度はわたしが拍手を受ける番で、老教授も参ったという顔で手を叩いている。そのとき老教授の専門が救命救急外科であることに、改めて気がついた。道理で一家言を持って発言されたのだと、こっちとしては汗顔の至りだった。

恐縮しながら第二例目の紹介に移った。

――二例目もやはり男性、四十九歳です。こちらは日々斗酒なお辞せずの人で、その日も例のごとく、明るいうちから塩辛《しおから》を肴《さかな》にして酒杯を重ねていました。ところが、用足しに行った便所の中で意識不明となり、目を剝《む》き、顔を歪《ゆが》め、ぐにゃりとなって横たわっているのを、家人に発見されました。

すぐに居間に運ばれて、静かに寝かされました。そのまま眠り続けること丸二日、やっと三日目にいったん意識を取り戻します。しかしうつろな眼を宙に向け、もの言いたげに口を動かしますが、言葉になりません。暗中模索する手に書くものを持たせても、字がうまく書けません。もぐもぐ言うのを家人がやっと聴き取って、短い文に書きとめると、安心したかのように、再び深い眠りに陥りました。

そのまま鼾《いびき》をかき続け、翌日、暗紫色《あんししょく》だった唇が急に色褪《あ》せて蠟《ろう》のようになると、不規則な呼吸が停止して死亡しました。

「この症例も、素人談義では、大酒飲みが昼間から牛飲して便所で倒れ、脳溢血《いっけつ》で死んだ、ですみます。しかし医学的診断はどうでしょうか。もちろん、残念ながら脳波やCT、MRIなどは検査されていません」

わたしが言い終えると、会場に軽い笑いが起こった。謎解《なぞと》きの講演だと理解してくれたようだった。座長の促しで、やはり五、六本の手が上がり、古参会員のひとりU病院長が立ち上がる。

「この症例は、私の友人の大酒飲みで、そっくりの経過で死んだ惜しいやつがいるので、身につまされます」

会場から再び笑いが起きたのを確かめて、病院長は続けた。「まず酒豪で塩気が好きときているので、年齢的にみても高血圧の患者だったと思われます。トイレで倒れて目を剝き、顔を歪め、ぐにゃっとなって眠っていたのだとすれば、もうこれは顔面を含む片麻痺《へんまひ》を伴った高血圧性脳内出血です。二日後に意識障害がある程度好転しているのは、大脳半球出血でも外側型だった可能性が大です。口を動かしても言葉にならなかったのは失語症であり、字もろくに書けない状態だったのであれば右の片麻痺で、出血部位は左半球です。

また、眼が宙に向けて泳いでいたのは眼球運動障害であり、視床症候群を伴った内側型が混在していたとも考えられます。再び昏睡に陥り、鼾をかき続けて翌日、不規則なチェイン・ストークス呼吸が止まって終焉《しゅうえん》を迎えています。これは、血腫が脳室内に穿破《せんぱ》、橋《きょう》出血、脳浮腫、脳ヘルニアが続併発したと診断できます。

私の友人も病理解剖に付され、以上の病変が確認されております。おわり」

最後の「おわり」が効いて、会場は爆笑に包まれた。

「野北先生、今の解答でよろしいでしょうか」

座長がわたしに訊《き》いた。

「全くそのとおりだと考えています。つまり高血圧性左大脳半球出血で始まり、血腫の脳室内穿破、脳浮腫と脳ヘルニアによる自律神経症状が続発、死の転帰をとったと考えられます。先程のU先生の答で満点です」

時計を見ると、もう持ち時間の三十分を超えていた。わたしは結論として先を急いだ。

「さて、以上の二症例は、みなさんもよくご存知の方です。この病歴と診断は、いったい誰と誰でしょう」

へえーという声があちこちからあがる。最前列の老教授も首をかしげて腕組みをしている。先刻、見事な診断を下した病院長もお手上げのようだった。

「野北先生、いったい誰ですか」

たまりかねたように座長が問いかけた。

「第一例目は、源頼朝《よりとも》です」

答えると、感嘆とも爆笑ともつかない声があがった。わたしはいささか得意顔で続ける。

「源頼朝は建久九年、一一九八年の年末、妻である北条政子《ほうじょうまさこ》の妹婿《いもうとむこ》、稲毛《いなげ》重成《しげなり》が亡《な》き妻のために相模《さがみ》川に架けた橋の落成供養《くよう》に出かけています。落馬して人事不省に陥り、最後には輿《こし》で鎌倉の御殿まで運ばれます。そこで名だたる薬師《くすし》たちの介抱も空《むな》しく、年が明けた正月十三日、波乱に満ちた生涯を閉じました」

わたしはそこで息をつく。みんなが第二例の開示を待っているのは、一様に真剣な顔がこちらに向けられているので分かった。

「第二例目は、上杉謙信です。川中島の戦から十三年後の天正五年、一五七七年、越《えち》前《ぜん》まで逃げる織田《おだ》信長《のぶなが》の追討をやめ、いったん越後《えちご》に引き上げたあと、翌年再び上洛《じょうらく》をめざします。軍議と酒宴が連日続いたあと、直江《なおえ》山城守《やましろのかみ》兼続《かねつぐ》を相伴にした宴席で、膳《ぜん》の料理には手をつけず、味噌《みそ》ばかりに箸《はし》をつけて、酒杯を重ねました。厠《かわや》に用を足しに行ったきり戻らないので、近習《きんじゅ》が行ってみると倒れており、四日後の天正六年三月十三日、ついに不帰の客となりました。

なお、倒れて三日後に少し意識が戻ったとき、山城守が聴き取って書きつけたのが、かの有名な辞世の句です。『四十九年　一睡の夢　一期《いちご》の栄華　一杯の酒』。ご清聴ありがとうございました」

ようやく任を終えた思いで言い、そそくさと壇上から降りた。前座のくせに持ち時間を十分も超過していた。

十分間のトイレ休憩の間、医師会長や幹部たちから肩を叩かれ、「いやあ、面白かった」と誉められた。

十分遅れで始まった特別講演でも、老教授はのっけから、前座の話を持ち上げてくれた。

「先程の講演は、私も堪能《たんのう》しました。古典的でありながら実に現代的で、かつ格調高いお話でした。それに比べるとこれからの私の話は、ちまちました貧弱な内容です。大いに気が引けますが、ここは勇気を出してしゃべらせていただきます」

実に謙虚な前置きながら、わたし自身は老教授の講演に大いに期待していた。というのも、『延命医療はどこまで許されるか』という演題からして、わたしにとっては他人事《ひとごと》ではなかった。

その期待は、はたして裏切られなかった。若い頃からの救急医療の経験と、大学病院の救命救急センターでの十五年に及ぶ知見が、一枚一枚のスライドに凝集されていた。しかも添えられる言葉の端々に、老教授が感じている危機感がにじみ出ていた。

まず老教授が部長を務める救命救急センターに、一年間に収容された患者数は、一九九二年には七百十二人だったのに対して、昨年、十年後の二〇〇二年には千八百三十三人になり、およそ二倍半に増えていた。そのうち六十五歳以上の高齢者の占める割合は、一九九二年の約二割から二〇〇二年には約四割に増加している。

この増加を年齢別に見てみると、十年の間に五十代は二倍、六十代は四倍、七十代は五倍、八十代は六倍になっている。つまり高齢になるにつれて、救命救急センターに搬入される人数は急増するのだ。

「では十年後の二〇一二年、二十年後の二〇二二年に、収容患者の年齢別構成がどうなっているか予想しますと、このスライドのようになります。二〇一二年の総数は昨年の二〇〇二年より少し増えて、おそらく二千三百人くらいになるでしょう。そして二〇二二年になっても、たぶん総数は増えず、同じ水準だと思います。というのも、うちの大学病院の救命救急センターが受け入れる能力に限りがあるからで、数は頭打ちになります。ところが、見て下さい。注目しなければならないのは、高齢者の占める割合です」

老教授は、ポインターを動かしてスライドのグラフを示した。「昨年二〇〇二年の統計では、六十五歳以上の高齢者はおよそ四割ですが、十年後の二〇一二年にはこれが五割、さらに十年後の二〇二二年には何と九割に達すると予想されます。こうなりますと、救命救急センターそのものがまるで老人病院の様相を呈して、若年や壮年層を受け入れる余裕はなくなってしまうのです。たぶん、二十年後には私は生きていないか、認知症で訳が分からなくなっているでしょうから、将来のことなど知ったことかと思ってもいいのです」

老教授が苦笑いすると、会場から笑いが起こったものの、すぐに溜息《ためいき》に変わった。事の重大さに、わたしも息をのむ思いがした。少なくともあと二十年は生きるはずだから、他人事ではなかった。

「実際、わが国の救急車の出動のうち、六十五歳以上の高齢者のための出動がどのくらいかというと、現在は四割です。これが十年後には五割になると予想されます。国民医療費は、現在三十兆円で、そのうち七十五歳以上の老人が使う医療費が二十五％を占めています。十年後の二〇一二年には、おそらく四十兆円になり、老人の医療に使われる費用は三分の一に達すると思われます。

現在でも、うちの大学病院のＩＣＵ入院の平均年齢は六十代半ばですが、十年後の二〇一三年には八十歳になるのではないでしょうか。その頃、総ＩＣＵ入院患者のうち、六十五歳以上が七割、七十五歳以上は五割になると予想しています。私が危惧《きぐ》しているのは、この医療の老齢化に尽きます。誤解を恐れずに申し上げると、医療を老人が独占してはいけないということです」

老教授の声が静かに会場に広がる。わたしは悄然《しょうぜん》とした思いで父の最期を思い出していた。

七十一歳で脳梗塞《こうそく》で倒れて入院したのだが、幸い回復し、四年前の七十八歳までわたしの医院の外来を手伝ってくれた。八十歳になったとき体調を崩し、精査の結果、膵臓癌《すいぞうがん》だと判明した。手術が不可能ではなかったものの、病名告知をされた父が選んだのは、無治療だった。

当然、父も膵癌の予後の悪さは知っていた。どんな治療をしても、もはや治癒は望めない。外科的治療なり内科的治療なりを施したところで、わずかの延命効果しかない。

総合病院の主治医の診断では、予後一年、悪ければ半年の命らしかった。わたしもそれがいい線だろうと納得した。とはいえ、無治療を決めた父をそのままにしておいていいのかと、悩んだ。

主治医は、要は少しでも延命する道を選ぶべきで、内科医である息子が父親の言うなりになっていいはずがないと主張した。

地方公務員で独身を通している姉も、歯科医師の妹も同じ意見で、わたしの優柔不断さを責めたてた。妹の夫も歯科医師で、わざわざ夫婦で札幌から乗り込んで来て、一日でも命を永らえさせるのがわたしたちのとるべき態度ですと諭された。

多勢に無勢になったわたしは、最終的には母の胸の内を確かめるしかなかった。母は父の病気を知らされて以来、食が細くなっていた。

「あたしも、それはお父さんに一日でも長生きしてもらいたか。しかし、お父さんがああ言っておられるもんを、あたしがひっくり返すことはできん。仕方なか」

母の返事はわたしが予想したとおりだった。

こうなった以上、父の決心のほどを確認するのはわたしの務めだと思い定めた。

「治療して、あと五年も元気でおらるるなら、治療する価値もある。ばってん、実際はほんの何ヵ月しか寿命は延びん。下手すれば、治療によって命が縮まるこつもある」

父の決心は固かった。わたしは黙るしかなかった。

「もう充分生きさせてもろうた。本来なら、フィリピンで二十五のときに死んどった。それが運良く生きられて、五十五年ももらった。こげんありがたかこつはなか」

「そりゃそうですが」

わたしは口ごもる。少年の頃、こんな風にして父からこんこんと説教されたことがあるような気がした。

「よかな、人間死ぬのは一回きり、必ず幕引きがある。永遠には生きられん。わしには今が潮時」

もうわたしが口をはさむ余地はなかったのだ。父が死んで二ヵ月後、母も後を追うようにして死地についた。亡くなる直前、母は「お父さんはあなたが町医者になったとば、とても喜んでおらっしゃった」と言い、わたしは胸をつかれた。「お父さん自身も、町医者だった父親に少しでも近づきたい、と若い頃、よく言っとらっしゃった」

母の言葉に、わたしは胸の内で頷いた。わたし自身も、町医者になって以来、少しでも父に近づきたいと思っていたからだ。

「いいですか、みなさん。人間、死ぬのは一回だけです」

老教授の声が、父の発言と重なり、わたしは我に返る。多くの会員が重々しく顎《あご》を引いていた。

「多くの高齢者が救命救急センターに運ばれて、命だけは取りとめます。しかし命は救われたものの、患者を遷延性意識障害の状態にしたり、人工呼吸が必要になったり、人工透析が不可避になったり、あるいは口から食べられず胃瘻《いろう》造設を余儀なくされたりすれば、もはや長期間入院は避けられません。

これは、患者に正しい医療サービスを行ったと言えるでしょうか。私はそう思いません。患者にいらぬ負担を強いた点で、患者に危害を加えたとも言えるのです。

また一方、命を救われた高齢患者がＩＣＵを占有したり、一般病棟の大半を占めたりすれば、これは費用を含めて、医療配分の面で、他者に不利益を与えていると言えます。

いずれにおいても、本来の医療から逸脱しています。是正するなら、今から始めなければ、十年後の二〇一三年では遅過ぎるのです。

もう時間が来たので、結論を急がせてもらいます。『延命医療はどこまで許されるか』が、本日のテーマでした。今のままでは絶対に許されない、というのが私の意見です。ありがとうございました」

わたしは他の聴衆と一緒に手を叩く。うすうすは誰もが感じている現代医療の暗部が、見事に照射されていた。

医療全体を考えなければ、高齢者医療は診療所や病院にとってドル箱だった。ひとりを入院させると、いくつも病気を持っているので、心おきなく治療を施して収益が上げられる。病院や診療所の経営はその限りにおいて安泰なのだ。ここに、誰もがこの暗部に知らぬ存ぜぬを決め込んできた理由がある。

治療を拒否した父は、たぶんにこの暗部に気づいていたフシがある。戦後すぐの貧困な医療状況から、その急速な発展まで身をもって体験してきた父であれば、暗部に気がつかないはずはない。

そのうえ、戦地で多くの戦友の死を見てきた父にとって、老齢になって以降の一年や二年の延命など、分不相応のぜいたくと思っていたのだろう。

特別講演が終わると、例によって隣の大部屋に移動して宴席が始まった。中央のテーブルにオードブルやデザートの皿が並び、両脇《りょうわき》の壁際には寿司《すし》屋、そば屋、ステーキ屋が出張して来ていた。

「野北先生、いったいいつ、あげな勉強をされたのですか。ぼくなんか開業して十年は、無我夢中、勉強する暇も、趣味に手を出す暇もなかったですよ」

十歳くらい先輩の会員が声をかけてきた。「ま、学会だけは欠かさず出て、専門医のポイントだけは取りましたが」

「あれは死んだおやじの遺《のこ》したものです」

他の会員も何人か集まってきたので、わたしは潔《いさぎよ》く白状する。「晩年の十年くらいは図書館でいろんな文献にあたって、主に戦国大名の死に方を調べていたようです。戦死や自死は除外して、病死や、今日のような突然死を集めとりました」

「あの野北先生に、そげな趣味があったとですか」

父の享年《きょうねん》八十二とさして変わらない、最古参の部類にはいる会員が驚く。

「わたしも全く知りませんでした。父が死んで、遺品を整理していて見つけたとです。大学ノートに、びっしり書いとりました。その中から今日は二症例を選んで、話させてもらったとです。おやじのフンドシで相撲をとったようなもんです」

「病因の考察もされとりましたか」

別の会員が問いかける。

「詳しくしとるものもあれば、単に病歴だけを書いとったり、仮診断をつけただけのものもあったりしてさまざまです。毛利元就《もとなり》や大友宗麟《そうりん》、鍋島直茂《なべしまなおしげ》、島津義弘《よしひろ》、島津義久《よしひさ》、立花宗茂《むねしげ》などもありました」

「そりゃ全部、九州にゆかりのある大名ばかりじゃなかですか」

古参会員が目を輝かす。

「北条早雲や細川幽斎《ゆうさい》なんかもありましたから、ま、手当たり次第書き留めとったのだと思います」

「それなら野北先生、この講演は連続ものにしてもらってもよかですな」

いつの間にか学術担当のK先生も傍に寄っていた。

「そりゃ勘弁して下さい。これっきりです、これっきり」

わたしは激しくかぶりを振る。

「講演が駄目なら、医師会報に書いて下さい。原稿が集まらんで苦労しとりますから」

「そりゃよか案。泉下の野北先生も喜ばれますばい」

他の会員までが乗り気になる。わたしは安請合いはしまいと、だんまりを決め込んだ。すると話題が変わった。

「亡くなった野北先生は、最後は治療拒否だったのですか」

わたしより若い外科医が確かめるように訊いた。なるほど、あれはとろうと思えば治療拒否ととれなくもない。

「そうでした。主治医の見通しどおり、余命一年でした。死ぬ十日前までは家にいましたから、あれはあれでよかったと思っとります」

答えているうちに、胸が熱くなった。父が晩年になって主に戦国武将たちの最期を調べ出したのは、若い頃戦場でこれでもか、これでもかと見せつけられた戦友の最期と結びついているのではないかと気づいたからだ。と同時に、自分でも死の準備、心構えをしていたのではなかったか。

「最期は多臓器不全で眠るごつ逝《い》きました。モルヒネも使わんままです」

「そりゃ、さっきの特別講演の内容ば先取りされたとですな」

古参会員の言葉は、わたしにとって慰撫《いぶ》になった。

四十九日の法事の際、父の治療拒否を受け入れたわたしを、姉も妹夫婦ももう責めなかった。

「野北先生の死に方はやっぱり、いろんな戦国武将たちの最期ば調べたのが、生きたとでしょうな」

K先生が言う。「調べとるうちに、死の準備ができたというか、胆《きも》が据わったとじゃなかでっしょか」

「そげんでしょうな」

みんなも口々に同意した。

しかし、わたしはそれだけではないと思った。もうひとつ何といっても、亡くなった戦友たちに比べて、自分は長生きし過ぎたというすまなさが、年を取る毎《ごと》に大きくなってきたのではなかったか。

遺品の中には、長年にわたって書きつけた俳句ノートもあった。その最後の頁《ページ》にあった三句は記憶している。入院していた死の床で詠《よ》んだ句だった。

秋風や　余生あまりに　長かりき
秋日濃し　戦地で果てし　友いくた
冥界《めいかい》に　遅れて征《ゆ》くか　曼珠沙華《まんじゅしゃげ》

この講演会を機に、わたしのなかでこれから町医者として生きていく自覚と自信が確かなものになったような気がする。もちろんそこには、地域住民の守りとして身を粉にして働いた父の姿が重なる。いわば町医者として身を献《ささ》げる父の胸中には、戦友や戦病者たちへの弔問がずっと続いていたのではないだろうか。

告知　二〇一九年

1

ぼくが田崎理奈《りな》からのショートメッセージに気がついたのは、手術室から出て、ロッカールームで着替えをしていたときだった。

二、三時間から四、五時間、ときには六時間に及ぶ手術をしているとき、もちろんメッセージのやりとりも通話もできない。ロッカールームで、まずスマホを開くのは習慣になっていた。十数通のメッセージがはいっていたときなど、見ただけでうんざりした。

しかしその日、三時間の肥満手術を終えたあとのメッセージはわずか三通で、ひとつが理奈からだった。

白衣に着替えて医局に戻る途中、窓際《まどぎわ》に寄って、メッセージでなく直接電話をかけた。五時過ぎなのに、思いがけず本人が出た。

「たった今、ショートメッセージを見たところなんで、ごめん」

「メッセージでの返事でよかったのに」

そう言う理奈の声は弾んでいた。

「いやいや、こっちもちょうど会いたいと思っていたとよ。声も聴きたかったし」

「嘘《うそ》ばっかし」

「以心伝心とは、まさしくこのこと」

「また調子のいい科白《せりふ》。野北先生の言うことは、どこまでが本当でどこからが冗談なのか分かりません」

「田崎先生との間には、冗談はなか」

「本当かな」

「本当、本当、ともかく八時過ぎなら病院を出られる」

「だったら八時半、いつもの店でいいですか。予約を入れときます」

「ありがとう」

電話を切ったあと、胸の高まりを覚えた。この新築の市立病院の窓から、理奈が内科医として働く私立の総合病院が見えた。八階建てで、ほとんど全科が揃《そろ》い、ないのは精神科くらいだった。そしてこの市立病院には、かつて父も勤めていたらしい。ぼくは妙な因縁を感じていた。

理奈が後期研修医として、ぼくの勤める病院に回って来たのは三年前だった。糖尿病の治療に外科手術をしている実際を見て、心底驚いた様子だった。ぼくが手術するとき、助手の助手も務めさせた。理解が早いうえに、質問好きだったことにも感心した。これなら女性外科医としても、充分にやっていけそうに思い、本人に訊《き》いてみた。

「切ったり貼《は》ったりするのは嫌です」

即答だった。

「外科医でも、今は内視鏡手術が主流だから切らんでよか。それに、ダビンチという手術支援ロボットも普及しているから、手に血がつくこともない」

「でも、内臓は覗《のぞ》くとでしょう」

「まあ、モニターで内臓を見ないと操作できん」

「それが嫌です」

にべもない返事にぼくは苦笑するしかなかった。

一年間の研修を終えて私立病院に移ったあとも、理奈とは二、三ヵ月に一回は会った。器量良しなのに、どこか泥臭いところがあり、気さくな面に魅かれたのだ。もうひとつ、研修医時代からぼくが好感をもったのは、理奈の笑顔だった。いつ見ても微笑《ほほえ》んだ表情をしている。米国に留学していたとき、指導医のデイブから「ケンは真面《ま》目《じめ》な顔をしすぎる。医師はスマイルを心がけないと」と助言された。慣れない土地で、流暢《りゅうちょう》でもない英語を使わねばならないので、いつの間にか普段より厳しい表情になっていたのだ。そういう眼で他の医師を見てみると、確かに笑顔が多い。帰国後もなるべく微笑を心がけたものの、理奈には及ばなかった。以来こちらから誘うこともあれば、理奈からメッセージがはいって指定の場所に赴くこともあった。この頃では、会う場所は決まっている。天草料理を食べさせる店が総合病院近くにあった。

会うと、たいていはぼくが聞き役にまわる。あたかも、理奈の研修がまだ続いているかのような、臨床上の質問が多かった。理奈にも指導医がついているはずだが、卒後五年にもなると、指導医とて一本立ちを期待して細かい助言はしない。理奈としても、一人前に見られている手前、幼稚な質問はしにくいのかもしれなかった。その点、直接の指導医でもなく、五、六歳年上のぼくは訊きやすい存在なのだろう。

もちろんぼくのほうから、その後の肥満手術の進展を伝えることもある。

五年前の二〇一四年四月、肥満症外科手術が保険適用になった。対象となったのは、腹腔鏡《ふくくうきょう》下スリーブ状胃切除術、つまり胃をスリーブ状に切除する術式だ。内視鏡手術であっても多額の費用がかかるので、保険適用にすれば、国としては多額の医療費負担になる。それでも、糖尿病に対する長年の内科治療、腎《じん》障害が出ての腎透析治療、失明したり、壊死《えし》した下肢を切断したりしての治療費は、さらに数倍にふくらむ。総合的に見て、外科手術のほうが医療費は低額になると見込んだのだ。

翌二〇一五年には、日本肥満学会も設立された。もちろん四十年もの長い歴史をもつ日本肥満学会もある。肥満症外科を選択したのは、欧米の例から見て、日本でも今後肥満が問題になると直感したからだ。今のところ、予想したとおりの展開になっている。

昨年十月に開催された学会で、ぼくも肥満手術の効果について発表していた。BMI三十五以上の高度肥満でありながら、まだ糖尿病を発症させていない患者三十八人を選び、半数にスリーブ状胃切除術を行い、半数は放置して追跡調査をした研究だった。統計処理をすると、肥満手術で、糖尿病リスクが八割低下することが判明した。

現在は、高度肥満でない糖尿病患者への減量手術の効果をみているところで、来年秋の学会で発表する予定にしている。

現在までのデータでは、手術ひと月後から体重が減りはじめ、一部ではインスリン注射も必要でなくなった。一年後には、薬なしでヘモグロビンA１ｃも正常化した寛解群が約半数に達している。今後は、糖尿病に対する治療法として、胃切除術が第二か第三の治療選択肢になる可能性は充分にある。

とにもかくにも、肥満が今後とも世界的な問題になっていくのは間違いない。二〇三〇年までに、先進国の大半で、肥満人口の割合が増加するのは確実であり、日本も例外ではない。

現時点で、肥満人口の割合が世界一高いのはどうやらアイルランドらしい。成人男性の九割、成人女性の八割五分が肥満になっているという。とはいえ、にわかには信じがたい話だった。

創作料理店〈あまくさ〉の扉を開けると、予約の有無を訊かれた。理奈の姓を口にして、ようやくテーブルに案内される。週日にもかかわらずほぼ満席なのに驚く。窓際の通りが見える席に案内されて、二度驚く。当日の予約のはずなのに、いい席を用意するなど、理奈が常連になっているとしか思えない。

椅子《いす》に腰かけようとした瞬間、入口に理奈の姿が見えた。嬉《うれ》しそうに手を上げたので、こちらもつられて上げる。

「野北先生を待たせてはいけんと思っていたのに、待たせちゃった」

「まだ一分とたっとらん。それに八時半まであと三分ある」

腕時計を見てぼくは答える。

「料理もお酒も、もう頼んどります」

嬉々《きき》として理奈が言う。「これまで野北先生が気に入ったものばかり」

「まさかタコステーキじゃなかろうね。あれもよかけど、今夜は違ったのば食べたか」

「タコと似ているけど違います」

理奈が笑う。「とにかく、今日はわたしのほうで先生に相談があるので、わたしのおごりです」

「はいはい、ありがとうございます」

答えながらも、ぼくは自分が払うつもりにしていた。例外を設けると、この先がやりづらくなる。第一かつての指導医なのだ。

「相談とは何ね」

酒がはいる前に用件を片付けておきたかった。アルコールに強いほうではない。

「実は、迷っていることがあるとです」

理奈が真顔になる。「うちの病院は人間ドックもやっています。人間ドックはドル箱です。わたしも一部そこを担当していて、つい三日前、内視鏡検査で、胃癌《がん》を見つけたとです。それも立派な胃癌で、それまでどうして放置していたのか不思議なくらいの進行癌でした」

「進行癌でも、ともかく人間ドックで見つければ大したもんよ」

人間ドックにはいる前に、何らかの症状があったはずだと思いながらも答える。

「その患者さんのカルテをめくっていて、びっくりしました」

理奈の顔がすっと蒼《あお》ざめる。「患者さんは、ちょうど一年前にうちに入院していて、やはり内視鏡検査で、某先生が胃癌を見つけていたのです。それを告知していなかったとです」

「それはまずい」

蒼ざめるのはこっちの番だった。昨今、医療過誤に対する世間の眼は厳しい。癌の告知を怠るなど、恰好《かっこう》の裁判材料になる。

「その半年前には、開業医の先生のところで、やはり内視鏡検査で胃潰瘍《かいよう》と判明して、ずっと胃薬が処方されとったのです。患者さんも念のためと思い、うちの病院に来て再度内視鏡検査を受けたというわけです」

「なんで、前の主治医は胃癌を告知しなかったのかね」

「分かりません。そんとき出された処方は、開業医で出されとった胃潰瘍の薬だけなのです」

「それはいかんよ」

ぼくも唸《うな》るしかない。「その先生、まだ病院におられるとかな」

「おられます。だから、迷っとるとです」

前菜は、前にも食べたことのある、伊勢エビとうつぼの白身のはいったテリーヌだった。うつぼ料理が天草の名物だと、そのとき理奈から聞いて驚いた覚えがある。なるほど美味ではあるものの、蛇のような姿を想像して料理を味わうどころではなかった。今は深刻な理奈の相談で、食べる手も止まる。

「前回の分は内緒にしといて、今回、初めて胃癌が見つかったようにしておく手もあります」

顔を曇らせて理奈が言う。

「それは、なおまずかよ」

ぼくは首を振る。「患者のほうから、一年前の検査結果を見せてくれと、必ずカルテ開示の請求が出る。隠していたと分かれば、なおさらややこしくなる。ここは正直に打ち明けたほうがよか」

「そげんですよね」

理奈が頷《うなず》く。

「ともかく正直が一番」

「まず事実を、最初に院長にもっていったほうがいいでしょうか。それとも前の主治医に言うべきでしょうか」

「前の主治医を飛び越して上層部に告げるとはよくなか。前主治医にもっていき、一緒に院長のところに行くべきだろうね」

「前の先生が、以前のことは内密に、と言われたらどげんしましょう？」

「まさか、そげなこつは言わんだろう。仮に言われたとしても、そこは説得して、上にありのままを話したがよか。それしか道はなか」

ぼくは断言する。姑息《こそく》な手段をとっても、いずれ事態は明らかになる。嘘は嘘を呼んで立場はさらに悪くなるのだ。

「やっぱりそげんですよね」

ようやく理奈も納得する。「明日、前の主治医のところに行ってみます」

「気が重かろうけど、唯一《ゆいいつ》の道だと思えば勇気が出る」

「ありがとうございます」

　理奈が頭を下げた。

　主菜は期待どおり、あわびのステーキだった。半年ほど前に出されたとき、大いに舌鼓《したつづみ》を打った逸品で、あわびの角とバジル、オリーブオイルをベースにしたソースがかけてある。

「天草では、こげん大きかあわびが採れるとじゃね」

　ぼくは感心する。

「これは特別です。地元の人間は小さなもんしか食べません」

「そんなもんかな。逸品は売り物として、遠くの市場に出ていく。ここで食べられるとは幸せ」

　ナイフとフォークで切り分けながら、目を細める。「しかし理奈先生が、天草下田の出身だとは、顔を見ただけでは信じられん」

「わたしは漁師の娘です」

　あたりを気にするように、声を低める。「父と弟は船に乗っています」

「お母さんは、海女《あま》として海に潜っとると？」

「まさか」

「理奈が海女になっても、また素敵だろうな」

ぼくが冷やかす。会話が進むにつれて、田崎先生から理奈先生になり、最後は理奈になってしまう。そのほうがぼくも言いやすく、理奈も嬉しそうだ。

「だから、わたしは出身地をあまり言いたくはないとです。天草だというと、海女だとか、天草四郎ね、今もキリシタン？　と勝手に想像されてまう。うちは普通の家です」

「ぼくにとっては、下田というと天主堂と五足の靴。大学生の夏休みに友人と行ったときも、へえ、こんなところに東京の文人が来たのかと感心した。与謝野《よさの》鉄幹と北原白秋、木下杢太郎《もくたろう》、この人は後に東大の皮膚科の教授になった。あとの二人は――」

「歌人の吉井勇《よしいいさむ》と、もうひとりは平野万里《ばんり》という人です。どんな人かは知らないけど」

「五人の旅は、何とかという天主堂にいた、何とかという外人神父を訪ねる旅でもあった」

「大江天主堂のガルニエ神父です」

「それそれ。丘の上に立つのが大江天主堂で、海岸の港にあるのが、﨑津《さきつ》教会」

「当たり。よく覚えていました」

理奈が小気味よさそうに笑った。

デザートには大粒のびわが出た。小さな卵くらいの大きさに圧倒されながら皮をむく。

「これも多分天草産？」

「もちろん。横のアイスクリームは、天草で見つかったでこぽん」

アイスクリームから口をつけている理奈が答える。普通なら、甘いほうのアイスクリームをあとに食べるはずだが、びわも負けずに甘いのかもしれなかった。

「理奈先生、まだあの療法は続けとると？」

デザートだから、もう話題にしても支障がないと判断して切り出す。

「あの療法でしょう。続けとります」

理奈も心得ていて、その療法名は口にしない。「最近分かってきたことは、ドナーが肥満体だと、移植を受けたレシピエントも肥満になるという事実です」

「まさか」

「本当です。数年前に米国で初めて報告されて、日本でも一例報告が出はじめています。そうなると、ドナーを選定する際、肥満の有無も考慮しなければいけないとです」

「そげんなると、理奈の臨床も、ぼくのやっている肥満と、お近づきになっているというわけだ。医学ちいうのは、どこでどうつながってくるか分からんね」

あの療法というのは、糞便《ふんべん》移植のことだった。以前理奈から聞いたところによると、最初の報告は一九八九年、オーストラリアから出たらしい。二〇〇〇年に今度はオランダから追試の報告が出、さらに同グループは難治性の腸疾患に応用した論文を二〇一三年に発表した。以来あっという間に世界中に広まっているという。

糞便移植とは読んで字のごとく、健康人の糞便を、患者の腸内に移植する療法で、対象となる主な疾患としては、潰瘍性大腸炎、過敏性腸症候群があげられている。

これも理奈の受け売りをすると、人ひとりの腸内細菌は約千種類、百兆個存在し、全部の重量は一～二kgあるらしい。

「今では、腸内細菌が宿主の肥満に関係していることが分かっています。腸管の受容体が鍵《かぎ》を握っているとです」

「そげなこつね」

受容体やレセプター云々《うんぬん》になると、ぼくもお手上げだった。そういう小さなことに関わりたくなくて、外科を選んだつもりだ。

「口からはいった食物繊維を、腸内細菌が分解して、酢酸や酪酸、プロピオン酸などにします。それが腸管から吸収されて、血中を流れて、全身に行きわたります。交感神経節にある受容体GPR41が活性化されて、ノルアドレナリンの分泌《ぶんぴつ》を促進させます。その結果、心拍数や体温が上昇して、エネルギー消費が増えます」

「つまり肥満が抑制されるわけだ」

「そうです。もうひとつの白色脂肪組織では、GPR43が活性化されて、ブドウ糖の取り込みを抑えて、脂肪が蓄積しにくくなります」

「そこまで分かっとるとね」

理奈の勉強ぶりに舌を巻く。

「これからは、腸の時代、それも大腸ではなく小腸の時代がくるはずです」

理奈が自信たっぷりに言う。「大腸は肛門から内視鏡を入れやすいし、癌もできやすいので、重視されとりました。その点、大腸の奥の小腸は、内視鏡でのぞきにくく、癌も稀《まれ》なので日陰の存在でした。これからは、腸内細菌に関連して日が当たりはじめます」

「昔から、腸は第二の脳と言われとったが、とうとうその時代が来たか」

「例えば、神経伝達物質のセロトニンは、脳にたった三%しかないのに、腸には九十%もあるとです」

デザートが終わって、コーヒーが運ばれてくる。

「でもその治療、今でも自分ひとりでやっとると？」

「もちろん。看護師に手伝わせたら、それこそ総師長が怒鳴り込んで来ます」

「偉いね」

これは実感だった。糞便移植の仕方は、以前理奈から詳細に聞いたことがある。移植当日、健康なドナーから、五十から百グラムの糞便を採取する。それを百ccの生理食塩水に溶かし込んでかき混ぜたあと、スチール製のこし器でろ過する。患者側は、前処置として下剤と腸管洗浄液を投与され、腸内容物を完全に排泄《はいせつ》する。そのあとで、下部消化管内視鏡を挿入して、主として盲腸部に、ろ過した液体を散布するのである。このときも、長く液体を留めておくために、下痢止めを投与しておくという。

こんな文字どおり七面倒臭い治療法に、何故《なぜ》興味を持ったか、理奈に訊いたことがある。学生時代、腸内細菌と脳腸相関の講義を受けて感激し、その流れにある治療法だったから、というのが返事だった。

理奈は例の笑顔を浮かべてコーヒーを飲む。色も白く、整った顔立ちと、糞便移植、漁師の娘という言葉がなかなか結びつかない。大きな目と形の良い唇を眺めながら、頭に一句が浮かんだ。

びわの実を　食す乙女の　瞳《ひとみ》澄む

2

一週間後、今度はぼくのほうから、行きつけの居酒屋に理奈を誘った。十五分ばかり遅れてやって来た理奈は、目の下に薄く隈《くま》ができていた。疲れが顔に出るたちだ。

カウンター席の端なので、理奈を壁際に坐《すわ》らせる。賑《にぎ》やかな店内も気にならない。

「あれはどげんなった」

おまかせのコースを注文したあと、ぼくが訊く。「大変だったろう」

「大変だった」

「前の主治医、すんなり納得してくれたの」

「ううん。一日待ってくれと言われた」

「よほど驚いたとじゃろ」

「あの先生、日頃から役目が多かとです。いろんな会議のまとめ役をされとるうえに、入院患者と外来患者の数も多いとです。病院って、会議が多かでしょう。会議をしているかどうかで、病院のランクが決まるとです」

「確かに」

ぼくも同感だ。仮に一日に二つの会議がはいると、二時間から三時間は取られる。十分かそこらで終わる会議などない。

「翌日とうとう決心がついたらしく、二人で病院長のところに行き、夕方になって理事長に報告しました。理事長は、またかと言って頭をかかえました。あとで院長から聞いたとですが、以前にも別の医療ミスがあったようです。それもあってか、ともかく責任は病院が全部かぶると、言ってくれました」

「理事長が、前の主治医の責任にしなかったとは偉い」

「それで、きのう理事長室にその患者さんと奥さんを呼ばれて説明されました。院長と前の主治医、わたしも同席しました。一年間、癌の告知が遅れたのは病院の責任ですから、今後の治療に関しては一切責任を負いますと、言明されました。もう内視鏡による手術は無理なので、来週、F大学病院に送る手はずになっとります」

自分の責任ではないのに、理奈が溜息《ためいき》をつく。

「それしか方法はなかろうな。転移がなければよかが」

ぼくも唸る。

「進行癌なのは間違いないですけん」

理奈の顔から微笑が消える。

「癌がとれないとなると、相手は当然、損害賠償を求めてくるだろうね」

「患者さんは会社の経営者です。理事長も前の医療ミスで懲《こ》りていて、すぐ弁護士に相談しています」

「それがいい。こっちの判断だけで対応していると、どんどん押し切られる。相手側は、過失と因果関係のあるすべての損害を賠償させようとする。一年前に告知をしていたとして、胃全摘がそのとき可能だったかどうかは分からん。病院側に全責任を負えといっても、それは社会的な常識の範囲を超えとる」

「そげんですよね」

理奈が頷く。ようやく緊張がとれたのか、ししとうのベーコン巻きに手をつけた。

「前回の医療ミスは、いつのこと？」

「十年前に、うちの産婦人科で起こっています。三十二歳の女性で、妊娠悪阻《おそ》（つわり）がひどくて短期入院したあと、通院していたとです。ひと月の間、ほとんど食事がとれない状態にあったようです。眼球運動障害と歩行障害、意識障害を起こしたので、主治医はウェルニッケ脳症を疑って、すぐに大学病院に転送しています。そこでビタミンB1の投与を受けたとですが、後遺症が残りました」

「確かにつわりがひどいと、ウェルニッケ脳症は起こりうる。ビタミンB1の投与が遅れると、元に戻らないケースもあるからね。それは気の毒な例だ」

ウェルニッケ脳症は、十九世紀の終わり、最初にドイツのウェルニッケが発表した病態で、その後ロシア人のコルサコフも類似の例を多数発表したので、ウェルニッケ・コルサコフ脳症とも称される。そのコルサコフの症例の中に、既につわりによる発症例があったのを、ぼくは記憶していた。いずれにしても、チアミンつまりビタミンB1の欠乏が原因で生じる。

「それで裁判になって、結局病院側は八千万円の賠償を命じられとります」

「八千万円も」

ぼくは驚く。「しかし若い母親に脳障害が起こっているとすれば、そのくらいは当然かもしれんな」

「そのことがあって、今回も理事長はなるべく穏便に、裁判にならんようにしているフシがあります」

「とはいっても、見舞い金だけではすまんじゃろう」

外科医のぼくがウェルニッケ脳症に敏感なのには理由があった。研修医の頃、大学病院がウェルニッケ脳症で裁判をかかえていたからだ。結腸癌の八十歳の男性患者で、上行結腸切除術のあと、経口摂取ができないうえに下痢やイレウスを繰り返し、三週間ほど高カロリー輸液が継続されていた。その後めまいと複視、歩行障害も出て、認知症のような症状も呈してきた。家族側は、もともと認知症などなかった、何らかの治療ミスだとして、病院側を訴えた。裁判所は、MRIの所見からウェルニッケ脳症を発症したと認定し、七百万円の賠償を命じた。その際、原告側の決め手になったのは、医薬品の添付文書に明記されていた、高カロリー輸液の投与にあたっては、ビタミンB1を補給すべきという記述だった。

「今後の手術の結果次第では、やはり話がもつれるだろうね」

ここは結果待ちだった。「でも、いずれにしても、もうこの件は理奈が関与するところではなか。やるべきことはやったのだし」

「そげん割り切れるといいんですけど」

理奈の返事は歯切れが悪い。

「考え過ぎるとよくなか。あとは理事長に任せておくしかなかよ」

「確かに野北先生の言うとおり。ともかく今日は食べようっと。いただきます」

改めて生ビールのジョッキをつき合わせる。

「おいしい」

理奈がベーコンや豚肉巻きが好きなのは、ぼくも知っている。自分の分も理奈の皿に分けてやる。告知ミスと医療ミスの話題が一段落して、ようやく二人だけの本題にはいれそうな気がした。

「今夜は焼鳥だから、わたしがやっている例の治療について話をしてもいいですよね」

理奈が訊く。ぼくは不意をつかれた思いで、頷く。

「例の糞便移植ね。どうぞどうぞ」

右隣の客に聞かれてはまずいと思い、声を低める。同時に、今夜こそは、自分の思いのたけを白状しようと思っていた好機に、邪魔がはいったのを感じた。

「この前、市内の勉強会に出たのですけど、あの移植法は、一九五八年に米国の専門誌『サージェリー』に載った論文で、最初に報告されたのですって。オランダのチームは、この論文を参考にして、追試を試みたのが真相です」

「そうすると、もうかれこれ六十年前に発見された治療法なんだ」

有用な治療法が忘れられ、何十年かあとに再発見されるのは決して稀ではない。

「野北先生、ところがです。この治療法は、何と四世紀に中国の晋《しん》の時代に実施されていたそうです」

「まさか」

「道教の一派である葛洪《かっこう》という医師が、健康な人のあの溶液を、病人に経口投与していた記録が残っているそうです」

理奈が〈糞便〉という用語を巧妙に避けながら、自信たっぷりに言う。

「古代中国には、あるかもしれんね、あの時代、何でもアリだから」

「十六世紀の明《みん》の時代でも、李時珍《りじちん》という医師が、消化器疾患に対して、健康人のアレを溶かし込んだスープを処方していたらしかです。びっくりしちゃった」

「全く。古い中国の医療には頭が下がるね」

ここは中国の知恵に脱帽するしかなかった。

癌告知　終えし窓辺に　梅雨のバラ

3

二週間ばかりたって、再び理奈を今度はしゃぶしゃぶの店に誘った。一度理奈も来たことがあるという。

「この煙突のようなもの、最初はいったい何なのかなと思いました」

理奈が鍋《なべ》の形を見て笑う。「大学にはいるまで、しゃぶしゃぶの店など、行ったことがなかったとですから」

「天草といえば、ともかく魚だからね」

ぼくも笑い返す。

「いいえ、天草大王というニワトリもいるし、梅肉ポークもあります」

「何だいそれは」

「梅肉エキスを混ぜた餌《えさ》で育てたブタです」

「それでいったいどげんなるの」

「臭みがなかし、柔らかくて弾力のある肉になるとです」

理奈が胸を張る。

「二つとも知らんな。二、三年前に、患者さんから送ってもらった貝にはびっくりさせられた。ホタテ貝に似ているけど、色がともかくきれいで、捨てるには惜しいくらいだった」

「それは緋扇貝《ひおうぎ》です」

「それそれ。貝柱も大きくて、酒蒸しがえらくおいしかった」

確かにひとりで食べるにはもったいないくらい、うまかったのを思い出す。

「例の〈あまくさ〉でも出しますよ」

「いや、いつか現地で食べたかね」

「いつか案内しましょうか」

「ぜひぜひ」

ぼくも冗談ぽく応じる。「ところで、例の件はどげんなった？　手術は成功したとね？」

「だめでした」

理奈が首を振る。「腹腔内に播種《はしゅ》していたので、胃切除はできなかったとです」

「手術《オペ》不能《イン》か」

「それで大学病院側も、他の治療法を受けるように勧めています」

「例えば」

「免疫療法です」

「もちろん保険適用ではないだろう」

「保険はききません」

「金がかかるよ、それは」

「それでも理事長は、法人をあげて万全を期してやらせていただきます、と答えとります。まず患者の奥さんが提案してきたのが、蓮見《はすみ》ワクチン療法です」

「聞いたことはあるけど、進行癌に効くとしても、可能性は一%もないのじゃないかな」

「たぶん。問題は費用で、その治療を専門にやっている医院によると、概算で一千万円の治療費がかかるそうです」

「やはりね」

「理事長も、裁判になって高額の賠償金を支払うよりはましと考えたとでしょう。弁護士と相談したうえで、賠償金の内払いとして、奥さんにまず八百万円を渡したと聞いています」

「それですめばよかけど、免疫療法はいつまで続けるかが難しか。延命効果をねらって、死ぬまで続ければ、それだけ費用はかさむ」

「つい最近、奥さんが提示した治療スケジュールには、蓮見ワクチンが駄目なときはＮＫ療法、それでも駄目なときは、さらに遺伝子療法が予定されとりました」

「遺伝子療法ね。胃癌には無理じゃよ」

ぼくは首を捻《ひね》る。「そのスケジュール表には、費用見積もり額も書いてあるとね」

「蓮見ワクチンは千五百万円に変更され、ＮＫ療法は五百万円、遺伝子療法が二千万円です」

「合計で四千万円か」

「それでも理事長は、安いと思っとるようです。前回の裁判での賠償額が八千万円でしたから」

理奈が淡々と言う。

「そのＮＫ療法もやっぱり免疫療法なんだね」

「わたしも詳しくは知らんとです。免疫療法のひとつのはずです」

「ま、理奈先生の例の療法とは大違いだからね。免疫療法は先端医療、それに対して、理奈先生のは四世紀から存在する、いわば原始的な治療。むこうが超音速の戦闘機なら、こっちはプロペラ機のようなもの」

茶化すようにしてぼくが言う。

「野北先生、それは大きな誤解です」

理奈が口を尖《とが》らす。「免疫機構が最も発達しているのは腸なんです。皮膚は、重層扁平《へんぺい》上皮という厚い層で守られとります。腸は、栄養分を吸収するために、表面はたったひとつの層の細胞シートです。腸管を流れる物質が、自分にとって良いものか、悪いものか、瞬時に見分けなければなりません。だから免疫機構は、腸からはじまったとです」

「なるほどね」

「潰瘍性大腸炎やクローン病などでの腸の炎症は、最終的には免疫の過剰で起こります。細胞シートの表面が傷ついているため、腸内細菌や食物で、免疫機構が過剰に反応します」

箸《はし》をのばすのも忘れて、理奈の説明に聞き入る。消化管外科を専門にしているのに、そうした細かいところは無知だった。

「患者さんの腸内では、本来異物の良し悪《あ》しを感知していた免疫システムが、不具合を起していると考えていいんです」

「分かる分かる」

ぼくは何度も頷く。

「安倍首相も、長年の持病は潰瘍性大腸炎です。ケネディ大統領も同じく潰瘍性大腸炎で苦しんでいます。その前のアイゼンハワー大統領は、クローン病で二回手術しています」

「安倍首相の病気は有名だけど、ケネディとアイゼンハワーについては知らんかった」

「軽症なら、今はいい薬があって治りますが、難治例には、やっぱりアレがいいんです」

「アレね」

「アレで、すっかり腸内の細菌叢《そう》を入れ替えて、免疫機構をリセットするんです」

「そうなると、原始的な治療どころか、先端医療なんだ。いや、理奈先生、ようく分かった。お礼ば言います」

神妙な顔でぼくは頭を下げる。

「将来は、血液バンクと同じように、アレのバンクができると思います」

「糞便バンクが？　まさか」

ブイヨンスープを飲む手がとまる。

「本当です」

またもや理奈が真顔になる。「健常者ボランティアから採取したアレを冷凍保存しといて、必要なときに取り出すとです。最終的には、ひとりひとりの患者さんに不足している腸内細菌に合わせて、最適な腸内細菌叢を持つものを、バンクから選択できるようになるはずです」

「それじゃ血液バンクと同じだ。赤血球だけを取り出した血液パックもあれば、血小板だけのものもある」

「同じです」

「将来はそこまで発展するとね」

もやもやしていたものが払拭《ふっしょく》されて、ぼくは改めて理奈を見直す。「高度肥満に対しても、スリーブ状胃切除術をする前に、糞便療法をやってみる価値があるかもしれんね。肥満のドナーから糞便療法を受けると、レシピエントも肥満になると言ったろ。逆の考え方をすれば、高度肥満の患者に、痩《や》せたドナーの糞便を入れればいい」

「メタボリック・シンドロームや2型糖尿病では、効果ありとの報告が外国で出とります。まだ散発的ですけど」

「そうなると、ぼくがやっている外科手術も、いずれ糞便療法に駆逐されるというわけか」

「そんな時代なんてまだ先です。十年後か十五年後――」

「それはもうすぐということじゃなかね」

「そうでしょうか」

「そうだよ」

答えて二人で笑い合う。

理奈もスープが好きなのか、おいしそうに何度も口にもっていく。

「ところで理奈先生、糞便療法という言い方、何とかならないの。こんな料理店で言うときには、ことに気を遣う」

「わたしたちはＦＭＴと言っています」

「ＦＭＴ？」

「Fecal Microbiota Transplantation（糞便微生物叢移植）の頭文字をとってＦＭＴです」

「なあんだ」

今度はぼくが口を尖らす。「それを最初に言ってくれなきゃ。理奈も人が悪い。ぼくなんか糞便、糞便と何回口にしたか分からん。頭の中でも、糞便の文字を何十回思い浮かべたことか。それでいて、理奈のほうは、アレとかあの療法で通したからね。FMTなら、ぼくも大口をあけてでも言える」

「すみません。横文字だと気取っているように取られるでしょう?」

「取らん、取らん。これからはどうかFMTでお願いします」

「分かりました」

二人で頭を下げ合う。

「ところで、話を元に戻すと、患者と家族の要求に応じて、高額な医療費をずるずると払うのは危険だと思うよ。免疫療法にしたって遺伝子治療にしたって、有効だという明確なエビデンスはなか。それなのに、そこに患者側が金を使うとすれば、それは患者側が任意でしたことになる」

「そげん思います」

「病院側としては、支払いの肩代わりをするのは、あくまで保険で認められた標準治療法のみと限定したほうがよか。それ以上に病院側が相手に支払うとすれば、それはあくまでも損害賠償の内払いだと明確にしたうえでないといかん。そうでなければ、病院側が出すお金は、非標準治療を行う医院に、そっくり吸い取られてしまう」

「そうですよね」

今度は理奈が納得する。

「ま、そこは依頼している弁護士がちゃんと心得ていると思うがね」

「来週、理事長と医局、弁護士を交えての対策会議がありますから、その点を見極めときます」

「そこは、ぜひぜひ」

理奈と自分のコップにビールをつぎ足す。「それでは改めて、今回の告知ミス事件の解決、および理奈先生のFMTの未来に対して、乾杯」

コップをつき合わせ、お互いひと息で飲む。いつもながら理奈の迷いのない飲みっぷりには感心する。ちびりちびりではないのだ。そのくせ、酔った様子は微塵《みじん》もない。ほんのわずか頬に赤味がさしているだけだ。その顔を眺めながら、理奈がドナーの糞便を処理している光景を思い浮かべる。そんなときでも、たぶん理奈は微笑を忘れないのかもしれなかった。そう考えると、理奈がどこか神々《こうごう》しく見えてくる。医師の使命感という点では、ぼくのほうが理奈に見習うべきだった。

「月末の土日、久しぶりに続けて休みがとれるけど、理奈はどう」

ぼくは思い切って口にする。

「土日の日直や当直がはいるのは、月はじめだけです」

「だったら、どこか行こうか」

「野北先生と？　本当に？　でもどこに？」

「天草の下田」

「本当に？」

理奈が驚きながらも笑顔になる。

「下田温泉があるだろう。そこに〈五足のくつ〉という旅館があるはず」

「あります。高級すぎて行ったことはないですけど」

「梅雨どきだから予約も取れると思う。いいね。ついでに、理奈の生まれた家も見て、ご両親にも挨拶《あいさつ》しておこう」

「そこまで？」

理奈の顔が紅潮する。

「あのあたり、蛍の出る場所はないの？　雨上がりには蛍も乱舞する」

「場所はいくつか知っています。蛍なんて、もう何年も見ていない。たぶん、今でもいるはずです」

「これで決まり。もう一度、乾杯」

先刻ひと息で飲んだビールで、ぼくのほうはもう酔いがまわりはじめていた。

米国留学から帰って以来、そろそろ身を固めたらどうか、心当たりはないかと、父親、たまには母親からも言われるようになっている。今度の下田行きで、こちらから理奈に告白、いや医学的に言えば告知してみよう。

川面《かわも》より　寄り添い出《い》づる　蛍かな
息づきて　闇夜《やみよ》に燃える　蛍の樹《き》

胎《こ》を堕《お》ろす　二〇〇七年

石崎米子《よねこ》さんは、五、六年来、四週間に一度来診する患者で、この頃では病状を尋ねるよりも、四方《よも》山《やま》話を聞くのを楽しみにしている。

病気自体は高血圧症のみだ。医師だからか、血圧を測定し、食生活を訊《き》けば、あとは降圧剤の効果に頼るだけでいい。わたしは自分よりずっと年配の看護婦には、何かしら敬意のようなものを払う習慣がついていた。

ましてて石崎さんは大正十五年（一九二六）生まれだから、もう八十一歳になる。死んだ父親よりもわずか五年年下に過ぎない。ほとんど父と同時代人といってよかった。七十四歳で現役の看護婦を退いてから、夫に先立たれてひとり住まいになった。趣味は何と新聞朗読だ。私の医院が運営している特別養護老人ホームにも、毎月五のつく日に来てもらい、新聞の切り抜きを読み上げてくれる。見かけはせいぜい七十代半ばにしか見えないので、時事問題を解説し、少しばかりの質問を受けたあと、自らの年齢をバラすと、新参者は仰天する。自分より何歳も年上なのに、杖《つえ》も必要とせず、朗々たる声で新聞記事を読むのだから、あんぐり口を開けて感心するのも当然だ。その元気さが、朗読以上に入所者に活力を与えてくれていた。

その他にも石崎さんは、地元にある史蹟《しせき》の解説ボランティアも買って出ている。町には二年程前に、オルレとかフットパスとかいう、史蹟巡りの散歩道ができた。一部は長崎街道の支道も含まれて、一里塚の跡や地蔵、神社、古井戸の名残り、大銀杏《おおいちょう》なども点在している。その解説を、メモも見ずに石崎さんはやってのけているらしい。

ボランティア・ガイドが勢揃《せいぞろ》いしている写真を見せてもらったとき、わたしは驚いた。十数人の中で、石崎さんが紅一点なのだ。普通、高齢者が集う写真は女性が多く、男性はほんのひと握りなのに、全く違う。石崎さんによると、歴史好きは圧倒的に男性が多いらしい。石崎さんが最年長だそうで、同じ緑色の半被《はっぴ》を着ている六十代、七十代の男性を左右に従えるようにして、彼女が笑っていた。

石崎さんを初診して間もない頃、彼女が京城《けいじょう》日赤病院の出だと聞いて、以来、診察が終わるたび、あるいは朗読ボランティアを聞きに行ったあと、お茶を飲みながら来歴をしばしば聞いた。

日赤の看護婦については、死んだ父親も、フィリピンの兵站《へいたん》病院にいた頃、日赤出の看護婦の献身的な働きぶりに感心したのか、何度か話を聞かされた。

彼女の生まれは平壌《へいじょう》である。生後間もなく、何の理由か知らないが両親が離婚したため、親戚《しんせき》でもない知人に養女にやられた。養父は朝鮮総督府鉄道の鉄道員で、転勤が多かった。それで石崎さんは平壌の幼稚園に二年通ったあと、京城の尋常小学校にはいり、釜山《ふざん》、竜山、元山《げんざん》と引っ越す。その間に弟がひとり生まれ、もうひとりの妹は生後一年で早世した。

三年生のとき養母が病死し、若い継母が唐津から来てくれ、妹二人と弟二人が生まれた。

元山の尋常小学校六年生となって卒業、昭和十三年に、元山公立高等女学校に入学する。通常、高等女学校は四年制だったが、元山と京城第一と第二だけは五年制になっていた。

元山は山と海に恵まれ、冬は校庭が凍ってスケートやスキーができ、夏は郊外の松濤園《しょうとうえん》で海水浴ができた。

授業には、敵性外国語の英語も含まれていた。女性のたしなみとして、裁縫、茶道、華道も教えられた。特に洋裁と和裁には時間が割かれ、浴衣《ゆかた》や産着《うぶぎ》だけでなく、訪問着まで縫えるようになった。

講堂の壇上正面にはいつも日の丸が掲げられ、奥に御真影と教育勅語が奉《たてまつ》られた奉安殿があった。その両横少し離れたところに、「内鮮一體《ないせんいったい》」の掲示が向かって右、「國《こく》體明徴《たいめいちょう》」の文字が左に掲げられていた。その内側に「忠」の額が右、左に「孝」が並ぶ。

毎朝、全校生徒は校庭に集合、木刀を手にして、「皇国民体操」を行う。雨天の日は、これが講堂で実施された。毎月一日と十五日には、戦地の英霊に対してまず黙禱《もくとう》をし、ついで遥《はる》か東京の方角に向かい、宮城遥拝《ようはい》をした。

同級生の中に、両班《ヤンバン》の子もいた。一学年五人まで現地の子女が入学できたのだ。授業料は日本人はひと月五円、朝鮮の子はそれよりも高かった。間もなく創氏改名の国策のために、同じ梅組の李《り》さんという子は「松山」になり、黄《こう》さんは「安田」になった。先生から教室で紹介があり、みんな拍手で応じた。二人とも嬉《うれ》しそうではなかった。隣の菊組でも、三人の子が日本名になった。

石崎さんは、李さんの家に遊びに行ったことがあるという。李王家の血筋とかで、広い中庭を囲むようにして家が連なり、見たこともないような立派な屋敷だった。

すべての生徒が修学旅行用に、お金を積み立てていた。内地の京都や奈良、宮城のある東京に行くためだったが、戦局がさしせまり、江原道《こうげんどう》の金剛山に変更された。

「體錬会《たいれんかい》」という運動会のようなものもあり、徒競走の他に、天道流のなぎなたの披露、「愛国行進曲」にのっての集団運動もあった。授業は戦局が厳しくなるにつれて減り、軍服の修理や、勤労報国隊として、農作業を手伝いに行った。一方で、爆弾投下に備えての防火訓練もさせられる。

昭和十七年の最終学年時、全員が卒業後の進路を決めなければならない。女学校にはいる前、自分が養女であることを初めて知らされた石崎さんは、もうこれ以上、学費の面で親に迷惑をかけられないと思った。

悩んだ末、学費が政府によって貸与される京城日赤、つまり日本赤十字社朝鮮本部京城赤十字病院の看護婦養成所を受験することに決めた。ここを卒業すれば、日本赤十字社救護看護婦になり、志願して従軍看護婦として戦地に行ける。石崎さんは、前線に出て、命がけで国に奉仕する道を選んだのだ。試験には見事合格した。

翌昭和十八年三月、女学校を卒業した石崎さんは、四月から京城で生活を始める。

当時、朝鮮半島には、京城と半島北部の清津《せいしん》の二ヵ所に赤十字病院があった。看護婦の養成については、京城のほうが女学校出（甲種）、清津のほうが高等科二年を終えての入学（乙種）と区別があり、石崎さんは当然甲種を選んだ。

入学すると、紺色のワンピースの制服と制帽、白衣が支給された。ワンピースのほうはウール製だったが、制帽と白衣はスフ地なので、すぐによれよれになった。よれよれの帽子では困るので、洗濯しては糊《のり》づけして、シャキッとさせなければならない。外出の際は、この紺色の制服制帽で、黒いストッキングをはき、靴は革の編上靴だった。胸元に赤十字のバッジと赤十字章をつけ、左腕にも赤十字の腕章を巻く。さらに救急用品を入れた雑嚢《ざつのう》と、外套《がいとう》を丸めたものを、両の肩から交叉《こうさ》するようにかけ、その下げ紐《ひも》の上からベルトを締めた。

京城日赤には内科・外科・産婦人科・皮膚科・小児科があった。入院病床数は約四百、これに看護生徒のための二階建寄宿舎がついていた。三年間の修業であり、各学年八十名、一階に一年生、二階に二年生が居住、三年生は実施見習いのため、卒業した看護婦とともに、外来棟の四階に寝起きする。十二畳の部屋に六名がはいり、布団《ふとん》と小机がひとり一組ずつ与えられた。

寄宿舎生活は、朝八時点呼の夜九時消灯である。一年生は起床後まず病棟の掃除をする。素手で持った雑巾《ぞうきん》で、床も壁も磨き上げた。トイレ掃除も同じく、素手で雑巾を持つ。京城の冬は零下二十度にも冷え込み、手は赤く凍えた。

朝食後、国語や数学の基礎科目を勉強し、昼食後は内科外科の専門科目の講義を受ける。夕方は再び病棟に戻って掃除をし、終わるとやっと夕食と風呂《ふろ》、自由時間になった。

従軍看護婦になるための教育なので、日常生活はすべて軍隊式、上級生とすれ違うときは、敬礼の挨拶《あいさつ》をし、呼ぶときは「さん」づけである。同級生同士は名字を呼び捨て、医師に対しては「殿」をつけて呼んだ。

石崎さんによると、この敬礼が難しかった。上半身を曲げる角度は十五度と決まっていて、浅くても深くても注意される。しかも相手に対して、大きな声で「お早うございます」「失礼しております」と言わなければならない。相手に聞こえないと、やり直しを命じられた。余りの厳しさに、一年生の途中で実家に戻った生徒が二人出た。

昭和十九年の春、一年生の終わりに修学旅行があった。平壌まで鉄道で行き、景勝地の牡丹台《ぼたんだい》に着く。しかし観光は半分で、残りの時間は、現地の女学生たちに、担架訓練の実際を見せた。

二年生になると、三ヵ月おきに各科を回るようになる。三年生ひとりに対して二人の二年生がつき、血圧の測り方やゴムバンドの縛り方を習う。丁寧にひとつひとつ教えてくれるわけではなく、しっかり見て、あとで自分でやってみて覚えるしかなかった。

二年生の年末に開かれた演芸会で、石崎さんたちは「金色夜叉《こんじきやしゃ》」の劇をした。石崎さんが貫一役を任され、靴墨でひげ面《づら》をつくり、男物の袴《はかま》と下駄を借りた。他の級友たちは、鍋蓋《なべぶた》や洗濯板、フライパン、しゃもじなどを駆使して台所オーケストラをやって、拍手喝采《かっさい》を受けた。

ここまでの話は、来院のたびにわたしが聞き出し、大まかに整理したものだ。

そして戦局はいよいよ大詰めになり、石崎さんたちは二年生の後半から、三年生と組んで夜勤につく。予定より半年繰り上げの実習だった。

昭和二十年四月、三年生に進級する。上級生たちは次々と戦地に赴き、病院は人手不足に陥る。三年生が外来棟と病棟で、実際に働かねばならなくなった。

この部分の石崎さんの話を聞いたとき、わたしは息をのむ思いがしたのを覚えている。二十年の四月といえば、終戦いや敗戦までたった四ヵ月しかない。天と地がひっくり返るような日本の苦難が、その四ヵ月に凝縮されるのだ。目の前にいる石崎さんはまさにその激動の瞬間の生き証人だった。診察室で、わたしはまばたきをするのも忘れ、石崎さんの話に聞き入った。

石崎さんたちは、翌二十一年三月の卒業めざして、日赤病院での看護業務に明け暮れた。戦局など看護生徒には分からない。この先どうなるか、院内の誰も知らない。ただ目の前の仕事に打ち込むしかなかった。

二十年八月十五日の正午近く、「全員講堂に集合すべし」という放送があった。ラジオで流されたのが玉音放送だった。日本が負けたのは理解できた。生徒同士抱き合って泣いた。戦地に行けなくなって残念、お国のために尽くせずに悲しい。そう言って泣く。いざ宿舎に戻ると、卒業できなければこれからどうなるのかという不安にかられ、ひそひそと囁《ささや》き合った。

しかし病院の外では、異様な騒ぎが起こっていた。四階の屋上に上がると、市内のあちこちから万歳《マンセ》、万歳の声が沸き起こり、太極旗を持ったり背にかぶったりして踊る人の波が見えた。そのうち南山北麓《ほくろく》にあった朝鮮神宮から火の手があがり、黒い煙がたなびきはじめる。幸い、病院そのものは治外法権的な扱いを受けていたので、暴動には巻き込まれなかった。

翌十六日、石崎さんたちは平常の勤務に戻った。病院屋上になびいていた日章旗も、一日で朝鮮の旗に変わっていた。それでも病院には、日本人だけでなく朝鮮人も受診した。朝鮮人の職員の中には、出入りする日本人に太極旗に頭を下げるように強要した者もいた。

不要な持ち物はすべて整理するように言われて、書類などを詰めた柳行李《やなぎごうり》を提出、病院の古い診療録などと一緒に、運動場で焼かれた。

玉音放送から一週間後、病院は進駐して来た米軍の管轄《かんかつ》下にはいり、業務は米国と朝鮮人の看護婦と職員に引き継がれた。

看護生徒たちは少人数ずつ院長に呼ばれ、病院を出て、紹介された日本人医師の内科医院に身を寄せる。九月になって、半年繰上げでの卒業が決まり、病院に行って、事務長から卒業証書を貰《もら》った。

この頃には、釜山まで下って、そこから博多まで引揚げるルートができ上がっていた。石崎さんたちにも、京城駅に集まるように病院から通知が来た。しかし元山にいる家族の消息が全く分からないため、石崎さんはしばらく京城に残ることを決める。もうひとり清津に両親がいる同級生も一緒だった。

京城市内は、米軍によって厳戒令が敷かれた。市内にある国民学校などの施設が日本人の収容所になり、押し寄せる難民で溢《あふ》れ出す。朝鮮のみならず満州からの引揚者もいた。婦女子と子供がほとんどで、男といえば老人ばかりだった。みんな着のみ着のまま、栄養状態も悪かった。

十月になると、京城帝国大学医学部の学生や、京城医学専門学校の医学生が集まり、京城日本人世話会の中に医療部ができた。石崎さんたちも参加し、巡回医療に加わる。かつて日本人医師が経営していたいくつかの病院が、罹災《りさい》民救済病院として米軍から公認されていた。

石崎さんたちは外出時も紺の制服に赤十字の腕章をつけていた。他の日本人には罵《ば》声《せい》をあびせて投石をする現地の人たちも、看護婦には何もしなかった。

十二月を迎えると、京城にはいってくる引揚者もめっきり少なくなった。京城より北にいる邦人の難民は、極寒で移動できなくなったのだ。病院列車が仕立てられ、残っていた京城日赤の看護婦たちは、移動医療班の手助けをしつつ、列車に乗り込む。列車といっても貨車で、座席はなく、隅にトイレ用のバケツが置かれていた。

石崎さんたちも帰国することになり、釜山から病院船「黄金丸」に乗船した。この船は引揚船でもあり、一般の引揚邦人も乗り合わせた。乗船前に、米軍によって徹底的な手荷物検査と身体検査がなされた。貴重品の類《たぐい》はすべて没収される。しかし赤十字の腕章をつけた石崎さんたちは全くの無検査で、兵士もＯＫと言って通してくれた。それを事前に知った邦人から頼まれて、石崎さんは靴の中に指輪とお金を隠した。

釜山出港の翌日に着いた博多港では、入念な検疫《けんえき》があり、ＤＤＴの粉を身体中《からだじゅう》に撒《さん》布《ぷ》される。ここでも赤十字の腕章があるため、石崎さんたちはそのまま通過できた。

しかし博多の街は、終戦前の空襲でほとんどが焼け、あちこちに掘立小屋が立ち並んでいた。医療班の一部は、九州帝国大学近くの焼け残っていた旅館に落ち着く。何日かして、博多に住む養父の妹が訪ねて来て、養父や継母、弟や妹たちが無事に引揚げ、継母の里の唐津に身を寄せていることを知らされる。

唐津に行って家族と再会したあと、すぐに京城日赤の関係者から通知が来た。博多に呼び戻され、二年近くを博多埠頭《ふとう》での救護班の看護婦として働く。救護班が解散になったあと私立病院に職を得て、二十二歳で結婚、夫は市役所勤めだった。

石崎さんが看護婦をやめていたのは、娘二人が育ち上がるまでの十年ほどだ。その後小児科や内科の医院で働き、六十を過ぎて民間の精神科病院に移り、七十四歳まで働いた。その二年後、夫が八十歳で死去、あとは悠々自適のひとり暮らしになった。

まさしく石崎さんこそは、戦前から戦後を生き抜いた看護婦の見本であり、日赤看護婦として戦地に赴くことはなくても、充分に「お国のために身を捧《ささ》げ」ていた。

わたしの父の宏一が軍医として召集され、ルソン島山中で傷病兵の治療をしていた頃、一緒に働いていたのは、この石崎さんの先輩筋にあたる日赤看護婦だったのだ。

石崎さんの来歴を知って以来、わたしは彼女をずっと身近に感じるようになった。同時に父親の生きざまと、石崎さんの人生が重なって見え出した。

石崎さんの診察を終えて送り出すたび、年を取るならああいう老人になるべきだと、何か理想的な老いの予習をしている思いにかられた。

そんな石崎さんが五月下旬、いつものようにひと月ぶりに来診した。

「連休は、例のフットパスのボランティアで、忙しかったとではなかですか」

わたしは訊いた。また面白い話でも聞けるような気がした。

「いいえ、オルレは一組を案内させてもらっただけです。それよりも、五月は毎年行く所がありますけん。そんとき、藤の花ば見ました」

石崎さんは答えて、小さなメモ帳を開いてわたしに見せた。

藤棚の陰で寄り添う　水子の碑

「ほう」と答えつつ、石崎さんは字も上手なのだと感心する。藤を見に行ったのは分かるが、それと水子が何の関係があるのだろう。まさか石崎さんに水子がいるとも思えない。

「先生が俳句ば作ってあるけん、あたしも真似事《まねごと》をしてみたとです。どげんでしょうか」

句の評価については言葉を濁して、水子の碑がいったい何なのかを尋ねた。

「こんこつは、誰にも言ったことはありまっせん。亭主にも言わんづく、娘たちにも言っとりません」

石崎さんの顔が一瞬翳《かげ》った。やっぱりそうだったのかと、わたしも同情して頷《うなず》く。

戦時のどさくさを乗り越えた彼女だから、人に言えない事情があってもおかしくない。

「でも、こん先死ぬまで黙っとくというのも、水子たちのためには可哀相《かわいそう》な気もします」

石崎さんが水子たちと言ったので、息をのむ。水子はひとりではなかったのだ。

「先生にはいろいろ聞いてもらったとですが、ひとつだけ話しとらんこつがあるとです」

石崎さんは言いさし、ひと息ついて続けた。

「もう話してもよか頃でっしょ」

「いったい何があったとですか」

わたしはどんな話にも驚かない覚悟を決め、おそるおそる聞き直す。

「戦後博多に引揚げて、しばらく埠頭の救護班にいたこつは話したと思います。しかしその前に働いた所があったとです」

「どこですか」

「F町にある保養所でした」

F町なら博多にも近く、県内有数の温泉地だ。

「唐津で家族と再会して間もなく、旧京城日赤の事務長から葉書が届いたとです。F町の温泉保養所に集合すべしという内容で、日赤の看護婦にとっては召集令状と同じです。引揚者は交通費無料でしたので、唐津からF町に向かったとです。今でこそあそこには立派なホテルや旅館が建っとりますが、戦後すぐの頃は湯煙が上がっているだけの寂しか所でした。

温泉街のはずれにあるその保養所は、温泉保養所を病院に改装したもんでした。もともとの風呂場が手術室になっとりました。そこは厚生省博多引揚援護局の管轄下にあって、活動母体が京城帝国大学の関係者でした。

看護婦も京城日赤出身者ばかりで、偶然にも、二十年八月に京城で別れた同級生八人と再会したとです。もうひとり、上級生だった方が呼ばれとりました。助産婦さんもひとりいました。あたしたち同級生九人は、二階の階段を上がった横の十畳、上級生と助産婦の二人は隣の六畳間が居室になりました。入院部屋は全部個室で、六畳の部屋と八畳の部屋が全部で二十以上ありました」

「やはり入院患者は、病気持ちの引揚者ですね」

わたしは確かめる。病人を治療するのなら、F保養所とせずにF病院とでもすればいいのだ。それにしても、全部が個室というのも珍しい。

「所長は京城帝国大学を出た先生で、もうひとりの医師も、その後輩にあたる先生でした。あとで、助産婦さんも、京城帝国大学医学部の付属病院に勤務していた方だと分かりました。何でも所長に招かれたそうでした。保養所の開所は二十一年の三月下旬、桜の花が咲きはじめた頃です」

石崎さんは無表情のまま、当時を思い起こすように淡々と話した。

「そこにはいったい何科があったとですか」

わたしは訊く、医師が二人なら内科だろう。助産婦もいるので、お産も扱うのかもしれない。

石崎さんは質問には答えず、先を続けた。

「三月末に、保養所の玄関先に一台のトラックが着きました。幌《ほろ》もない古トラックで、荷台に五、六人がしゃがんで、縁につかまっとりました。人間だとは分かりますが、どんな人かは分かりません。男か女かも分からんとです。みんな煤《すす》けた上着にズボン姿なので、初めは男かと思いました。頭も短く刈っとったからです。

でもよく見ると女性ばかりです。男物の上着ば着て、顔も黒くしとったから見間違えたとです。風呂敷ば頭からかぶって、顔を隠している人もいました。痩《や》せた身体に、お腹《なか》だけ膨らんだ人もいます。

それば見て、あたしたちはこの保養所の任務が分かったとです」

石崎さんは普段とは違う厳しい表情になる。

「保養所の別棟には温泉がありました。天井がドームになっとって、下に円形の浴槽があり、お湯は掛け流しです。

あたしたちはそこに女性たちを案内し、長旅で疲れたでしょう、温泉で疲れを取って下さい、と言うしかありません」

これでわたしは保養所の性質を大方理解した。到着した女性たちは、引揚の途中、心ならずも妊娠させられた人たちに違いなかった。博多港に着いても、そのまま郷里に帰れない事情を抱えた女性たちだったのだ。おそらく、博多港に着く前の船中か、博多の援護局で本人か家族が申告し、隠密裡《おんみつり》に保養所に送られたのだろう。

「女の人たちは、ほとんど栄養失調状態でした。手術するにも、体力が弱っていては命の危険があります。ですけんまずは、休養しての体力回復が大切でした。大体手術前に三日、衰弱の激しい人は一週間、休養させました。

手術といっても、道具も薬品も限られとって、脱脂綿も節約せんといけません。抗生物質なんかなかった時代です。洗浄が精一杯でした。妊娠四ヵ月以内なら子宮搔爬《そうは》手術、四ヵ月後半以降は、漢方薬の陣痛促進剤を使い、早期に陣痛を誘発して、早産させる方法でした」

聞きながら、このあたりのやり方は今でも大して変わりがないと、わたしは内心で頷く。しかしおそらく麻酔薬はないだろうから、手術場の修羅場が想像できた。

「あたしは最初手術室担当で、先生に手術器具を手渡す役です。もうひとりの看護婦が女性のそばで手を握ったり、汗をぬぐったりします。手術台に上がってもらい、ヘガールで子宮頸管《けいかん》を広げ、先生が胎盤鉗子《かんし》で子宮内容物を摘出します。そのあとキュレットで、子宮の壁の内膜を掻《か》き出します。麻酔も鎮痛薬もないので、痛みは相当激しかったと思います」

石崎さんが言い、わたしも無言で頷く。「ばってん誰ひとり、叫んだり取り乱す人はおらんかったとです。ひとりだけチクショウと呟《つぶや》いて、あたしの手を握りしめた人がおっただけです。あたしと同じくらいの年齢でした」

わたしは圧倒される思いで相槌《あいづち》をうつ。新たな再出発のためには、何としても通らねばならない関門だったのだ。

「妊娠五ヵ月近くになると、子宮掻爬は無理で、これは廊下を挟んだ向かい側の分娩《ぶんべん》室で、早産の処置がとられたとです。そこも風呂場を改造した所でした。内容物はもうはっきりとした嬰児《えいじ》です。産声を産婦に聞かせたらいけないと先生に言われていたので、膿盆《のうぼん》に受けたらすぐ、バケツに入れ蓋をきつく締めました。

母親はたとえ望まぬ子でも、自分の赤子の産声を聞くと、反射的にお乳が張るのだと、先生は言われとりました。ある日、びっくりしたことがありました。一階に降りて廊下の先にある食堂に向かっているとき、分娩室から声がしたとです。驚いてはいると、分娩台に女性が横たわり、発露していて児頭が見えていたとです。慌《あわ》てて先生と助産婦を呼びに行き、手を消毒して待機しました。

赤ん坊の赤い髪の毛が見え、助産婦が分娩させ、膿盆に受け取ったあたしは首を絞め、助産婦に臍帯《さいたい》を切ってもらいました。赤子の第一声を聞かせないためです。それでも膿盆の上で息をしているようなので、先生が大泉門《だいせんもん》にメスを刺し、あたしに手術室に持って行くように言いました。あとの処置は先生と助産婦に任せて、あたしは膿盆を手術室の隅に置いて、食堂に急ぎました。

でも昼食が喉《のど》を通らず、みんなが退出してからやっと半分くらい食べ終えたとです。午後の勤務につくためにまた廊下を通っていると、か細いネコのような泣き声がします。保養所にはネコなど飼っていません。耳を澄ますと、声は手術室の方から聞こえてきます。

戸を開けた瞬間、総毛立ちました。膿盆の上で、頭にメスを突き刺されたままの嬰児が手足を動かしていたとです。呼んで来た先生も驚いて、今度は後頭部の小泉門にもメスを入れ、呼吸が止まったことを確認しました」

石崎さんは溜息《ためいき》をつきながら言った。目が虚《うつ》ろだった。こんなことは誰にも言えるはずがない。わたしも唇を真一文字にして黙った。

「手術室のバケツの中味がどうされるのか、あたしたちは知ろうともしませんでした。でもあるとき、そのバケツを下げて廊下から出てきた雑役係の男の人を目撃しました。桜並木の下まで持っていき、スコップで穴を掘るところまで見ました。保養所には焼却施設がないので、そうするしかなかったとでしょ。

入院して来た女の人の顔は覚えとりません。いわば戦争の犠牲になった人たちですけん、顔を覚えてはいかんと、胸に言いきかせとったからでしょう。

でも上級生の看護婦さんは、そこで小学校時代の同級生に会ったと、あとになって打ち明けてくれました。元山よりもっと北の咸興《かんこう》にあった小学校で、家族と一緒に引揚げの途中、乱暴されとりました。お互い何も話さず、知らないふりで通したと言っとりました。あの保養所を通った人は、みんなあそこで厄払いして故郷に帰って行ったとです。死ぬまで誰にも言えんかったと思います」

唇をかんだ石崎さんの目が、少し赤味を帯びたのを見て、わたしもゆっくり顎《あご》を引く。まさしく女性ならではの悲劇に違いなかった。

「でも、保養所で亡《な》くなった二人だけは、ようく覚えとります」

気を取り直したように石崎さんが口を開く。

「ひとりは十七歳で、女子師範学校の生徒でした。極度の栄養失調で、手術もできないまま、くやしい、くやしいと言って息を引き取りました。もうひとりはあたしより年上で、外地の遊郭で働いていた方でした。引揚の途中、みんなの防波堤になったと聞かされました。そうでなくとも、京城まで逃げて来る途中、人身御供《ごくう》で若い女性を、こちらから差し出す例もあったそうです。楯《たて》になった女性は、たまったもんじゃなかです。

その玄人《くろうと》の女性は梅毒の第三期でした。身体のあちこちにゴム腫《しゅ》ができとりました。唇と舌はひび割れ、皮膚から膿が出て、髪の毛も抜けています。それで頭に風呂敷をターバンのように巻いていました。それでもいつも笑ってニコニコして、看護婦にあやとりをせがみました。他の女の人たちが黙ってうつむいているなかで、その人だけが陽気にしていました。たぶん、脳が梅毒におかされとったのではなかでしょうか。

夏が過ぎて、運ばれて来る女の人の数が減った頃、あたしたちはまた京城日赤の事務所に呼ばれて、埠頭の診療所やその他の勤務になったとです。ですけん保養所にいたのは四ヵ月と少しです」

「そうでしたか」

わたしは呆然《ぼうぜん》となる。この四ヵ月の体験を、石崎さんは自分の中に封じ込めて、戦後をずっと生きてきたのだ。

「すると石崎さんが行った水子の碑は、その桜並木にあるとですね」わたしは確かめる。

「いえ。今、あの保養所の跡には病院が建っています」

石崎さんは病院の名を口にする。その地を代表する総合病院で、わたしの同級生も一時勤めていたことがあった。

「その中庭に水子の碑は建てられとります」

石崎さんは慣れた手付で携帯電話を操作し、画面をわたしに見せた。

横長の画像の右寄りに石崎さんが立ち、背後は掘り出したままの巨石で、大きく「仁」の一文字が刻まれていた。

「これが水子の碑ですか」

わたしは予想を裏切られて思わず言った。

「碑というか、水子の供養《くよう》碑です。この脇《わき》にもうひとつ水子地蔵があるとです。昭和五十七年に、有志が建てて、毎年ひっそり供養祭が催されとりました。外部の者も参加してよかごつなったのは、その五年後の平成七年からで、あたしが話を聞いて参加するようになったのは、平成十二年からです。ですけんもう七年通っていることになります」

石崎さんはまた携帯電話を扱って別の画面を出す。なるほど小さな祠《ほこら》がひとつあり、中に地蔵のようなものが見えた。

昭和五十七年といえば、戦後四十年近く経《た》っている。その間、水子たちは闇《やみ》の中にいたに等しい。

「でも、さっきの碑にあった仁の文字は、どげな意味ですか」

当時の堕胎術がやむを得ない処置だとは、わたしも理解できる。しかし碑に「仁」と大書までする必要はないような気がした。

「野北先生のような戦後生まれの先生には分からんと思いますが、あの当時は、堕胎すると堕胎罪に引っかかったとです。暴行されて妊娠した女性に対しても、医師は人工妊娠中絶手術はできませんでした。それができるようになったとは、あたしが保養所を出た二年後の昭和二十三年でした。

ですけん、医師も助産婦も看護婦も、罪に問われると分かっていても、やるしかなかったとです」

「そういうことですか」

わたしはようやく納得する。有名無実化した堕胎罪そのものは現在も刑法にあるが、当時は正真正銘の堕胎罪だったのだ。当時の医師は堕胎が有罪と知りつつ、仁の心をもって手術に臨んだのだ。

「でもこれは、国も黙認していたのだと思います。その証拠に、保養所が開設された翌月、高松宮《たかまつのみや》殿下が、保養所を訪問されました。あたしたちは紺色の制服制帽に白い手袋をはめ、玄関前に全員整列して、お迎えしたとです。そんときも十五度の敬礼です。あとで所長から、ご苦労さん、頼みますよと、お言葉があったと知らされました」

石崎さんの表情がいくらか和んだ。「ずっとあとになって聞いたことですけど、九州大学の産婦人科教室でも、保養所と同じことをしていたようです」

「九大でもですか」

九大はわたしの母校だ。耳を疑う。そんな話は聞いたこともなかった。

「あっちのほうは、厚生省から正式な通知があったと聞いとります。教室員が医局長命令で出張して、任務にあたったそうです」

「場所は大学病院ではなかでしょう？」

「性病の患者と暴行を受けた妊婦が収容されとったのは、福岡と佐賀にあった国立療養所です」

「そうでしたか」

あくまで出張しての施術だから、大学内では噂《うわさ》にもならなかったのだ。

「ですからもう、この堕胎は国策でもあったとです。その暗黙の了解があったからこそ、やれたのだと思います」

石崎さんが頷き、わたしも頷いて応じる。

「九大での堕胎手術は、千例くらいはあったそうです。F保養所と同じで、記録など作っとらんはずです。正確な数字は出しようがありまっせん」

「F保養所でのおよその数は？」

わたしは敢《あ》えて尋ねる。ここまで聞いた今、およその数字を確かめないではいられない。

「保養所を退所するとき、それとなく上級生の看護婦に訊いたとです。四百くらいかなと答えてくれました。今考えてみると、九大の半分の数をあの保養所でこなしたとです」

石崎さんが少し言いさして続ける。「野北先生がさっき何で仁なのかと訊かれたので、ふと思い出した光景があります。トラックに乗せられて着いたときは、男か女か分からん浮浪者のような恰好《かっこう》で、みんな暗い表情で下を向いとりました。それが帰るときは少しふっくらとして、髪も整え、門を出るときはあたしたちに手を振ってくれたとです。入所したときの顔と、退所するときの顔が結びつかんのです。

でも、あとから礼状のようなものは一通も届きませんでした。普通の病院なら、看護婦さんお世話になりましたと、時々葉書や手紙が届きますが、一切なかったです。当り前でっしょ。どの方も、保養所で脱け殻ば捨てて、故郷に帰らっしゃったのだと思います」

石崎さんの目がまた赤味を帯びたのにわたしは気がつく。石崎さんはハンカチを出して両の瞼《まぶた》をおさえた。

「来年はその供養祭に、石崎さんと一緒に参加してもよかですか」

わたしは訊いていた。ここからなら車で五、六十分の距離だ。石崎さんを拾って乗せていけばいい。医院は休診とする。学会出張か何か、理由は何とでもつけられた。

「野北先生が来てくれるとですか」

石崎さんが目を輝かせる。「水子たちも、えろう喜びますばい。先生に思い切って話した甲斐《かい》がありました」

喜ぶ石崎さんを診察室から送り出しながら、わたしはふと思い直していた。来年の五月十四日を待つのは長い。知ったからには、これから夏に向かう間、日曜日にでも、ひとりでF病院の庭を訪れてみよう。桜の木陰にしばらく立って瞑目《めいもく》するのも、夏にふさわしい気がした。

四百の　水子が眠る　桜道
胎《こ》を堕《お》ろし　戦後の母が　向かう夏
堕胎の碑　闇の四十年《よそじ》に　仁の夏

（参照資料：上坪隆『水子の譜』社会思想社、一九九三。安陪光正『博多港引揚者入院記録』私家版、二〇〇九。高杉志緒『日本に引揚げた人々』図書出版のぶ工房、二〇一一。引揚げ港・博多を考える集い（監）『博多港引揚』図書出版のぶ工房、二〇一一。下川正晴『忘却の引揚げ史』弦書房、二〇一七）

復員

一九四七年

敵機はちょうど、人参《にんじん》よりも細い芋を渓流で洗っているときにやって来た。竹トンボと称する低速の偵察機だ。見つかったらしく急に高度を下げ、あっという間に上空に来た。横の岸にある穴ぐらに飛び込む。しかし竹トンボは去らず、頭上間近を旋回する。通常竹トンボは二機ひと組で行動するはずなので、妙だと思っていると、正面から別の一機が迫っていた。見つかったに相違なく、芋虫のように身を丸めたとたん、二機とも上空に舞い上がったようだった。

その直後、上流のほうで砲弾が炸裂《さくれつ》した。ひとつではなく、四、五発連続だ。どこから迫撃砲を撃っているのかは分からない。次の瞬間、祭り太鼓のような連続音が響き、第二弾が目の前ではじけ、高々と水しぶきが上がる。いや土砂しぶきだ。その一部が顔に当たる。竹トンボ二機が迫撃砲隊に位置を連絡しているのに違いなく、三弾目はこの身を木《こ》っ端微塵《ぱみじん》にする。

穴から出たほうがよい。同じ場所に砲弾が落ちる確率は少ない。第一弾が落ちた箇所に移動すべきだ。しかし栄養失調の身はそう簡単には動けない。シュルシュルと風を切る砲弾の音を耳が聞く。だめだと思って声を上げた。何と叫んだかは知らない。恐怖心を消したい一心だ。

身が揺すられる。爆発で身体《からだ》が散り散りになったのだ。声がした。

「宏一さん、宏一さん」

母の声だった。目を開けると母の心配気な顔がすぐ前にあった。

「また、うなされとったですよ」

「夢ば見よりました」

ひと息つく。寝巻が汗びっしょりになっていた。

「もう少しでやられるところでした」

「よっぽど死ぬ目にあったとでっしょ。これから先は安心してよかです」

「安心してよかはずばってん、夢が追って来るとです。仕方なかです。ばさらか、戦友や先輩ば死なしとりますけん」

「ほんに、そうじゃろ。しばらくは夢に追いかけ回されるに違いなか。それが供養《くよう》かもしれんですよ」

母の言葉に納得がいく。ひと夢がひと供養に相当するのなら、悪夢は甘受しなければならない。

ナパーム弾の直撃弾を浴びて二十数名が一瞬にして姿形をなくし、数体の黒焦《こ》げ死体の中で、まだ息のある兵が這《は》い回っている。しかしもう手の施しようはない。ナパーム弾の火柱は百メートルくらい上がり、その上方に真黒の煙の輪が開く。あたり一面は焼野原だ。

これを落とすのはメザシと仇名《あだな》をつけた双胴のロッキードだ。二十四機ほどが編隊を組み、獲物を見つけると一列縦隊となって降下する。二十個のナパーム弾を受けると、小さな村や兵舎など一遍にこの世から消え去る。

かと思うと、敗走に次ぐ敗走で、患者たちも自力で歩かねばならない。初めから動けない患者に対しては、司令部から兵站《へいたん》病院に処置命令が届く。私たち軍医は治療と称して、消毒液を静脈注射する。中にはもう分かっている患者もいて、虚《うつ》ろな眼で手をさし出す。「ア・リ・ガ・ト・ウ・ゴ・ザ・イ・マ・シ・タ」と礼を言う患者もいた。

近くの兵団から運ばれて来る患者は、マラリアに赤痢、発疹《ほっしん》チフス、ガス壊疽《えそ》に破傷風が多かった。そして基盤にあるのは、どの患者も栄養失調だった。低栄養だから、治る病気も自然治癒が見込めず、油が尽きるように命の灯が消える。曲がりなりにも外科の軍医としては、ガス壊疽の脚を切断するのが専《もっぱ》らの仕事だった。麻酔薬とてないので、励ましながらナイフと鋸《のこぎり》で切断する。通常はそのあとで、陸軍病院に後送する。しかし今、マニラにあったのがどこに移動しているのかは分からない。この第一三八兵站病院とて今は、陣容も装備も野戦病院以下に成り下がっていた。

悪夢にうなされ、母に起こされる日は、昭和二十一年の一月に復員したあと、何ヵ月も続いた。

復帰した大学病院で診察しているとき、砲声もしないこの静かな病院が、もしかしたら夢ではないかと錯覚することもあった。何もかもが戦場の医療とは違っていた。あそこでは内科医でありながら外科の心得があったから、脚切りを任された。ここでは内科に徹すればよい。戦場では男の患者ばかりだったのに、ここでは女性もいれば未成年もいる。年寄りもいた。改めて、戦場の医療が何から何まで異常だったことを思い知らされた。

悪夢にうなされる日が多少間遠になった頃、しなければならない務めを、もはやこれ以上引き延ばしてはならないと思った。

次の日曜日に、手帳に書きつけていた加藤軍医中尉《ちゅうい》の住所宛《あて》に手紙を書いた。何度も書き直し、結局は、加藤中尉の最期《さいご》の状況を伝え、お渡ししたい遺品がある旨《むね》のみを記した。宛名も迷った挙句、「加藤芳子《よしこ》様」にした。「加藤久一郎中尉御内儀様」とするよりも、こちらの真情が伝わると思ったのだ。

しかし返信は、ひと月たっても届かなかった。まさか加藤中尉の留守宅までも空襲に遭って、家がなくなっているはずはなかった。第一、A市に空襲があったとは聞いていない。それとも何かの病気で死去されたのだろうか。もう加藤中尉の戦死については、留守宅に一報がもたらされているはずだ。落胆のあまり、病床に就かれたのか、あるいは悲嘆の末に自死されたのか。いやまさかそんなことはあるはずがない、と思いは千々に乱れた。

こうなれば、実際にこの足で現地を訪問してもいい、国鉄と私鉄を乗り継げば、半日で行ける場所だった。

ふた月になろうとする頃、達筆の女文字で封書が届いた。夫の戦死の報で、借屋を引き払い、実家に戻っている、ついてはこちらから出向いてお話を伺いたいという内容だった。

私が出した手紙は、おそらく大家の手に渡ったのだろう。そのあと気を利《き》かして婚家に一報を入れ、実家に戻っているのを確かめてから転送してくれたのに違いなかった。単に宛先人不明のままで返送されてくるより、何倍もましだった。

すぐに返事を書き、訪問されるには及ばない、こちらが出向きたい、何日が好都合なのかと問い返した。第二信はすぐに届き、都合はいつでもよいので、訪問の前に一報してもらえないかという内容だった。私が大学の医局に戻っている旨を書いていたので、都合のつく日をこちら任せに配慮してくれたのだった。

葉書で、月末の日曜日、昼過ぎにお邪魔したい旨を伝えた。加藤中尉の内儀の実家はF市の近郊にあり、A市よりはよほど近かった。

その日、一張羅《いっちょうら》の背広に地味なネクタイを締め、母に送られて家を出た。母親には実情を話していた。まさか喪服でもなかろうと思い、あとで喪服など持っていないのに気がついた。

早い昼食は、駅で丸天うどんを立ち食いした。昼前に着けば気を遣わせる。着く時間の配分が難しく、二時少し前頃がよいと決めていたものの、その駅に着いたのは一時だった。すぐ訪問するには早過ぎる。ともかく駅員に住所を見せ、どのあたりか訊《き》くことにした。すると歩いて二十分かかる所であり、近くで誰かにもう一度尋ねるとよいという返事にほっとする。バスも通っているらしかった。バスの時刻表など確かめず、歩くことに決めた。この付近が加藤夫人の実家なら、この道も加藤中尉が何度か通っているに違いなかった。二人の間に子供はなかったと聞いている。子供があれば、婚家に戻って夫の両親の許《もと》で子供を育てる道もあったろう。実家に戻れたのは、子供がなかったのが理由かもしれなかった。

四月末の空は澄み渡り、近くの山の緑が目に優しい。いくつかの家に鯉《こい》のぼりの竿《さお》が立ち、親子の鯉が時折風に乗って泳ぐ。いかにも平和そのものの風景だ。

とはいえ、足はどこか重かった。加藤中尉の死をどういう具合に伝えるべきか、まだ下準備をしていなかった。こんなものの口上を準備するなどというのは、不躾《ぶしつけ》だという躊躇《ちゅうちょ》があった。弔辞でもない。単なる報告でもない。まして伝令の役目でもない。そこまで考えて、これは初めての経験だと思い至る。当たって砕けろ、約束の品を届けて帰れば役目は終わったも等しいのだと、自分に言いきかせた。

向こうから歩いて来た中年女性に封書の裏を見せ、詳しい道順を訊いた。

「あのう、この家はどのあたりにありまっしょか」

女性は瞬時首をひねったあと、気づいたように答えた。

「五十メートルばかり先の角を右に曲がるとよかです。右手の家に標札が出とります」

礼を言って腕時計を見ると、まだ一時半にもなっていない。かといって足踏みするのもおかしいし、変な回り道をして迷子になっても困る。ええいままよと歩いて、角を右に折れた。

前庭に花壇のある家がすぐ右手にあって、石柱が両側に立っていた。右の石柱にはめ込まれた標札は「万田」になっている。左側に家はなく、右側に見える隣家も二十メートルくらい先だ。そこまで行ってみるしかないと一歩踏み出した瞬間、はたと気づく。加藤中尉の夫人の実家が加藤であるはずはないだろう。夫人の旧姓など聞いてはいなかった。夫人が住所に「万田方」と書き添えなかったのも、まだ実家に戻った実感がないためなのかもしれなかった。ここは確かめるに限ると思って戻り、石柱の陰から中を覗《のぞ》き込む。

すると人の気配に気づいたのか、すりガラスの玄関が開き、若い女性が出てきた。白いブラウスに薄紫のスカート姿で、サンダルばきだった。「あのう」と言いかけたとたん、「野北先生でしょうか」と訊かれた。

「は、はい。野北です。てっきり標札も加藤とばかり思っとったですけん。もらった手紙にも加藤芳子と書かれとったので」

頭をかきつつ弁明する。

「すみません。お手紙に旧姓も添えとけばよかったですね」

大きな目でまともに見られてうろたえる。

「いえいえ、私のほうこそ元来がそそっかしいもんで」

「父がもうそろそろお見えになる頃じゃなかか、駅で待っとったらどうかと言ってくれたとですが」

夫人もすまなそうに頭を下げる。「母までが、そこの角まで出てみたほうがよかろうと言うので、出て来たとです。本当に遠い所ばありがとうございます」

夫人が本式に頭を下げる。丁重なお辞儀の仕方だった。悲しみに打ちひしがれた姿を想像していただけに、どこか救われた気がした。

中に案内され、両親も紹介された。

「ほんに、突然お邪魔して申し訳ございません」

言い終えて仏壇を探す。夫人が楚々《そそ》と立って、次の間を勧めてくれた。仏前に正座したとき、左手に加藤中尉の写真が飾られているのに気がつく。

用意した香典を置いて、ろうそくに火をつけ、線香を折って炎の上にかざした。灰の中に立てるとき、不意に胸が詰まった。写真をもう一度確かめずにはいられなかった。

笑顔の中尉は背広姿だった。記憶にある加藤中尉は軍服と白衣姿のみで、改めて顔を見直す。結婚して間もなく撮った写真だろうか、当然ながら若い。長身で端整な顔をした中尉の姿が甦《よみがえ》る。加藤軍医中尉殿、駆けつけるのが遅くなって申し訳ございません、と写真の顔に言いかける。正面にある位牌《いはい》よりも、こちらのほうが身近な気がした。

鈴《りん》を鳴らして合掌する。瞑目《めいもく》しているうちに、胸の詰まりがいくらか緩んだ。一礼して後ずさりすると、後方に夫人と両親が正座していて、「よくぞお参り下さいました」と言われた。

「加藤中尉に戦地で大変お世話になった野北宏一と申します。一刻も早くお参りすべきだったとに、今日に至ったこつは、どうかお許し下さい」

畳に両手をついて言う。顔を上げると、夫人が涙ぐんでいて、虚をつかれた。

「娘婿《むすめむこ》がどうやって最期を迎えたのか、娘も私共も知らんままです。少しでも聞かせていただけると、どげん肩の荷がおりますことか」

父親が言い、応接台の上座を勧められた。母親が茶を運んで来る。両脇《わき》に両親が坐《すわ》り、正面に加藤夫人が坐った。門の先で会ったときと違って、血の気のない表情で真《ま》っ直《す》ぐ私を見ていた。私も同情を込めて数瞬見返す。

「どこからお話ししたもんか分かりませんが、もう戦死の報は届いとるのですね」

夫人が頷《うなず》いて口を開く。

「白木の箱を開けると小石が入れられとりました」

「そげんでっしょ」

私は坐り直して続ける。「加藤中尉と私たちが所属しとったのは、第一三八兵站病院です。兵站病院ちいうのは、前線の衛生隊や野戦病院から後送されてくる患者を収容して治療する所です。治療後はできるだけ早く、患者を原隊に復帰させることになっとります。重症の患者は、各重要地にある陸軍病院に送ります。通常、兵站病院では約千人の患者を収容します」

「千人もですか」

父親が驚く。

「軍医も三十人以上おります。薬剤官も数人いて、内科、外科、伝染病棟、眼科、耳鼻科、皮膚科、歯科の他に、レントゲン室、病理試験室にも軍医がついとります。特殊なもんとしては、婦人科検診に赴く軍医もおって、慰安婦の性病ば検査するのが務めです」

そんなことまで言う必要はなかったと、すぐに後悔する。「これに衛生兵や日赤の看護婦、多数の兵が発着係や手紙検閲係、電気・水道係、電話係、営繕係、防疫《ぼうえき》係、警備係、酒保係、農園係、車両係、炊事係、兵舎係、などに分かれて任務に就きます。内地の市立病院くらいの規模と思ってもらえればよかです」

母親が初めて聞いたという顔で頷く。夫人だけは、ひと言も聞き漏らすまいという表情で、耳を澄ませている。

「これが小倉の陸軍病院で編成されたのが、昭和十八年の十月下旬でした。飯田浩造《こうぞう》軍医少佐を部隊長として、総勢四百二十名でした。十一月上旬に門司港を出港し、二週間ちょっとでフィリピン、ルソン島のマニラに到着、月末までにパンパンガ州のダウ村という所に病院を設営したとです。近くにフィリピン一のクラークフィールド飛行場がありました。しばらくは平穏な日々でした」

言ってから湯のみの茶を口にする。なるべく先を急ぐ必要があったものの、それまでのいきさつを省略するのは無理だった。

「十二月一日に開院をして、明くる年の九月二十一日に、飛行場が米軍機の初空襲を受けたとです。この日を境にして戦闘状態に突入しました。ひと月後に第十四方面軍から、第一三八兵站病院は、レイテ島へ進駐すべしとの命令が出ました。

第十四方面軍ちゅうのは、フィリピンを作戦地域とする軍隊で、南方軍に属しとりました。空襲の直後に、山下奉文大将が赴任されました。そん前の司令官は黒田重徳中将です」

「そうすると、野北さんや婿もレイテに渡ったとですか」

フィリピンの地図は頭にはいっているらしく、父親が念をおす。

「それが、そうならんかったとです」

私は言い、また茶に手を伸ばす。胸に再び動悸《どうき》を感じた。母親が急須《きゅうす》を持って台所に行き、新たに茶をついで戻って来る。

「四班に分かれて、順次出航する手はずになり、私は第四乗船班員でした。加藤中尉は第四乗船班長でした。出発間際《まぎわ》になって、部隊長が私を第三乗船班員として連れていくと命令しました。加藤中尉は私に外科の心得があるのを知ってあったので、部隊長にかけあい、これから先、班がバラバラになる事態も予想される、ついては外科医として野北君は第四班に残って欲しいと申し出たとです。第一乗船班から順にマニラ港を出港したとですが、レイテに行き着いたのは、第一と第三の船のみで、第二乗船班員の乗ったせれべす丸は途中で座礁《ざしょう》し、班員たちは友軍の駆逐艦に移乗して戻って来ました。第四班の乗る船はもうなくなってしもうたとです。

あとに分かったこつですが、レイテに渡った第一三八兵站病院の二百五人のうち、生き残ったのはひとりのみでした。私も、もし加藤中尉があのとき部隊長にきっぱり申し出ておられんかったら、間違いなく戦没者のひとりになっとりました。ですから、加藤中尉は私の恩人です」

言い切って肩を落とす。その恩人が復員せず、助けられた当人がこうやって復員している。本来は、申し訳のたつことではなかった。

「加藤中尉には、それ以外でも本当にお世話になりました」

頭を低くしたとたん、涙が溢《あふ》れて、応接台の上に落ちた。ハンカチを出して、目を拭《ぬぐ》い、台の上の涙も拭《ふ》いた。

「それはほんによございました」

母親が慰めてくれる。

「レイテに行った二百五人のうち、生存者はたったひとりですか」

父親が呆気《あっけ》にとられた顔で言う。「兵站病院であれば、いわば非戦闘員じゃなかですか」

「そげんです。兵は警護のため銃は持っとりますが、戦闘能力はなかです。レイテがそれだけ激戦地というか、地獄の島だったちいうこつでっしょ」

「運命の分かれ目だったとですね」

母親がぽつりと言い、加藤夫人も小さく頷いた。

「ですけん、その後、第一三八兵站病院は片肺飛行と同じになりました。総勢二百十五名です。野戦病院に毛が生えたくらいの規模です。部隊長の飯田院長は第三乗船組でレイテ島上陸直前に戦死されとりましたから、私共の片割れ隊を率いるのは石田軍医中尉、その補佐が庶務主任も兼ねた加藤軍医中尉でした。

それからあとは、ひたすら退避行です。年が明けて二十年一月上旬、リンガエン湾に米軍の大艦隊と輸送船が現れたという情報がもたらされたとです。あとで知ったとですが、戦艦武蔵《むさし》も前年の十月末、ルソン島の南の湾、シブヤン海で沈められとりました。空母から飛び発《た》った爆撃機にやられたとです。

敵のマニラ上陸も間近なので、すぐさま病院は北方山中に向かって行動ば開始しました。まずダウからプンカンに移って、伝染病患者の治療をしたとです。ほとんどが下痢患者です。四、五日して、さらに奥地に移動することになり、歩行困難な患者は適当に処置せよという軍命令が出ました。この処置には、私ども軍医があたりました」

「処置というと?」

母親が怪訝《けげん》な顔で言ったのを、父親が制した。

「そりゃ、もう分かったこつたい。いちいち確かめる必要もなか」

「はい。自決させるにも銃弾が惜しかですけん、ここは消毒薬の注射です」

帰国して誰にも言わなかった事実を口にする。「ほんに医師としては情けなかこつ、申し訳たたんこつでした」

こんなことをするために医師になったのではない、と初めは自分を責めたものの、何度か重ねるうちに慣れてしまった。しかし今は、折にふれて記憶が甦る。消すにも消せない慚愧《ざんき》の念だった。

「そのプンカンを去って一月下旬、アリタオという渓谷地に落ち着きました。この頃になると、ルソン島に上陸をすませた米軍を、バレテ峠では鉄兵団、サラクサク峠では撃兵団が必死で行く手を阻《はば》んどりました。ばってん敵さんは、空爆もすれば砲撃もし、戦車で進み、そのあとば歩兵が火炎放射器でなぎ倒して進みます。こっちは肉弾戦術しかありまっせん。毎日のように患者が後送されて来ました。

この状態が五ヵ月続いたとです。鉄と撃の両兵団は、よく死守したと思います。詳細は知りまっせんが、事実上全滅と聞いとります」

「まるで戦車に竹槍《たけやり》ですね」

父親が、たまらないという面持ちで深い息をする。

「米軍が今にもアリタオに来るというので、さらに北方のフンドアンに移りました。その一帯は荒木兵団が守備しとって、少し西には山下大将のいる第十四方面軍司令部があるということでした。このフンドアンで、荒木兵団から淡治軍医大尉が院長として着任しました。本来この地に住むイゴロット族は、戦火ば避けてどこかに消えとりました。その畑地の芋畑で、病院は自給自足の生活をしたとです。

ばってん芋もやがて食べ尽くし、シダ類の根を掘ったり、ネズミも捕えたり、蛇も捕ったりしました。ゲンゴロウも蛋白源《たんぱく》になりました。患者だけでなく病院の兵たちも、栄養失調とマラリアで、バタバタ死んでいったとです。近くの主要道路にも、行き倒れの兵隊の死体が山積みです。軍服を着た死体は一週間で骸骨《がいこつ》になります。大雨が降ると、川の方に流されて行きます。

こげな時期に、私は生来の不器用さで、なかなか食糧が手にはいりまっせん。朝早くから芋掘りばして、やっと夕刻に一食分くらいの芋しか手にできんとです。ひとり残されると、現地のイゴロット族に集団で襲われます。イゴロット族は昔は首狩りの習慣があったとかで、家の入口に頭蓋骨《ずがいこつ》をぶら下げとるところもありました。

それを見かねて、何かと気を配ってくれたのが、加藤中尉でした。野ブタを兵が捕獲してきたときは、お前たち野北軍医が斃《たお》れたらどげんなるか、大事にせんといかんやろと言って、人より多か分け前を寄こしてくれたとです。芋もどこかで掘ったのか、大きなものを横流ししてくれました。

こうして八月十七日、軍司令部の通達が届き、十五日に日本が無条件降伏をしたことが分かりました。悲しむ者なんかおりません。全員が胸を撫《な》でおろしました。このままひと月もふた月も戦争が続けば、全員が餓死するか、米軍に全滅させられとったか、どっちかでっしょ。中には胸の内で万歳を唱えた者もおったと思います」

不謹慎と思いながらも、私はそこまで言い切る。兵站病院の軍医までが飢え死にするような戦争など、初めからあってはならないのだ。

加藤夫人も両親も、固唾《かたず》をのんでその先の話を待ち受けていた。やっとここからが本題だった。これを伝えるために自分はここに来ているのだった。息が上がる胸を鎮《しず》める。

「降伏によって、砲声はしなくなり、偵察機も飛ばんごつなりました。しかし栄養失調とマラリアには、終戦などありまっせん。毎日死人が出て、毎日芋掘りが続きました。

同じ日本軍の兵が、集団で日本兵から食糧を奪ったりするとです。もう餓鬼道そのものです。敵さんからも忘れられたのか、米兵もやって来ません。食糧事情はいよいよ悪くなり、果たして日本に帰れるか、不安ばかりが強くなりました。

そんな折、九月二日早朝に加藤中尉が発熱されたのです。三十八度の高熱も、平時なら何とでもなるとですが、医薬品などありまっせん。氷枕《まくら》さえないので、兵に谷川の水を汲《く》ませて、タオルで額を冷やしてやりました。熱は下がらず、昼過ぎには三十九度にもなりました。そんとき加藤中尉が、『もしかしたら駄目かもしれん、もしものときは、これば切り落として火葬して家内に届けてくれんじゃろか』と言われたとです。

そんな弱音を吐かれたらいかんです、と励ますと、いや例えばの話だと微笑して、右の小指を突き立てられたとです。もうそげなこつは二度と言わんどいて下さい、と私は懇願しました。

三十九度の熱が三十八度に下がったとき、加藤中尉は、何か書くものはないかと所望されました。紙といっても紙切れしかなく、自分の万年筆ば添えて手渡しました。あとで、万年筆は返してもらったとですが、紙切れはどこに行ったか分からず、そのままにしとりました。病態が急変したとは暗くなってからです。呼吸が荒くなり、夕方の七時頃、そんまま息を引き取られました。死因は不明熱で、あそこではそれが多かったとです。ですけん、加藤中尉の命日は九月二日です。よりによって、戦いが終わってから死ななくてもよかったのにと、私は神仏を心底恨みました」

不思議に涙はこぼれない。目を凝らして夫人を見、左右の両親の顔も見た。目を伏せた夫人が静かに嗚咽《おえつ》し、ハンカチを口に当てていた。数秒の沈黙がたまらず、私は先を継ぐ。

「加藤中尉の死没後、庶務主任と院長補佐の役は隅本中尉が指名されました。ところが隅本中尉も、五日後に三十八度の熱を出し、急死されたのです。やはり不明熱です」

まだ沈黙は続いた。

「そげなこつでしたか」

やっと父親が言う。「いや、ようく分かりました。婿もほんに心残りのこつだったと思います。野北先生には、最期まで看病していただいて、婿も本望だったとでっしょ。ありがとうございました」

「そのあとは、どうやって復員されたとですか」

夫人が静かな声で、初めて問いかけた。

「九月八日に米軍が病院に来て、草むらに青か布を十字に張るように言いました。翌々日そうやって待っとると、双発機二機が段ボール箱を何十個も落としてくれ、その中には食糧の他に医薬品も混じっていました。これがあと十日早ければ、加藤中尉も隅本中尉も何とか助かっていたと思います。ほんに残念です。

　その後は、九月十四日にフンドアンを出発して南下し、十六日に武装解除になり、米軍のトラックでサンホセまで行き、貨物列車でマニラに向かいました。マニラからトラックでさらに南下して、米軍のカンルバン捕虜収容所に入れられたとです。それが九月下旬です。帰国の通知ば米軍から受けたのは十二月二十四日で、二十六日に米軍の船に乗ってマニラを出ました。昭和二十一年の正月は、船の中で迎えました。浦賀に着いたとが一月の九日でした。そして十日が復員の日になりました」

　これでひとくおりの経緯は伝え終えたと実感する。茶を飲むのも忘れていて、改めて味わい頭を下げた。

「復員して一年以上も経ってから、こちらにうかがうこつになってしまいました。どうか許して下さい」

「いえいえ、帰国して何かとやらなければいけない仕事が、おありでしたろうに、ほんにありがとうございます」

　母親から言われて、いくらか気が軽くなる。

「それで今はどちらにお勤めですか」

「大学の医局に戻っとります。医局も先輩たちがごっそり抜けて、人手不足です。何しろ私たちの医専は、軍医を養成するために作られたような医学校なので、根こそぎ駆り出されて、激戦地に配属になっとるとです。その辺が帝大出の加藤中尉とは違っとります」

「親御さんもお喜びでしょう。無事帰国されて」

母親が尋ねる。

「はい、母ひとり子ひとりの世帯ですから。おやじは早く亡《な》くなり、おふくろが女手ひとつで育ててくれました」

「そりゃ、無事の復員でよございました。そうでなければご母堂も、どんなに嘆かれとったか」

「そげん思いよります」

父親の言葉に、改めて我が身の僥倖《ぎょうこう》を感じた。「それで、今日はこれば届けさせてもらいました。どうか受け取って下さい」

小さなブリキの缶を、加藤夫人の前に差し出す。缶自体は家にあったキャラメルの缶で、父親の残した品だった。

「これは？」

夫人が私を正視して訊いた。

「加藤中尉の小指の骨です。亡くなったあと、泣く泣く小指を切り取り、火葬しました。薪《まき》は貴重で、死者は全員が土葬でした。ですけん、これが唯一《ゆいいつ》の遺骨になります」

激情にも襲われず、平静に言えたのが不思議だった。夫人が震える手で缶の蓋《ふた》を開けるのを、じっと見つめる。缶の底には綿を敷き詰めていた。

「ほんにありがとうございます」

骨を見る夫人の目が潤《うる》み、涙が頰を伝う。

「よくぞ、はるばる持ち帰っていただきました」

父親が頭を下げ、母親のほうは身をよじって缶の中を見た。

「もうひとつ、加藤中尉から頼まれたもんがあります」

今度は背広の内ポケットから白い封筒を取りだす。くしゃくしゃになった紙切れは、できるだけ引き伸ばして折り直し、封筒に入れていた。

「これは、加藤中尉が亡くなる日に書かれた遺書ちいうか、和歌です。私に万年筆を返したあと、枕の下に隠したのでしょう」

差し出した紙切れを、夫人がそっと手に取る。

「武装解除のとき、そん万年筆も米兵に取られました。収容所にはいるときは、聴診器はもちろん、軍服も褌《ふんどし》も脱がされ、丸裸にされました。頭に粉薬をかけられ、身体にも同じように噴霧器で薬をかけられました。そんあと、背中にＰＷの字がはいった米兵の古物軍服を着せられたとです」

「そんななかで、小指の骨と紙切れは、どげんして持って帰られたとですか」

父親から訊かれる。

「紙切れは小さく畳んで丸め、耳の中に入れました。骨は、米軍が投下してくれた食料品や医薬品の中に、油紙みたいなのがあったんで、それに包み、シャワーのときも口に含んどりました」

「そうでしたか」

母親が頷き、「どげな和歌ね」と娘に問いかけた。先刻から紙切れの文字を読んでいたので、理解したのだろう、加藤夫人が静かに言った。

「主人は大学時代、多少和歌の手習いをしとったようです。しかし実際の歌を読んだのは初めてです」

この指のカラカラと鳴るを妻聞くや

わが声はついにとどかず
蛍火にほのかに浮かぶ妻の顔
手に手を取りし夕べもありき
まどろみて妻の声聞くあけくれを
兵の手当てに過ごしたはてに

夫人は最初の短歌をもう一度読み、目にハンカチを当てた。母親が震える声で三首を読み、父親に手渡す。

「よくぞ、これも持ち帰って下さいました」

「いえいえ、加藤中尉から受けた恩の何分の一にも及びまっせん。もしよろしければ、加藤中尉のご両親にも、申し上げたこつを伝えていただけると助かります」

「そりゃ、私から娘に代わって手紙ば書きまっしょ。心配なさらんでよかです」

父親が言ってくれる。「それで結局、半分になった兵站病院の生存者はどのくらいだったとですか」

「その数字ははっきりしとります。八月末に、それまで見習士官だった者は全員少尉になりました。加藤中尉も亡くなり、隅本中尉も亡くなったので、私が庶務主任になれと院長の淡治大尉から言われたとです。それで数字は分かっとります」

私は坐り直して背筋を伸ばす。「二百十五名中、生還者は百六名でした。戦死が四十四名、病死が六十五名で、合計百九名が戦没者です。加藤中尉も病死の中にはいっとります」

「戦死より病死のほうが多かったとですね」

母親が肩を落として言う。

「結成時からすれば、四分の三が亡くなったとですか」

今度は父親が念をおす。

「そげんです。生き残りは四分の一です」

答えたあと、しばらく沈黙が続いた。誰も口を開かない。

柱時計を見上げると、来てから既に二時間近く経《た》っていた。長居はすべきではなかった。

暇乞《いとまご》いをして今一度仏前に坐って頭を下げ、加藤中尉の写真を眼に焼きつけた。

玄関先で、夫人と両親からまたしても丁重に礼を言われた。

庭先に出たとき、白藤の花が見事に房を垂れているのに気がつく。房の長い花は今にも地面に届きそうだった。来たときは緊張で、庭の花には眼がいかなかったのだ。加藤夫人は角の所まで送ってくれ、しばらくして後ろを振り返ると、まだ立ち姿が見えた。それ以後は振り返らずに駅まで急いだ。

重かった心持ちが軽くなっているのに気がつく。どこか、今この時こそが本当の復員のような気がした。と同時に、戦火の下でものした、いくつかの句を頭の中で反芻《はんすう》していた。

砲撃の　とどろく下に　除虫菊
長雨を　不吉と言いし　兵は逝《ゆ》き
月影に　兵また葬《ほう》る　我は医師
砲やみて　密林を出る　葉月末
蛍夜に　命絶えたる　加藤中尉

加藤夫人の実家訪問の一部始終は、その夜母親に伝えた。
「指の骨のこつも、和歌の書かれた紙切れのこつも知らんじゃった。お前、よかこつばしたのう」

母親が言う。母親には部隊の四分の三までが戦没したとは告げていなかった。これから先も話すことはないはずだ。

十日ばかりして、加藤夫人から丁寧な礼状が届いた。それに対して私も手紙を書き送った。

手紙を投函《とうかん》したあと、このまま加藤夫人と無縁になるのが妙に辛《つら》く思われた。九月二日の加藤中尉の命日に、再び夫人の実家を訪問した。このときは何と、母親も同行すると言ってきかなかった。ひとこと加藤中尉の仏前で、息子の礼を述べたいと言うのを断るわけにもいかない。

再訪のとき、芳子夫人の弟が、高校が半ドンとかで在宅だった。教員をしている両親も休みをとっていた。

帰りがけ、母は芳子夫人がよほど気に入ったのか、しきりに誉《ほ》めた。「お前にもあんな嫁が来るとよかね」と、家に帰ってまでも言う。

それ以降だ。私のほうも乗り気になり、まずは両親に手紙を書いた。娘は今から教員の学校に行かせるつもりだったが、娘のほうは気乗り薄で、あなたの申し出もまんざらではないようだ、という主旨の返書が届いた。

それで勇気づけられ、二人だけで会ったのは暮もさし迫った頃だ。私は加藤中尉への恩義とはかかわりない、真心からの思慕であると訴えた。芳子夫人の返事は、一年待ってくれないか、一年後に私の心が変わらなければ喜んでお受けする、だった。一年待つくらいなど何ともない。しかし半年後に仲人《なこうど》を立てて正式の申し込みをして、準備は整った。

その間、私が自分に言いきかせたのは、これから密《ひそ》かに加藤中尉になりきることだった。加藤中尉を目標として生きれば、新妻を失望させることはないと思ったからだ。あのすらりとして顔立ちの整った中尉に比べると、私はずんぐりむっくりで色黒の男だ。しかし、戦場で加藤中尉から何気なく言われたことは、胆《きも》に銘じている。

――野北さん、何事も縁よ。縁ちいうもんは神仏が配慮してくれたこつで、大事にせんといかん。上官も部下も、同僚も、自分の周りにいるもんはみんな縁。傷ついて病院に送られてくる兵士も縁、健気《けなげ》に働いてくれとる日赤の看護婦たちも縁。それを自分の考えで嫌悪《けんお》したり、徒党ば組んで派閥を作っていがみ合うのは、みんなはからいごと。それは人間のすることで、神仏の配慮よりも劣る。ろくな結果は生まん。

この加藤中尉の言葉を守れば、すべてがうまくいくような気がする。

加藤中尉の法事を済ませたあと、ささやかな式を十月末に挙げた。復員から二年九ヵ月経過していた。

二人三脚

一九九二年

「そりゃ、わしが席取りに行こうたい」

小学校に入学したばかりの息子の運動会が、次の日曜日だと聞いて父親が言ったとき、誰もが耳を疑った。

「お父さん、そりゃ無理ですよ」

「ばってん、他に誰が行くか。一番暇な者が行かにゃ」

父は譲らない。一度言い出したら、後に引かないのは母も知っている。当日の朝は、家内と母は弁当作りで手が離せない。勤務先の市立病院は休みなのでわたしが行ってもいいものの、生憎《あいにく》オンコールの当番になっている。いつ呼び出しがかかるか分からなかった。小学校の校門前に並んでいるときに呼び出しを受ければ、万事休すだ。ここは父に任せてしかるべきだった。とはいえ、他の若い親たちに混じって、七十を越えた老人が、校門前に並ぶ光景を思い浮かべて、申し訳なさがつのった。心配なのは不整脈の持病だった。

しかし、土曜日の夕食の席で、父が「あしたは四時から並ぶからな」と言ったときは、またもや腰を浮かしそうになった。

「ともかく、どうせ並ぶなら、一番良か所に席ば取らにゃ甲斐《かい》がなか。四時なら、八時に校門が開くとして、四時間待てばよか」

「お父さん、それはそうでしょうけど」

家内が言い、母は仕方ないというように溜息《ためいき》をついた。五月の終わりだから、寒くはない。しかし四時はまだ真っ暗だ。薄暗い校門前で、じっと佇《たたず》む父の姿が目に浮かび、おぞましささえ覚えた。

そして当日、父は握り飯と水筒、青シート二枚をリュックに入れて出かけて行ったらしい。わたしがいつものように六時に起きたとき、家内と母は前夜から準備していた弁当作りに余念がなかった。新一年生になったばかりの健と、幼稚園の年中組の由美の世話をするのは、わたしの役目になった。

「爺《じい》ちゃんは、どこ行ったと」

朝食の席で由美が訊《き》くので、家内が説明する。健も聞いて頷《うなず》くものの、どこか緊張気味だ。プログラムを見ると、五番目に一年生の徒競走が組まれている。幼稚園での運動会でも、健はかけっこが苦手で、やっと後ろからついていけるくらいだった。そこへいくと妹のほうが活発で、他の子を押しのけてでも先に出る厚かましさを持っていた。

大人三人で弁当や果物のはいった荷物を手に持ち、七時半過ぎに家を出た。わたしはクーラーボックスを持たされた。中には父の好きな銘柄のビールもはいっている。八時に小学校に着く頃には、もう校門に向かう坂道には人の群ができていた。運動場のトラックの周囲も、人だかりがしていて、今から席を取るとすれば、随分と後方になる。

さすがに、父は正面に近い一般席の最前列に青シートを敷き、ぽつねんと坐《すわ》っていた。

「お父さん、すみませんでした」

家内が礼を言う。「よか席ば取ってもろうて」

聞くと、学校側は気を利《き》かして、七時には校門を開けてくれたと言う。

「そんときはもう、七、八十人は集まっとった。といっても、わしが一番たい」

「一番乗りですか」

わたしは驚きながらも、そんな酔狂者は父以外にはいるはずがないと納得する。

「四時台はパラパラ、五時過ぎてから増えて来た。六時を過ぎると、後ろは黒山の人だかりになった」

父が武勇伝のように話す。「問題は校門が開いてからで、これは金曜日に下見しとったとが幸いした。校門からどげんやって運動場まで行くか、分かっとったけん、他の者に負けんごつ走った。リュックだったのがまた幸いして、若い者が荷物を抱えて走るのとは違う。そうやって陣取ったとがここ。ここば取って、もう一枚は桜の木の下の、陰になる所に敷いとる」

「別な場所もあるとですか」

母も驚く。

「そうたい。昼の弁当は、ここじゃ日が照って食われん。日陰に移動して食べにゃ」

父の金曜日の下見など、誰も知らない。何から何まで用意周到だった。

「おかげで、二句作れたばい」

得意気に父が言う。

横たわり　星を見るのも　運動会

生き尽くし　孫の祭りに　席取りき

そう言えば、わたしが小・中学校のときも、運動会の席取りは父親だった。父が敷いた花茣蓙《ござ》は、いつも最前列にあった。しかし両親にはすまないことに、わたしは走るのも徒手体操の類《たぐい》も苦手で、運動会そのものが嫌な行事の最たるものだった。そこへいくと父は、旧制中学でも医専でも、常にリレーの第一走者に選ばれていたという。運動会で選手入場の際、旗手を務めたのが自慢の種だった。

「お父さん、朝食のお握りは」

母が訊く。

「食った。夜が明けるなかで食う握り飯はうまか。軍隊での野営のごつ、アブやブヨも寄りつかん。銃声も響かん」

「銃声ですか」

母が笑う。「こげな所で銃声がしたら、それこそ運動会は中止です」

家内がわたしと目を合わせて、また始まったという顔をする。

診療所勤めで忙しい頃の父親は戦争の話などしなかったのに、同居してからは、何かにつけ昔話に戦争の体験が出た。

「小学校の校門前での夜営は、ジャングルの中とは違うでしょう」

わたしも応じる。

「違う違う。上ば見ると、星も見えた。席取りで、よか時間ば過ごさせてもろうた」

父のひと言で、どこか肩の荷を下ろしたような気がした。

スピーカーで開会がアナウンスされ、入場門から行進ではいってきた児童たちは、赤組と白組に分かれて整列する。見物席から健の顔も確認できる。他の子が笑っているのに、まだ浮かない表情だ。もっと気楽に考えればいいのに、やはり運動嫌いは父親譲りなのかもしれなかった。

わたしが運動会でとりわけ嫌だったのは器械体操で、小学校のときは、正面に置いた跳び箱を跳び越えさせられた。これが六段から三段まで四種類あり、跳べる段数の前に、同学年みんなが並び、一斉に走って跳ぶのだ。六段が跳べる子はいい。五段の子も、まあまあ誇らし気だ。哀れなのは三段の前に並ぶ子で、わたしを含めて三人しかいなかった。笛とともに走り出すとき、みじめな気がした。しかも、完全には跳び越えられず、尻《しり》をしたたかに打った。観客席から笑い声が起こったような気がした。

それを児童席にいた姉も妹も見ていたらしく、昼飯のときにさんざんからかわれた。父と母が何も言わなかったのが救いだった。

いよいよプログラムが始まると、みんながカメラを構えた。カメラ席は正面近くに設けられていて、後方の席の父兄はそこに集まるようになっている。しかし父が取った特等席からは、居ながらにして写真が撮れた。かといって、我が子が参加しないプログラムは、格別撮る気がせず、もっぱら父や母の喜ぶ顔にレンズを向けた。

「いよいよですね」

家内が言い、わたしはカメラのファインダーを覗《のぞ》いて焦点を合わせる。スタートラインに並ぶ健を、拡大で撮りたかった。

六、七人がスタートラインに並び、笛の音で一斉に走り出す。五十メートル走だから、正面がゴールだ。ひと組が走り終え、次の組が並び、また走り出す。

「並びましたよ」

家内が上ずった声で知らせる。走者は七人で、内側から三人目に健がいた。しっかり構えて前方を睨《にら》んでいるところを、一枚撮る。次は走り出した瞬間だ。笛が鳴り、よしと思って脇《わき》を固めた瞬間、画面から健が消えた。驚いてファインダーから目を離して見ると、スタートラインから二、三歩のあたりで、健が横倒しになっていた。

「あらあら。転んだよ」

母が言い、家内は呆気《あっけ》にとられている。

立ち上がった健は、泣きべそをかきながら、膝《ひざ》についた土を払っている。そんなことをすれば、遅れるだけだ。何たることかと舌打ちした瞬間、父親が叫んでいた。

「健、追いつけ、追いつけ」

あまりの大声に、健は一瞬こっちを見、走り出す。もう十五メートルくらいは離されているので、追いつけるはずはない。しかし泣きながらも必死で後を追っている。もともと速い足ではないので差は縮まらない。わたしがあきれ返っているそばで、父だけがあらん限りの大声を出していた。

それでも大きく遅れたドン尻でゴールインしたときは、正面の来賓席から拍手が起こっていた。

「やっぱり健も、お前と似とるごたる」

父からそう言われると、ぐうの音《ね》も出ない。父は足が速かったので、遅いのは母譲りかもしれない。わざわざ確かめたことはない。

家内は中学から高校まで陸上部にはいっていたらしいので、遅いはずがなかった。

「ま、完走したから立派。あのまま走るのをやめとったら、それこそ目も当てられん」

家内が自分を慰めるように言った。

健自身は、ゴール脇にしゃがんでいるときも、時々こぶしで目をぬぐっていた。ゴール脇には一番から七番の旗が並べられていて、それぞれの旗の後ろにしゃがむのだ。手前の一番の子供たちは嬉《うれ》しそうで、向こうに行くにつれて元気がない。

その後、いくつものプログラムがあり、一年生全員が二重円になっての踊りも披露された。さすがにそのときは、健も気を取り直して手足を動かしていた。

いよいよ昼休みになって、五人で荷物を抱えて木陰のシートまで運ぶ。三段重ねの重箱やバスケットの類を並べていたところに、健が戻って来た。みんなで手を叩《たた》いて迎えてやると、「お兄ちゃんが転んだ」と由美が言う。

「後ろから押されたけ、倒れた」

健がふくれっ面《つら》をする。

「よかよか、立派にゴールばした」

母が言ってくれて、健はいくらか元気になる。水筒のジュースを飲んでから、まっ先に唐揚げにかぶりついた。

父と私は缶ビールで乾杯をする。

「しかしあんときの伸二は速かったな」

父が言ったので家内が聞き耳を立てた。

「中三の運動会でっしょ。わたしも覚えとります。あれば、ぶっちぎりというとでっしょ」

母までが言い添えたので、家内は信じられないという顔をした。

「それは百メートルですか、五十メートル走ですか」

「二人三脚たい」

わたしの代わりに父が言い、家内が目をむく。

「二人三脚ですか」

そんなのは、ものの数には入らないという軽蔑《けいべつ》の表情だ。

「おじいちゃん、ににんさんきゃくて何」

由美が訊くのも無理はなく、母が答えた。

「二人で片足ずつを縛って走ると。そしたら走る足は三本になるでしょう」

聞きながら、自分の運動関係の歴史で、あれが唯一《ゆいいつ》の栄光だったと思う。

「あんときは、ちょうど学校医にならされた年で、来賓席から見とった。教頭が横にいて、息子さんすごかじゃなかですかと、大変な誉《ほ》めようじゃった。校長までが席ば立って寄って来て、よかったよかったと言うてくれた。わしゃあんまりみんなが誉めるので、芝居を仕組んだのじゃないかと、疑ったくらいじゃった。ばってん、二人三脚で芝居なんかできん。みんな必死の形相で、三本足ばたぐりよったし」

「わたしも見とって、思わず立ち上がりました。高校生だった麻子も飛び上がって喜んどりました」

母も言い添える。

「あれは、芝居じゃなかです」

答えながら、記憶がありありと立ち昇ってくるのを覚えた。

あの頃、わたしが通う地元の中学校では、紅白に分かれてのリレーに、二人三脚があった。一年から三年まで、それぞれABC三チームに走者を出し、その三チームがさらに紅白に分かれて、六組がリレー形式でバトンを渡すのだ。距離は長く、運動場一周の二百メートルを走らねばならない。足の遅いわたしは、もちろん選手に選ばれたことなどない。

ところが三年になり、初めて同じ組になったMが、今度の運動会で一緒に走ろうと言い出した。Mとは同じ村であり、小学校以来のつき合いだ。通学路が同じだったのでいつも一緒だった。二キロ近くあるその通学路には墓場が二ヵ所あって、Mはわたし以上に墓場嫌いだった。クラスが違ったときも、Mはわたしを待ってくれていて、一緒に帰った。しかし中学に上がると通学路が変わったので、一緒の通学は減り、六クラスもあったので机を並べたことなどない。

「中学校の最後の記念たい。よかろ？」

わたしが怪訝《けげん》な顔をしたので、Mが言った。

Mは小学校高学年になってぐんぐん背が伸び出し、体格もよくなった。それにつれて喧嘩《けんか》っ早くなり、三年生になったとたん、それまで番を張っていた同級生を殴り倒した。といって代りに番長になる訳でもなく、一匹狼《おおかみ》で同級生や下級生から一目置かれる存在になっていた。

小学校のときからわたしを伸ちゃんと呼んでいたのは、中学でも変わらなかった。「伸ちゃんに妙なこつすると、ただじゃおかんよ」とMが周りに言っていると、耳にはさんだこともある。そのおかげか、ぐれかかった連中から呼び出されてのリンチはおろか、嫌がらせも受けなかった。

Mの家は貧しく、両親と妹の四人で小屋みたいな借屋に住んでいた。父親の仕事は鍋《なべ》の修理と刃物研ぎだった。Mはいつも腹をすかせているようで、「伸ちゃん」と言って遊びに来たときなど、母が出したふかし芋をむさぼるように食べた。進物のお菓子を母が二つ手渡すと、ひとつは必ずポケットに入れる。あとで妹にやるつもりらしかった。

小学校で、給食の残りをたいらげてくれるのもMだった。「ザンパンや」と陰口をきいていた同級生も、中学生になるとさすがに口にしなくなった。

中学二年の夏、病気がちだったMの母親が亡《な》くなり、村人に混じって子供たちも葬式に出席した。小さな家なので、みんな外に立ってお経の声を聞いた。大人たちと一緒に棺《ひつぎ》を担《かつ》いだMは泣いていた。初めて見るMの泣き顔だった。お経がえらく長く、最後に坊さんが、活を入れるような大声を出した。よく見る葬式とは違うと、子供心に不思議に思った。

二人三脚に出場することは、直前まで内緒にしようとMが言うので、二つ返事をした。前以《もっ》て言っておくと、半ば不良だと噂《うわさ》のあるMとのコンビだから、何の陰口をきかれるか知れたものではなかった。

村の夏祭は七月三十一日から八月一日にかけて開かれる。場所は神社の境内で、長い参道の両側にずらりと、灯籠《とうろう》が並ぶ。その灯籠の木枠に紙を貼《は》り、「今月今夜」の文字と朝顔などの絵を描くのは、子供会の役目だった。

石の太鼓橋を渡った奥が広い境内で、楠《くすのき》や樫《かし》がうっそうと繁《しげ》り、真ん中に大きな御堂があった。境内の池の近くに二基の櫓《やぐら》を建てるのは、中学生と高校生の担当で、青年団が指導してくれた。スコップで四つの穴を掘り、四本の棒を立てて踏み固める。

そこに横木を上下二段結えつけ、縁台をさし渡す。周囲に紅白の幕を張り巡らせ、梯《は》子《ご》も縛りつけると完成だ。当日は上と下で太鼓を叩き、鉦《かね》も鳴らす。

もちろん七月三十一日の昼から屋台も建ち、天幕を張った出店も境内の参道脇に並ぶ。金魚すくいに、焼いか売り、かき氷屋、綿菓子屋、お面売りに、紐《ひも》を引いて景品を釣り上げる店など、子供にとって目移りするものばかりだった。

父親の話では、戦後すぐなど芝居小屋やお化け屋敷も建ったという。有名な浪曲師が来た年もあったらしい。

その夏祭が過ぎてからこそ、本格的な夏休みの到来といってよかった。Mの提案で、夕方に二人三脚の練習を始めたのは、お盆の少し前だった。お互い五時頃にしめし合わせて境内に来る。まだその時刻、村の下級生が遊んでいたりする。それをよそ目に見て、鉢巻で足を結び、オイチニ、オイチニと走り出す。これがむつかしかった。

Mは頭ひとつ背が高く、歩幅も広い。遠慮がちに肩を組んだだけでは、歩調が乱れる。背丈の違いはあっても、ぴったり身体《からだ》を寄せ合う必要があった。

「伸ちゃん。俺の方が外回りになるごつ、肩ば組んだがよか」

Mが言ったのも理屈にかなっていた。運動場のコースは、正面から見て反時計回りだ。つまり左側に足の短い者がきたほうがよい。わたしの右足とMの左足を結びつけた。わたしはMの腰のあたりをがっちりと抱き、Mは腕をわたしの背中に回すようにして引きつける。

「大切なのは、やっぱかけ声のごたる」

確かにそうで、オイチニ、オイチニのかけ声に合わせて足をたぐると転びにくい。走るのに声を出すのが悪かろうはずがない。もちろん、よーいスタートで、結んだ足から第一歩を踏み出す。

頭では分かっていても、簡単にはいかない。急ぎ過ぎれば、足が乱れる。乱れてどちらかが止まろうとすると、片方がつんのめり、二人とも倒れる破目になる。気が焦《あせ》るのが一番よくなく、そうなる前に速度を少しおとして通常の走りに戻さねばならない。この微調整は、やはりかけ声のオイチニ、オイチニにかかっていた。

練習時間はせいぜい四、五十分だった。夕方でも夏の暑さは格別だ。汗が出て、息も上がったところでやめた。村の中でも、お互いの家は反対方向だったので、鳥居を出たところでバイバイをした。

雨の日は休みにした。途中から雲行きが怪しくなって雨が降り出したときは、そのまま続行した。雨に濡《ぬ》れながら、オイチニ、オイチニ、オイチニと走る気分は、悪くはない。お互いの体温が腕に伝わって、一心同体になった気がした。

「伸ちゃん、やっぱしまっすぐ走るだけじゃいかん。相手ば追い越す練習もしとかなきゃ」

「追い越しの練習ね」

走って、人を追い越したことのないわたしは、少なからず驚いた。

「そげんそげん。次々と追い越す練習もしとくと、いざとなったとき、慌《あわ》てんでよかろ」

なるほど用意周到と思いつつ、そこはMに任せた。追い越すとき、Mがわたしに回した左腕で身体を引き寄せるのが合図だ。そうやって、楠の根っこが地面に出ている所を、右によけながら速度をおとさずに走る。

都合のよいことに、境内は御堂を中央にして、正面から裏側にかけて一周回れるようになっていた。一周は二百メートル弱だ。

夏休みが終わる頃、その一周をオイチニ、オイチニと、けつまずきもせず走れるようになっていた。あとは速度の問題だ。

「伸ちゃんは伸ちゃんで、思い切り走ってよか。俺が合わせるけん」

二人三脚を全速力で走れるなど想像だにしなかったわたしも、その頃には、あとひと息でそれも不可能ではないなと思うようになった。第一、風を切って走る喜びを、このときわたしは初めて体感した。風が顔の汗を吹き飛ばすのだ。

九月の練習は日曜日の夕方だけにして、その全速力をめざした。紅白の組分けがあったとき、Mはクラス委員を脅すようにしてわたしと同じ紅組になった。わたしがプログラム委員に二人三脚への出場を申し込んだとき、委員たちからいささか驚かれた。

「伸ちゃんが走るげな」

「伸ちゃんが、あのMと二人三脚ばするとね。背丈も違うのに」

驚きは担任にも伝わったようで、担任はMに「本当か」と確かめたらしかった。みんなにとって本当の驚きの源が、優等生と半ば不良の二人三脚にあるのは、もう明らかだった。ABC三チームのうち、わたしたちはC組にされた。Aが一軍ならCの組はいわば三軍選手だった。

運動会前の一週間は、夕方、毎日境内で仕上げをした。わたしは全速力で走るだけでよかった。一周してはひと休みし、また走る。三回うまく走れば、解散した。

「ここまで走れば、相手とどげん離れとっても、追い越せるばい。倒れたら終わりじゃけ、ともかくオイチニ、オイチニを忘れんごつすればよか」

運動会前日の土曜日、Mはもうやれるだけやったという笑顔になる。鳥居の前で別れて家に戻る間も、わたしは小声でオイチニ、オイチニと言いながら駆けた。

翌日曜日は、本物の秋晴れだった。わたしは自分が二人三脚に出ることは、両親はもちろん、高校生の姉、小学六年の妹にも内緒にしていた。ただプログラムには、さり気なく○をつけて手渡した。三年生になると、入場の際の引率や、白線係なども手分けしてしなければならず、○を見た母親もそういう類だと思っていた。土台、運動オンチのわたしが運動会のどのプログラムに出るとしても、さして話題にはならないのだ。わが家としては、地域の祭のひとつであり、父親の朝早くからの茣蓙敷きのほうが、大きなイベントだったのだ。

二人三脚は、いつものように午前中の最後に組まれていた。午前中の出し物としては、ハイライトのひとつと見なされているのだ。

入場門の前に並んだとき、Mとわたしだけが背丈がいびつなのに気がついた。他のチームはほぼ同じ背丈の者が対を組んでいる。やはりそれが常識なのだ。紅白は鉢巻で見分けられ、ABCはそれぞれ前後に文字のはいったゼッケンを頭からかぶり、紐で胴体に縛るようになっていた。

白組も紅《あか》組も、当然ながらCチームが見劣りがした。誰も出たくないのを、無理やり引っ張り出されたような顔をしている。最初から負け組だった。

正面のスタート地点、つまりゴール前にしゃがんだとき、Mが二年と一年の紅C組

「よかな、転ばんごつするのが第一。速く走っても転んだら何《なん》もならん。亀《かめ》の速さでよかけ、コツコツ転ばんごつ走れ」

に声をかけた。

なるほど、これ以上の助言はないと思った。

正面の来賓席を見ると、教頭の横に父親が校医として坐っているものの、こちらには気がついていない。すると、こともあろうに、教頭が父に耳打ちをして、こっちを指さしたのだ。さっと顔をそむけて、あとは知らぬふりを続けた。

いよいよ一年生が六チーム、計十二人がスタートラインに並ぶ。並ぶ順はジャンケンで決めたようで、紅Cは一番外側になっていた。位置としてはまずいものの、混み合いに巻き込まれる可能性は低くなる。

スタートはピストルだった。Mの忠告がきいたのか、紅のCはコツコツこわごわと走り出す。しかし転ばない代わりに、速度が遅い。無事に向こう正面まで来たときは、ドン尻だった。紅も白も、さすがにAチームはそつがない。紅のAが先頭で、すぐ後ろに白のAが来ている。しかし第三コーナーを曲がるところで、紅Aがつまずき、つんのめって倒れ、白Aも折り重なる。後続の白Bもそれを避けようとして転倒する。脇をすり抜けたのが紅Bと白Cだった。みんなが立ち直って走り出したとき、ようやくビリッ尻《けつ》の紅Cが追いつき接戦になった。

接戦になっても無理をしないのは、さすがというか、慎重過ぎるというか、じれったい。

「まあ、離されとらんだけでんよか」

わたしは気が気でないのに、Mは動じない。二年生の紅Cの二人に、「心配なか、力まんごつ」とダメおしをしていた。

しかし、さして離れずにビリにつけていた紅Cの一年生が、ゴールを前にして気が抜けたのか、疲れたのか、おそらくその両方が重なって転倒した。起き上がったときは、もう他のチームはバトンを受けて走り出していた。紅Cの二年生がバトンを引き継いで走り出す。またもや大きく離れてのドン尻になっていた。

「そうか忘れとった」

Mが落ちついた声で言う。「バトンの練習はしとらんかった。伸ちゃん、バトンは俺が右手で受けるけんね」

「うん」と頷きながら第一コーナーに眼をやると、紅Cの二年生がつんのめりかけていた。それをやっとの思いで立て直して走り出すと、やっぱりドン尻だ。

しかし向こう正面で異変が起こった。先頭の白Cが転び、バトンを落としたのだ。

もたもたしているところに紅Bが倒れこむ。これはもう接戦というより大混戦だった。気がつくと、正面の来賓席も一般席も、そして生徒席も総立ちになっていた。肝腎《かんじん》の紅Cは、後には誰もおらず、前には相当引き離されているのに、ご丁寧にも第三コーナーで転んだ。

他のチームが出発したあとに、Mと二人でスタートラインに立つ。

「急がんでよかよ。オイチニ、オイチニ」

Mが手を叩いたのが効を奏して、二年生が倒れずにゴールに飛び込む。よっしゃと言ってMがしっかりと右手にバトンを握り、結んだ足を上げてから走り出す。先頭は既に向こう正面を過ぎているようだった。

まずは第一コーナーで白Bを追い越した。前を走るチームは、コーナーで勢いを弱める。その外側をオイチニ、オイチニの全速力で駆け抜けるのだ。わたしがMの腰を抱き、Mがわたしの腋下《わきした》あたりをしっかりと引き寄せ、オイチニ、オイチニのかけ声があれば、何の恐れもない。第二コーナーを過ぎたところで、紅Aを追い越す。あとは直線なので、全速力で走る。白Cをまたたく間に抜き去り、第三コーナーで紅Bをぐっと外回りして追い抜いた。残るは白Aで、まだ差は十メートル近くあった。オイチニ、オイチニのかけ声に力がはいった。白Aの走りが遅く見えるくらいに、こっちの走りは速かった。

あと二、三メートルに迫ったとき、後方に迫る力強い足音に驚いたのか、白Aのひとりが横を向いた。その瞬間、もうひとりがつんのめる。それは神社の境内の楠の根っこと同じで、うまく外側によけ、全速力のままゴールを切った。

トラックの周囲から、大きな拍手が起こっていた。紅Cの一年生と二年生が駆け寄って来て、「ありがとうございました」と頭を下げる。

各コーナーに旗を立ててライン番をしている同級生までが、立って手を叩いている。

「ありがとう」

Mに言うとき、涙が出た。運動会で口惜《くや》し涙を流したことはあっても、嬉し涙は初めてだった。

「伸ちゃん、最後の運動会で、よか思いばした。ありがと」

Mも赤い目をしていた。

二人三脚の結び目はそのままに起立をして、並んで退場門まで走り、出てから結び目を解いた。

昼飯になって急いで一般席に行くと、母や姉、妹から拍手で迎えられた。付近の父兄たちも手を叩くので、大いに照れる。

「あげな二人三脚は初めて見た」

姉が言う。

「まるで、ひとりが走りよるごつあった」

妹までが感激している。

そこへ父親が、興奮醒《さ》めやらぬ顔で戻って来る。

「伸二、わしゃ鼻が高かった。お前たち、こりゃあ相当練習ばしとろ」

「はい」と答えながら詳細はゴマかす。Mとの練習はあくまで内緒事にしておきたかった。

弁当を開きかけたとき、Mの父親と妹が姿を見せた。

「お宅の伸二さんと組ませてもろうて、ほんにありがとうございました」

礼を言われて、両親が激しく首を横に振る。

「お宅の息子さんと一緒じゃったけん、あげな走りができたとです。ありがとうございました」

母が頭を下げ、「ここで弁当をご一緒されんですか」と誘い、父も「それがよか」と莫蓙に隙間《すきま》を作ろうとした。

しかしMの父は滅相もないといった所作で辞退する。母がMの妹に梨《なし》一個とぶどう一房を持たせてやる。それまで恥ずかし気だった妹の顔がいっぺんに輝いた。

M自身が顔を出さなかったのは、やはり半不良と言われている手前、気が引けたからだろう。

午後のプログラムの間中、わたしは上《うわ》の空だった。まだ感激に浸っていたのだ。最後のプログラムでは、二人三脚ではなく、本物のリレーが行われた。Mは紅Aのチームで出場し、力強い走りで二人を抜き、惜しくも僅差《きんさ》の二位でゴールインした。あれがMの本当の走りなのだと、わたしはその格好良さが眩《まぶ》しかった。

運動会が終わると、本格的に高校受験の勉強が始まる。

「伸ちゃんは大学ば出て、お医者さんになるとやろ」

Mが言い、自分は中卒で働くつもりだとつけ加えた。

中学を卒業すると、M一家は親類を頼って名古屋に引っ越した。父親の仕事は包丁研ぎと鍋の修理だったので、仕事のある所、どこへでも行けた。「最後の運動会」とMが言ったのは、古里との別れも意味していたのだ。

高校生になった頃、Mが大阪に出て、ヤクザ組織にはいったという噂を聞いた。自分で半不良と言っていたので、ヤクザのほうが生き易《やす》いのかもしれないと、半ば納得した。

そして大学を卒業する頃になって、Mが暴力団の出入りで罪を犯し、刑務所にはいったと、人づてに耳にした。嘆く妹と父親の顔が浮かんだ。その後どうなったかは、消息不明のままに過ぎ、Mが病を得て死んだと聞いたのが六年ばかり前だ。

Mとの二人三脚は、運動会のシーズンになるたびに思い出された。運動会にまつわるわたしの屈辱は、いつのまにか二人三脚の栄光の裏で、すべてかき消されていた。

それにしても、あれからMは、死ぬまで一度くらい、わたしとの二人三脚を思い出しただろうかという疑問はついてまわった。今でもわたしは、境内で何回も走ったときのMの逞《たくま》しい身体を思い出す。オイチニと叫ぶ声までも耳の底に残っている。間違いなくMこそは、わたしの少年時代の第一の親友だった。

秋晴れの　二人三脚　夢のごと

父親が桜の下に敷いた青シートの上には、「野北組」と手書きした厚紙が置かれていた。こうすれば誰かにはぐられないだろうという策だった。巻き寿司《ずし》あり、稲荷《いなり》寿司あり、唐揚げにウインナー、ローストビーフと、母と家内の手作り弁当は文字通り満艦飾だった。

わたしはクーラーボックスから冷えたビールを出し、父に勧め、自分も少しだけ飲む。同居し出して父の酒量は増えていた。五百ccの缶一本ではおさまらず、二本になる日もある。さすがに毎日一リットルのビールは健康に悪い。二本にしたいなら三百五十ccの缶にするよう、本人にも注意していた。

しかし、この日は運動会なので三本くらいは許してやりたかった。

「ほら、運動場はカンカン日照りだ。ここに席ば取っといてよかったろう」

父が得意がる。

「はいはい、一番乗りのおかげです」

母が言うとおりで、桜の若葉越しの日射《ひざ》しが心地よい。

午後のプログラムに、新一年生の玉入れがあった。もちろん健も参加し、懸命に赤玉を拾う。拾っては投げるものの届かない。結局一個も投げ入れられず、もたもたするうちに笛が鳴った。一斉に声を合わせて数えると、白組の方が断然多かった。

しかしそれは前半のゲームで、後半は、新一年生とその祖父母も参加するのだとマイクが放送する。そんなことはプログラムには書かれていないので、一般席から笑いが漏れた。

健が嬉しそうな顔で、父と母を呼びに来る。父がよっしゃと立ち上がり、母もつられて腰を上げた。

参加するのが父や母ではなく、祖父母というのは名案で、杖《つえ》をついた八十歳くらいの男性もいれば、腰の曲がった女性もいる。中にはわたしより少し年長としか思えない若々しい祖父もいた。

笛が鳴って、竹カゴめがけて玉が上がる。健は玉を拾う役に徹して、父に手渡す。父は狙《ねら》いを定めて放り上げる。

母は落ちついたものだ。慌てることなく玉を拾っては、一発必中の覚悟で勢いよく投げる。すると次々と面白いようにはいった。

笛が鳴ったとき、父は三個、母は七個も入れていた。

勝ったのは紅組で、健と両親が喜び合う。

「いやあ、面白かった。この齢《とし》になって玉入ればするとは思わんかった」

戻って来た父が、息を切らしながら言った。

「お母さんも上手でしたね」

家内が言う。

「あれは、お手玉と同じじゃけん」

母も荒い息をしていた。

その後も、父は機嫌良くビールを口にしてくれた。用意していた三百五十ccの缶ビール六本はすべて空になった。家内と母とわたしが一本ずつ、父が三本飲んでいた。

プログラムは予定通り四時に終わった。その少し前からみんな帰り仕度を始める。わたしたちも片付け出し、いざ立つ段になって、父の様子がおかしい。右足に力がはいらないという。その言葉も呂律《ろれつ》が回っていなかった。しゃがんだまま両手を前に上げさせると、右腕が上がらない。脳出血か脳梗塞《こうそく》の兆候に間違いなかった。

本部まで走り、電話を借りて一一九番にかけた。場所を言うのはやさしい。父の年齢、容態も説明し、救急搬送してもらう病院も指定した。わたしの勤める市立病院よりも、大学病院が適当だ。その方が距離も近かった。三十分もあれば、救急車なら行き着く。

「お父さん、救急車を呼びました」

家内の言葉に、父がわずかながら頷く。父の身体をそっと寝かせ、頭の下に座布団《ざぶとん》を折って敷く。周囲の人たちも心配顔で、遠巻きに眺めている。

呼吸は問題なさそうだった。家内と母が両脇に坐り、絶えず呼びかける。父は頷くだけで、もう発語は不可能になっていた。病巣《びょうそう》が少しずつ大きくなっている証拠だ。

救急車の音がするまでが、長かった。しかしその音は耳を澄ますと聞こえるようになり、次第に大きくなる。運動場まで、誰か誘導してくれるはずだった。腕時計を見る。連絡してから十三分が経過していた。あとは病巣の拡大が止まるのを願うのみだった。

父は救急隊員によってストレッチャーで運ばれ、わたしが一緒に父の横に乗った。走り出した車内で、救急隊員が改めて名前と年齢を父に訊く。質問は理解できているようだったが、やはり発語は不明瞭《ふめいりょう》だ。

大学病院の救急外来と連絡していた隊員が、わたしが医師だと分かって受話器を手渡す。発症時間と現症、持病に高血圧はなく、不整脈と前立腺《ぜんりつせん》肥大くらいだと告げ、最後に、父がそちらの医学部の卒業生だともつけ加えた。気は心で、わずかでも扱いが丁重になるはずだった。

しかし救急車というのは乗り心地が悪い。病人を乗せているのだから、今少しクッションをよくしてもよかろうと思う。

「お父さん、あと十分くらいで着きます」

呼びかけには、もう応じない。意識の混濁が始まっていた。一瞬、懸念《けねん》が走る。一命は運良く取り止めたとしても、後遺症は覚悟しなければならない。右半身に麻痺《まひ》が残り、言葉も不自由になれば、どんなにか悲しむか。もちろん介護の手も必要になる。最も負担がかかるのは母だ。

頭の中には次々と悪い考えばかりが渦巻く。助けを求めるようにして前方を見ると、どうやら大学病院の構内にはいったらしく、救急車のサイレンが止《や》んだ。腕時計を見る。五時五分だった。

救急外来の前に、もう白衣の医師や看護婦が待ち構えていた。救急隊員がストレッチャーを車から降ろし、建物の中に運び入れる。

わたしは後ろからついていけばよかった。

「すぐ頭部ＣＴを撮ります。そのあとでＭＲＩも施行します」

救急部のチーフらしい中堅の医師が言った。大学病院だから当然だろうが、ＭＲＩが導入されているのは、ありがたかった。ＣＴよりは数倍解像力に秀《ひい》でている。どこか光明が見えた気がした。この二つがあれば病巣の拡《ひろ》がりは、たちどころに把握できる。

「心臓ペースメーカーははいってませんね」

「はいってません」

ＭＲＩを撮るのに支障があるからだろう。あとは医師陣に任せておけばいい。部屋の中を見渡すと、カーテンで仕切られた中に、五、六人の患者がいて、看護婦と若い医師が忙しく動いていた。気がつくと丸椅子《まるいす》がさし出されていた。坐ったほうが気が落ちつく。祈るようにして結果を待った。

急性脳梗塞であれば、血栓がどこからか飛び、脳の血管に詰まったのだ。それを溶解させるのは容易ではない。通常は点滴の中にウロキナーゼを入れる。あるいは抗凝固薬のヘパリンを薄めて注入する。しかしどちらも効果は限定されている。意地悪く言えば、気安め療法だった。それ以上の梗塞を防ぐだけと言ってよい。

やはり、朝の暗いうちから校門前に並び、朝飯はお握りと水筒のお茶のみで、それ以外水分の摂取はない。その後も、ビールを勧め過ぎたのが仇《あだ》になっていた。アルコールは体内の水分を奪ってしまうので、同量の水を補充しなければ脱水を起こしてしまう。医者が二人もいながら、二人共、不養生だった。いや父自身に罪はない。息子の罪と言ってよかった。

「野北さんのご家族の方」

看護婦から名前を呼ばれて我に返る。別室に案内されると、わたしと同年配の医師がいた。脳外科の助教授だと言う。日曜日に出勤しているはずはないので、呼び出しがかかり、わざわざ出勤してくれたのに違いない。

シャウカステンに、CT写真とMRI像がかかっていた。どちらも左半球に黒い部分がある。

「左中大脳動脈の分岐領域に梗塞が見られます。やはり血栓でしょう。発症は四時頃と聞いておりますが」

「四時五分前くらいかもしれません」

「今がちょうど五時半です。発症から一時間半ちょっとです。私共、現在治験中の薬がありますが、それを試してみたいのです」

「どういう薬でしょうか」

自分も内科医だとつけ加える。

「それは都合がいいです。t-PAという薬剤です。ティッシュ・プラスミノーゲン・アクチベータと言って、血栓を溶かす薬です」

「聞いたことがあります」

PTAに近い、t-PAなので覚えやすかった。

「もとは心臓領域で冠動脈が詰まった際に使う薬で、これはもう効果が定まっています。これを、脳梗塞にも使う治験が始まったところです。これはt-PAの製造元のイギリスでもされていません。わが国が世界初というわけです」

「それで手応《てごた》えはどうなのでしょうか」

恐る恐る訊く。

「手応えはあります。既存の薬と比べると、幕下と横綱の違いでしょうか」

体格のよい助教授が胸を張る。「それに治験ですので、かかる費用はすべて大学持ちになります」

たとえ自費であってもここはやってみるべきだった。

「この特効薬も、発症から四時間半を超過すると、もう駄目です。CTやMRIを撮るのに一時間の猶予《ゆうよ》を見て、三時間半以内に病院に着いてもらわねばなりません。これが案外難しく、大きな壁になっています。野北先生は発症から一時間半ですから充分間に合います」

助教授は壁の時計を見上げた。「これからの準備には三十分もかかりません。静脈からの注入です」

「お願いします」

ほとんど即答していた。父親の場合、何よりもみんなの前で倒れたのがよかったのだ。これが家で留守番をしていたときに発症していれば、t-PAには適さない。その意味では、朝一番の席取りが効を奏したとも言えた。

あとは祈るのみだった。六時半頃、家内が車を運転して母を連れて来た。治療の内容を説明すると、二人共安堵《あんど》した。

父のベッド脇に呼ばれたのはその直後で、父は目を開けていた。何より受け答えができる。これまでのいきさつを話してやると、何度も頷く。

「迷惑かけたな」

その返事も明瞭だった。母も家内もハンカチを目に当てている。

「お父さん、新薬のt-PAのおかげです」

「何、PTAちいう薬があるとか」

訊き返されても、わたしは訂正しない。

「わしゃ、夢ば見とった。運動会の夢たい。ほら伸二が中学三年のとき、二人三脚ばしたろ。ドン尻から次々とごぼう抜きしたやつ」

わたしは胸が詰まって返事ができない。脇で母も頷いている。

「ところがじゃ、途中で入れ替わって、ゴールインするときゃ、わしと伸二になっとった」

「まさか」

絶句したあと、母と二人で笑い出す。

「不思議な夢じゃった」

父も首を捻《ひね》った。

助教授の説明があったのは、一般の病室に移ってからだった。万事うまく行ったので、経過を見るため、五日間の入院ですむという話だった。その夜は、わたしと家内で、パジャマや身の回りの品を運んだ。

そして退院の日、父がメモ紙を見せてくれた。

生きる夏　t-PAの　霊験《れいげん》で

PTAでなく、ちゃんとt-PAになっているのがおかしかった。わたしもその横に万年筆で一句を書き加えた。

さまざまに　二人三脚　柿若葉

パンデミック　二〇一九―二一年

1

「式は五月の連休明け、十日の日曜日にします。日曜だから父さんも休診でしょう。往診もなしにして下さい」

　息子の健から言われ、改めて、隣に笑顔で坐《すわ》っている相手を眺める。初対面というのに、さして緊張している風でもなく、むしろ恋人の両親に会うのを楽しむというか、好奇心を持って相対している様子だ。横に坐る家内が、ほっとして肩の力を抜いているのも、そのためだろう。

「それで何ば専門とされていますか」

　当たり障《さわ》りのないやりとりのあと、家内が訊《き》く。

「こんな場で言うのも気が引けますが、糞便《ふんべん》移植です」

「えっ、フンベン？」

家内が訊き返したのも無理はない。わたしは息子から何回か聞いていたので、すんなり意味が通ったものの、素人《しろうと》には分かるはずはない。しかもちょうど、前菜を食べ終わったときだったので、なおさらだ。

「母さん、正式には糞便微生物叢《そう》移植、ＦＭＴと言うとです」

困惑するどころか憮然《ぶぜん》としている恋人に、助け舟を出すように健が補足した。

「へえ、そげなこつばするとですか」

家内が驚いてわたしの顔を見る。

「そう、数年前からはやっとる、れっきとした消化器内科の治療法」

わたしも言い添える。

ここでフンベンの話は終るものと思っていたのは早計だった。物事をはっきりさせなければすまない性質《たち》なのか、また理奈さんが話を継ぐ。

「難治性や再発性の消化管の感染症に対して、大腸内視鏡を使って、健康なドナーの便を移植するとです。まだ例数は五、六十ですが、治癒率は八割以上です」

「へえ、それは高か治癒率じゃなかですか」

今度は、わたしのほうが耳をそばだてていた。

「はい。今、消化器部長の指導で、論文を書いとります。『ガストロエンテロロジー』に投稿してみます」

「そりゃ消化器の一流雑誌じゃなかかね」

「そげんです」

理奈さんは少し頬を赤らめる。

「それは面白か研究ですね」

家内も感心する。

「それで、今は糞便バンクを作成中です」

「バンク？」

「いちいち健康人のそれを貰《もら》うのは不便なので、何人もの便をバンクとして冷凍保存しとけば、いつでも使えて便利ですから。もう野北先生の便も、わたしの便もバンクに入れとります。二人共健康ですし」

この人は表面は柔和にしているが、芯《しん》は強いと思ったのはそのときだ。若い女性が糞便バンクを管理するなど、軟弱な精神の持主では勤まるまい。横で家内が押し黙って、感心しきりの様子だ。

「ところで、ハネムーンはいつにするとですか」

主菜に進む頃になってわたしは訊いた。

「はい、六月下旬です。その頃だと二人共、一週間ぐらいの休みは取れそうです」

「行く先は？」

六月の花嫁とは言うものの、日本ではもう梅雨時だと思いつつ訊いた。

「キューバなんです」

「キューバ？」

またもや訊き返していた。

「理奈はゲバラが好きですけん」

健が半ば苦笑、半ば困った顔をする。

「ゲバラって、あのチェ・ゲバラでしょ？」

家内が訊く。まさかハネムーンにチェ・ゲバラとは、わたしまでも腰を浮かす。三十歳前の年齢で、しかも女性であれば、ゲバラなど知らないのが普通ではないのか。

「大学にはいってすぐの頃、チェ・ゲバラの伝記映画を見たとです。感激して、以来ファンになって、本も読みました。あの人、医者で喘息《ぜんそく》持ちです。それなのにキューバ革命の立役者になって。偉かです」

またもや、糞便移植同様、熱弁を振るわれそうな気配になった。

「そのキューバを見たかと言うのです。ぼくも少しは興味があるし、キューバなら地球の裏側ですけん、病院から呼び出しがあっても、どげんもこげんもできません」

健が言い添える。

「首都ハバナの公園に、ジョン・レノンの銅像がベンチに坐っとるそうで、その横に坐りたかです」

理奈さんが言いつぐ。

「ぼくはぼくで、ヘミングウェイの銅像がカウンターに寄りかかっているバーで、ダイキリとモヒートを飲んでみたかです」

ヘミングウェイがキューバに居たのは知っていたが、ジョン・レノンまでキューバびいきだったとは意外だ。

「ゲバラが殺されたとは、ボリビアじゃなかったかな」

主菜のステーキ料理にはふさわしくない話題とは思いながら、わたしは言う。

「そげんです」

理奈さんが頷《うなず》く。「ボリビアの政府軍に捕まって、そこにＣＩＡの指示が届き、現地で殺すこつになったようです。アメリカにとっては、米国資本をキューバから追い出した仇敵《きゅうてき》ですけん、闇《やみ》に葬《ほうむ》りたかったとです」

理奈さんの説明が熱を帯びる。わたしもゲバラの最期《さいご》がどうだったかは知らず、耳を傾けた。

「閉じ込められたとは田舎の小学校でした。手足を縛られたゲバラは黒板の字を見て、綴《つづ》りが間違っとるから、教師を呼べと言ったそうです。教師が駆けつけると、綴りは間違っとらんで、呼びつける口実だったとです。あたりを見回したゲバラは、あなたたちはこんなみすぼらしい所で子供に教えとるのか、と言ったそうです。キューバの小学校の立派さを誇りたかったとでしょう。教育と医療こそは、キューバ革命の一大目標でしたけん」

「キューバでは教育と医療は、無料でっしょ」

家内が言う。どこかで仕入れた知識だろうが、わたしは見直す思いがした。

「そげんです。貧乏な国のはずですが」

理奈さんが頷く。「それからゲバラは、兵士に別の所に連れられて行って殺されたとです。銃を向けた兵士に言った最後の言葉が、早く撃て、でした。ゲバラは最期の最期まで、子供たちの教育を考えていたとでしょう」

「その話で、フランスのサルトルという人が、ゲバラを自分たちの時代に生きる最も完全な人間、と言ったとも分かる気がします」

またもや家内が言ったので、びっくりする。家内は文学部でも社会学科にいたはずなので、講義かゼミで習ったのだろう。

「それに、健先生の顔は、どこかゲバラに似とります」

理奈さんに言われて、またまた目を丸くする。ゲバラの顔などうろ覚えだが、健が似ているとすれば家内に似て、日本人にしては彫りが深いからだろう。

「ゲバラは一度、日本に来とらんですか。何かの写真で見た気がします」

わたしは記憶を辿《たど》りながら言う。

「ゲバラは日本に砂糖を売り込みたかったようです。来日ついでに、念願の広島に行って原爆死没者慰霊碑に献花し、平和記念資料館と原爆病院を訪問しとります。えらく感銘を受けたようです。確か一九五九年で、革命の直後です」

理奈さんの知識に、もう脱帽だった。これならハネムーンがキューバになるのは当然のような気がした。

「ともかくあのキューバ革命は、歴史上最も美しい革命、と言われとるそうです」

健が締めくくるように言う。「期日が迫っとるけ、来週にでも旅行社を探して申し込みます」

レストランを一緒に出るとき、この初めての顔合せは、将来の花嫁の独壇場だったような思いがし、あの強気の女性なら、軟弱な面がある息子にちょうどよいと、胸を撫《な》で下ろした。

年が変わっての三日、健が理奈さんを伴って挨拶《あいさつ》に来た。披露宴の会場はもちろん、キューバ旅行の申し込みも終えたと話してくれた。その前にともかく、二月か三月に、わたしと家内が理奈さんの両親に結納《ゆいのう》の品を届ける手はずも整えた。実家が天草と聞いて、事のついでに近くの温泉に一泊する予定にした。先方に都合のよい週末は、理奈さんが連絡してくれるという。

このときの理奈さんは万事控え目で、レストランで初対面したときのような勢いのよさはなかった。もちろん例のフンベン移植の話もなく、こちらが拍子抜けしたほどだ。やはり初対面のときは、緊張気味で却《かえ》って饒舌《じょうぜつ》だったのだろうと家内と話した。

今年もいい年になりそうな気がしていた一月中旬、中国の武漢で新型のウィルス感染症が流行していると、メディアが報じ始めた。そして二十三日以降、武漢の都市封鎖の様子がテレビでも連日映り出した。交通機関がすべて遮断され、市民の外出も禁止、文字通りに大都会から人影が消えた。その一方で、広大な敷地に臨時の病棟が数日のうちに建設される様子や、各村の入口に村人が立ち、進入者を追い返す光景も、テレビの画面に現れた。ここまで徹底的にやらねばならないのかと、息をのんだ。

そして二月上旬の月曜日の朝、看護師長が慌《あわただ》しく駆け込んで来た。

「やはりここは、マスクや消毒用アルコールを大量に確保しといたがよかです」

わたしは何のことか分からず、口をあんぐりさせた。師長はじれったそうに続ける。

「例の中国の感染症です。あれは絶対、日本に来ます。昨日、そげん思ったとです。長女が看護師の国家試験ば受けるというので、梅見かたがた太宰府天満宮に行ったとです」

「ほう」

わたしは頷く。師長は三十代に、アルコール依存症でDVの亭主と離婚して以来、二人の娘を育て、二人とも看護師の道を選ばせていた。

「それで梅は咲いとったね」

「そりゃ咲いとりました。ちゃんとお詣《まい》りもして、絵馬も奉納しました。それはどうでもよかですが、娘とトイレにはいろうとして行くと、もう四、五人が並んどりました。みんな中国人です。ようやく待って、わたしがはいると、中の汚れとるこつ、あの人たち水洗トイレの使い方ば知らんのでっしょ。あまりに汚ないので、せんで戻り、娘にもさせんで、我慢して別の所でしました。それでです」

と師長は身を乗り出す。「あの中国人は春節の流れで日本に来たとでっしょ。春節は一月末で終わっとるはずですが、まだ日本には中国人があちこちに残っとるとでっしょ。ですけん、中国のウィルスは、早かれ遅かれ、日本に来ます」

「なるほど」

半ば納得、半ば大袈裟《おおげさ》なという思いがした。

「まあ、マスクとゴム手袋、消毒用アルコールは、あっても腐るものでもなかけ、事務長に相談して大量に仕入れとくがよか」

「ありがとうございます」

思いがかなったというように師長は頭を下げて、言い足す。「そいで、もうひとつたまげたこつがありました」

「何ね」

話好きの師長なので、ここは聞いておく必要があった。「どうせ太宰府に来たついでにと、その奥にある竈門《かまど》神社に行って、トイレば借りました」

「あそこは梅じゃなくて桜の名所じゃなかね」

「はい。縁結びの神様でもあるけん、まだ早かと嫌がる娘ば連れて行ったとです。さすがにトイレには中国人はおらんです。ばってん子供が親に連れられて、わんさと来とるとです。縁結びには似合わんがと思って、親御さんに訊くと、ナントカの刃《やいば》というマンガの主人公の名前の由来が、竈門神社になっとるらしかです」

「へえ、そげんね」

ナントカの刃など、聞いたこともない。よくもまあ、そのマンガの作者が、あんな奥まった神社を知っていたものと感心した。

「娘は知っとりました。キメツの刃というらしかです。鬼を滅ぼすのでキメツ」

「キメツ」

またまた呆気《あっけ》にとられ、師長が帰ったあとも、鬼滅、鬼滅と呟《つぶや》いていた。

三十分も経《た》たないうちに、事務長から電話がかかった。

「看護師長の心配は、理が通っとります。ぼくは防護服もどうかと聞いて、それもつけ加えました」

「あの手術室で着るようなガウンか」

「はい、使い捨ての分で、当分二百着もあればよか、ということで一致しました。師長によると、保管する所はいっぱい空いとるごたるです。腐るもんでもなかですし」

それはわたしが先刻言った科白《せりふ》だった。「ともかくここは先手先手に手を打つべきです。品薄になったら大変ですけん」

事務長も師長と同じく、危機感を抱いていて、暢気《のんき》に構えているのはわたしだけだった。

しかしその頃には、二月三日に横浜港に着岸したクルーズ船のダイヤモンド・プリンセス号の船内で、感染者が続出していた。

地元医師会の副会長をしている友人から、電話がはいったのもその時期だった。

「野北先生のとこでも、マスクやアルコールは確保されましたか。医師会でもこれから大量に発注します。県医師会に問い合わせると、対応マニュアルも一応作成したということなんで、こちらなりに手を加えて、出来次第すぐにファックスします。厚労省の発表ですと、国内で最初の感染者が確認されたのは、一月十五日ですけど、その前にもう見つかっとったようです」

副会長が切迫した口調で言う。「それに武漢での患者発見も、去年の十二月一日以前のごたるです。そうなると、武漢で都市封鎖が始まる前に、武漢の外に感染者が出た可能性は充分あります。一月下旬からは春節だったので、中国人は大勢、日本に来とるはずです」

聞きながらわたしは、師長が言った太宰府のトイレの話を思い出していた。

「ともかく先生、この新型コロナは軽く見とったらいかんです。必ず増えていきます。

インフルエンザと違って、治療薬もワクチンもなかけ、予防しかありまっせん。昔から言われとったように、マスクとうがいと手洗いです」

そこで電話が切れた。やはり一番悠長に構えていたのは、院長のわたしだった。これには、どうやら、息子の結婚式とキューバへの新婚旅行が影響していた。先々の行事を潰《つぶ》されたくないので、現在の危機感が薄められたとしか思えない。

医師会からのファックスが届いたのは翌々日で、これを土台にして院内の研修会を開いた。事務局や薬局、看護部に介護部、調理部などの長を集めて、対応マニュアルを検討させた。介護老人保健施設の長から出されたのは、外部からの面会禁止で、これには介護老人福祉施設の長も賛成だった。

問題は、発熱を主訴にして訪れた患者を、すぐさま医院内に受け入れていいかという点だった。もしもその患者が新型コロナに感染していたとすれば、濃厚な接触者になるのは、わたし自身や看護師、受付の職員だ。これを防ぐため、すべての外来患者に、体調や発熱などを調べるアンケート用紙を配って、まず仕分をする。発熱患者が来た場合、駐車場にテントを設営して、まずは完全防備をした看護師が問診をする方式にした。わたしとスマホで連絡を取って、新型コロナの疑いがあれば、そのまま保健所に行かせる措置をする。疑わしくない患者はマスクをさせて医院内に入ってもらう。わたしも完全防備で診療をして、処方箋《しょほうせん》を出す。

待合室の座席の間隔をあけ、書架に置いていた本などは撤去をする。入口にはもちろん、アルコール消毒のスプレーを置く。

受付や外来看護師の窓口に、透明シートを垂らすという案も出された。フェイスシールドもさっそく注文する。その他にも、食堂で食べる時間を分散させ、椅子《いす》の間隔もあけ、休憩場所も数ヵ所に分ける案や、ついでにロッカーも密集させずに、できるだけバラバラにしようという話も出る。対外的な職員研修は中止、朝礼も取り止めて、必要な事項は電話とファックスで行うという提案もなされた。

この日に決められた事項は多く、逆に職員から教えられた気がした。翌日、隔壁にするビニールシートを買いに行った事務長が、わたしに電話してきた。

「ビニールシートが、ほとんどなくなりかけとりました。ぼくの前の女の人がひと束全部買って行ったので、真似《まね》して半巻きほど買って来ました」

「二束買ってもよかかもしれん。腐るもんじゃなかし」

そう答えて後悔する。こんな買い占めが続けば、どこかの店舗や医療機関が困るはずだった。

二月二十七日、首相が唐突に、全国一斉の臨時休校を要請した。その前日に出された大規模イベント自粛要請は理解できるにしても、全国一斉の臨時休校とはいかにも無謀だった。

「このまま一斉休校が続いたら、卒業式もなかでしょうね」

夕食のとき、家内が言う。

「そりゃなかろ。先生とも会えんまま学校を卒業していく。生徒たちも互いに別れば言えんし、在校生とも会えん。こんなこつは前代未聞《みもん》。何考えとるのか分からん総理大臣」

おそらく札幌の雪祭りで感染者が増え、道知事が休校を要請したのの猿真似だと、わたしは思った。

しかしこの一斉休校が、職場では予期せぬ憂慮になった。

「小学生の子供がおる職員の中には、どこにも預ける所がなか人もおるごたるです」

一斉休校の数日後、看護師長が泣きついてきた。

「そんな子供ばここで預かるにも、場所はなかし、見る人もおらん」

わたしも頭を抱えた。昼飯時に家に戻って家内に話すと、思いがけない助け舟を出してくれた。

「うちで預かりまっしょ。二階の二間がそっくり空いとりますけんで、そこに連れて来てもらえれば、ずっとわたしが見ます。由美は大学院もちょうど春休みで、何か手伝ってくれるでっしょ」

「おいおい、大丈夫か」

急な決断に驚いたものの、いったん就職したあと、再び大学院で心理学を専攻している由美には、子供の心理を知るいい機会になるかもしれなかった。

「そげな子供は、何十人もおらんでしょ。七、八人くらいは見れます。孫を預かっとると思えばよかです。昼には何か食べるもんも、作っときましょ」

これには職員一同もびっくりした。わたしも事務職員の中から、交代で午前と午後、ひとりずつ家内と由美の補佐として手伝ってもらうことにした。

もうこの頃になると、県内の感染者も急速に増え始めていた。健から電話がかかってきたのはそんな折だった。

「父さん、結婚式は延期です。それからキューバもキャンセルです」

賢明な選択だと思った。「ぼくの病院にも重症の患者が運ばれて来とります。病棟ばひとつつぶして、コロナ専用の病棟にしました。ぼくの肥満手術も当分の間、中止です。あれは急ぐもんでもなかし」

「理奈さんの病院は、どげんね」

「むこうも大変のごたるです。他の病院がコロナ対応体制に変わったので、多くの患者が回されて来ると言っとりました。ともかくマスクとアルコール消毒、手洗いです」

やっぱりそうだ。理奈さんの糞便移植療法も、世の中が平和だからこそ通用する。

「父さんの所は大丈夫ですか」

「ああ、何とか感染防止策ば講じとる」

「危かとは、他の症状で受診した患者が新型コロナだった場合です。普段通りに診察しとると、それが感染源になります」

「それは対策ばしとる」

電話はそこで切った。母さんがにわか学童保育じみたものを始めた、と伝えるのを忘れていた。

三月中旬になって、全職員に行動自粛を促すとともに、手洗いとアルコール消毒の徹底、頻回で定期的な消毒、勤務前の体温測定を徹底させた。わたしもマスクの上にフェイスシールドをつけ、プラスチックの手袋だ。どこか患者との距離が遠くなった気がした。

経営的には減収に直結するものの、幸か不幸か、外来を受診する患者は少しずつ減っていった。わたしからもこれまでひと月に一度の受診だった患者を、投薬日数が許す限り、二ヵ月に延ばした。ひと月一回来れないのを残念がる患者もいれば、喜ぶ患者もいた。とはいえ、患者たちが危機感を持っている様子はなく、マスクとて全員がつけているわけではなかった。

三月末に新型コロナで急死したコメディアン志村けん氏には、日本中が哀悼の意を捧《ささ》げた。ヘビースモーカーだったことが災いしたというのが、専門家の見方だった。医師会の会合も、この頃を境に中止を余儀なくされた。

そして四月一日、首相が一世帯あたり二枚ずつマスクを配ると、胸を張って表明した。確かに世の中のマスクは底をつきかけ、値段も高騰《こうとう》している。しかし何百億円の税金をそんなことに使うくらいなら、別の賢明な用途があるはずだ。これも一斉休校同様の浅慮であり、愚策といえた。

「マスクくらい、わたしだって縫えます。首相夫人はマスクが縫えることも知らんとでっしょ」

家内は言い、古いミシンを出してきて、子供たち用のマスクを縫い出した。

昼飯で家に戻ると、二階から子供たちのはしゃぐ声がする。そこに由美の笑い声も混じる。家内が食事をさせているのだろう。こんな賑《にぎ》やかさなど、二、三十年ぶりだった。

そんなわたしが思い出したのは、二〇〇二年の広東省《カントン》で発生したSARSだった。重症急性呼吸器症候群で、コウモリからハクビシンを経て、ヒトに感染した。二〇〇九年にも新型インフルエンザが流行して、世界中が慌てふためいた。インフルエンザウィルスのA・B・C型のうち、A型は変異しやすく、既存のワクチンや治療薬は効かなくなる。二〇一二年のMERS（中東呼吸器症候群）も、やはり毒性の強い新型ウィルスだった。

しかし文字通り世界を揺るがしたのは、およそ百年前に起こったインフルエンザの大流行、通称スペイン風邪である。スペイン風邪と称されるようになったのは、当時は第一次世界大戦の終盤であり、中立国だったスペインにその名がなすりつけられたとも言える。フランス風邪やイギリス風邪とも言いづらく、まして連合国軍にとって救世主だったアメリカを指して、アメリカ風邪とは名指しできなかったのだ。

しかし真相は紛れもなく、アメリカ風邪だった。米国カンザス州にあるファンストン陸軍基地で、最初に発病した兵士は、豚舎の清掃担当だった。この地域はカナダガンの越冬地であり、ガンがまずニワトリにウィルスを移し、それが豚に感染し、ヒト型に変異して感染したと推測される。こうして一九一八年三月四日、発熱と頭痛を訴える兵士が大量に運び込まれた。うち四十八人が死亡、軍医は「入院後二時間で、頸《けい》骨《こつ》の上に褐色の斑点《はんてん》が出現し、数時間後には、耳から顔全体にチアノーゼが広がり、蒼白《そうはく》になって死亡する」と報告している。

この感染症はまたたく間に、米国陸軍兵士の間に蔓延《まんえん》し始めたものの、西部戦線でドイツに劣勢となった英仏連合軍は米国からの援軍を待ち望んでいた。前年にロシア革命が起こり、東部戦線でドイツとロシアが停戦したため、ドイツは兵力を西部戦線に集中させてきた。

三月下旬には、ドイツ軍がフランス軍の防衛線を突破して、パリの後方百二十キロに長距離砲を設置、攻撃を開始する。

しかしこの時期、インフルエンザは米国中の駐屯地に広がり、隊員の九割が発病する部隊も出た。インフルエンザは一般市民も襲い、デトロイトではフォード社の従業員のうちひと月に千人超がインフルエンザで欠勤する。

連合国軍の強い要請によって、米国は史上最大の動員をかける。陸軍の兵員数は、それまでの十倍の二百万人に達する。三月中に八万四千人、四月には十二万近い歩兵が欧州に派遣された。その後も米国全土で、新兵が訓練基地に集結した。そして次々とインフルエンザに感染していく。

ニュージャージー州の兵営を九月二十七日に出発したのは、バーモント工兵歩兵第五十七連隊の兵士たちだった。まずハドソン川の船着場に向かい、そこからは連絡船でニューヨークに渡る。渡船場までの行軍は通常であれば一時間だったものの、隊員間でインフルエンザが発生、兵士は次々に落伍《らくご》する。倒れて置き去りにされた兵士もいれば、重い装備を投げ捨てて隊列に遅れまいとする兵士もいた。後ろからは、トラックや傷病者運搬車が追尾して、病人を収容する。最後まで歩けた者のみ連絡船に乗って、二時間川を下った。

ニューヨーク港に到着すると、埠頭《ふとう》で点呼を受けた。その間にも立てなくなって倒れる者が続出する。まだ立てて元気のある兵士だけが、兵員輸送船「リヴァイアサン号」に乗り込んだ。しかし出航を待つ間に、百二十人が病気で倒れ、下船を命じられた。

この九月以降、ひと月当たり二十五万人の米軍兵士が欧州に派遣される。兵士たちが前線で死ぬ確率と、インフルエンザに罹患《りかん》して死亡する確率は同等になった。公衆衛生局長は、米国東海岸の出港前の検疫《けんえき》を制度化しようとする。しかし陸軍参謀総長は、ウィルソン大統領に対して、「いかなる理由があっても、兵員輸送の遅滞と中止は許されない」と進言した。その背景には、フランスのクレマンソー首相の度重なる派兵要請があった。こうして大西洋を渡る船上で発病した兵士は、百人に六人の割合で死亡する。

この惨状は、国内外に報じられなかった。前年に米国が第一次世界大戦に参戦した際に、議会で可決されたモラール法が足枷《あしかせ》になったのだ。そこには「米国政府を中傷し冒瀆《ぼうとく》するような不実な発言や記述、印刷や出版は禁止」と書かれ、違反すれば、十年から二十年の懲役刑が待っていた。

この結果、西部戦線の野戦病院では、戦場での負傷よりも、インフルエンザで倒れる兵士が続出する。どの病院も衛生状態は悪く、今日で言う院内感染が拡大の一途を辿った。戦場では、病院も薬も、そして墓地も足りなくなる。

こうして欧州で、連合国と同盟国の双方の軍隊に、一気にインフルエンザが広まる。フランスでは一九一八年五月から十月までに、仏軍兵士の感染者は十四万人、うち七千四百人の死者が出た。イギリス軍でも、西部戦線に送り込まれた二百万人の兵士のうち、五月の二週間でイギリス艦隊の将兵千人以上が罹患し、出港できなかった。上陸できた軍隊も、六月と七月だけで百二十万人が感染し、戦闘どころの騒ぎではなくなる。

インフルエンザはドイツ軍にも襲いかかる。最も打撃を受けたのが、精鋭部隊と言われた皇太子の率いる軍で、八月八日、フランスのアミアン近郊での決戦に敗北する。兵士たちはインフルエンザを恐れて、百万人近くが脱走した。ドイツのルーデンドルフ参謀次長は後日こう嘆く。「もう少しでドイツ軍は勝利することができたのに、夏の攻撃に失敗した。その一因はインフルエンザにある」

中立国のスペインでも、一九一八年の夏、八百万人がインフルエンザに感染する。首都マドリードでは、住民の三人にひとりが罹患し、官公庁や会社は休業になり、市電も運休した。患者の中には、国王や閣僚数人もいた。

こうして第一次世界大戦は、十一月十一日十一時十一分、休戦協定によって終結する。四年続いた大戦の戦死者一千万人に対し、インフルエンザによる死者は、その半数と見積られている。まさしく、インフルエンザが、大戦終結の最大の功労者だった。

だがこの感染症は、戦争が終結しても終焉《しゅうえん》しなかった。戦勝国が各地で開いた祝勝パレードが、格好の感染爆発の機会を提供した。振り返ってみると、一九一八年の春がゆるやかな第一波であり、秋に壊滅的な第二波となり、一九一九年春に第三波を迎えたと言える。

そして日本には、インド、東南アジア、中国を経て、一九一八年九月にウィルスが上陸する。最初の報は、九月二十日、日紡大垣工場に謎《なぞ》の熱病発生として把握された。

次いで二十六日には、大津の歩兵第九連隊で四百人の感冒患者が出たと報じられる。

そして十月になると、この「流行性感冒」は、学校と軍隊を起点として、またたく間に全国に広まった。運動会も中止、休校も出た。地方によっては郵便局員の四割が罹患し、配達回数が減らされた。炭坑夫も病気になり、石炭列車の運転本数も減る。新聞社も社員の罹患で、紙面の頁《ページ》数が減らされた。大阪では火葬場での死体焼却が間に合わず、死屍《しし》を野積みにしなければならず、火葬夫までが感染する。

十二月一日は新兵の入営日であり、地方から入営して来た初年兵が、あっという間に感染し、死亡する者が続出する。

年が改まって一九一九年の一月末、福島県のある集落では村民二百余名が全員感染し、降り続く大雪で孤立状態になり、病気と飢餓で全滅と報じられた。

こうして一九一九年の春を迎えるまでに、二千万人超の罹患者と二十五万人以上の死者を出して、いわゆる「前流行」は終わる。しかし秋以降、今度は「後流行」が始まる。このときも、集団感染が起きたのは学校と軍隊だった。佐世保《させぼ》の海兵団では、ひと月の間に千百人超の患者を出し、死者は五十八人に上った。広島の第五師団留守隊でも、八百人の患者が出て、二十余人の死者を出す。

大阪では一日当たりの死者が三百七十名に達し、その半数は流行性感冒によるものだった。市立京都病院では、一九二〇年二月末までに、流行性感冒の患者を六百人収容し、うち死亡は百六十人だった。

この「後流行」は、一九二〇年六月頃まで続いて終結する。その特徴は低罹患率と高死亡率だった。概算すると、「前流行」での死者は二十五万人以上、「後流行」でも十九万人弱、合計で四十四万人が犠牲になった。

流行性感冒の症状は、頭重と頭痛、咳《せき》と食欲不振、倦怠感《けんたいかん》、発熱と気管支部の疼痛《とうつう》、関節痛であり、高熱のために悪寒《おかん》が生じ、せん妄を呈する。剖検で特徴的なのは肺で、健常人では身体《からだ》の中で最も軽い臓器が、血液混じりの泡立った液体で満たされた二個の袋と化してしまう。これによって呼吸不全になって、死の転帰を迎える。

結局、一九一八年から一九二〇年までの全世界でのインフルエンザの犠牲者は三千万人から五千万人とされている。正確な数字は分からないものの、今日で言うパンデミックだった。

百年前の「流行性感冒」をざっと振り返ってみると、今回の新型コロナはそこまでの激しさはないようにも見える。しかし一方でこれはまだ手始めであり、これから先、百年前同様の悲惨な結果が待っているような気もする。確かに日本では、一月に最初の患者が出て、まだ三ヵ月しか経っていない。三年近くも続いた流行性感冒を参考にすると、まだまだ今は序の口に違いない。

治療薬のなかった百年前、しきりに推奨されたのは、マスクとうがい、手洗いだった。これは今回も同じだろう。

ところが今回、欧米ではそのマスク着用が全く軽視されていた。米国トランプ大統領に至っては、マスクは臆病者《おくびょう》がすることだと豪語してはばからない。あの大統領が百年前の歴史を知らないのは当然として、他の欧州諸国にもそんな風潮があるのは、スペイン風邪が第一次世界大戦の悲惨さとごっちゃにされ、教訓が生かされていないのだ。

四月七日、首相が七都府県を対象にして、ひと月の緊急事態宣言を発令した。これは、新型コロナ用の病床が満杯に近いという医療側の悲鳴が、政府を突き上げた結果だった。福岡県もその中に含まれていた。

この発令で外来を訪れる患者さんは減り、待合室にもゆとりができた。デイサービスに通う患者さんも多少減った。もちろん減収にはなるものの、院内にコロナ患者が来て、他の患者さんにうつす危険を考えれば、これでよかった。

五月の連休を前にした四月十六日、緊急事態宣言は全国に拡大される。二十日、全国民に一律十万円給付も閣議決定された。貧乏人も金持も、分け隔てなく十万円だから、賛否両論が沸き上がった。わたしはこの十万円が届き始めた頃から、その使い道をさり気なく患者に訊いた。

患者の中には、生活保護を受けている人もいる。これは軒並み大助かりのようで、壊れかけていた洗濯機を買ったとか、旧式の冷蔵庫を買い替えたとか、電化製品を購入した人が多かった。持病のため二人とも働けないある生保の中年夫婦には、育ち盛りの子供が五人もいて、この給付金はまさに旱天《かんてん》の慈雨だったようだ。しかし何かを買うのではなく、「将来に備えて貯金しとります」という返事だった。

十万円の半分を、「国境なき医師団」に寄付したひとり暮らしの女性患者もいた。わたしが感心すると、「今んところ足らんもんは、そげんなかですけ」という返事が返ってきた。かと思えば、十万円をそっくり「あしなが育英会」に提供した七十代の女性もいた。この人は若いときから和裁と洋裁で身を立て、未婚のままの人だった。いつも和服地を洋装に仕立て直したものを着ていて、わたしの眼を楽しませた。

「食べていけるくらいは、ありますけ」

そう言って笑う顔はさばさばしていて、そんな寄付など一度もしたことのないわたしは、内心忸怩《じくじ》たるものを覚えた。

四月下旬、テレビの画面に、大阪府知事がよく登場するようになった。休業要請に応じないパチンコ店が多いと、苦情を繰り返す顔を見て、大阪夢洲《ゆめしま》に大阪万博でカジノを誘致しようとする知事は、足元を見られていると思った。

二年ほど前、医師会で、開業している精神科医に講演をしてもらったことがある。もう既に日本は世界に類を見ないミニカジノ天国、いや地獄だというのが、その主張だった。厚労省の発表で三百二十万人もいるギャンブル依存症の六割から八割は、パチンコとパチスロが原因だという。パチンコ店の軒数は、コンビニのローソンより多く、世界のゲーミングマシーンの六割は、日本に集まっているという話に、みんな驚きの声を上げた。

その精神科医は、首相がカジノ解禁を思いついたのは、トランプ大統領の要求に応じたからだと推測していた。まだ大統領に就任する前からトランプタワーの私邸を訪れた際、首相にカジノ創設を提案したのだ。大統領の財政的な後ろ楯《だて》は、かつて米国東海岸で同様にカジノホテルを経営していた盟友のシェルドン・アデルソン氏であり、今やラスベガスやマカオ、シンガポールでカジノを経営するカジノ王だった。この盟友が熱望していたのが、日本への進出で、特に大阪を狙《ねら》っていた。

さらに精神科医は、安倍首相のトランプタワー訪問直後に、ソフトバンクの孫正義会長が同じように儀礼訪問した理由も、説明してくれた。アデルソン氏が東海岸でのカジノホテルが不人気になり、破産寸前だったとき、資金提供をしたのが孫会長だという。この助け舟でアデルソン氏は息を吹き返し、現在の地位を築いていた。

空恐ろしい話に、口をあんぐり開けていたわたしたちに、精神科医は、パチンコ業界が警察官OBの重要な再就職先になっている事実にも触れた。監督官庁である警察とパチンコ業界の隠れた癒着ぶりは、ギャンブルに間違いないパチンコとパチスロをギャンブルにせず、ゲームと見なし続けている事実に表れているとも断言した。

講演会のあとの懇親会でも、矢継ぎ早の質問が出ていた。副会長のどら息子がギャンブル依存症で、それが悩みの種になっていることも、同僚から耳打ちされた。

そのとき得た知識で、パチンコ店への休業要請が不発であるわけが理解できる。警察という用心棒を擁しているので、パチンコ店としては知事の言葉など屁《へ》の突っ張りにもならない。他方、管轄《かんかつ》している警察としても、休業に応じるとOBの死活問題になりかねず、ここはだんまりを決め込むしかないのだ。

はからずも新型コロナが、国の不都合な真実を白日の下にあぶり出していた。

そんな折、夕食どきのテレビニュースの画面に、驚くべき光景が映し出された。藤の花で有名な黒木の藤園で、満開を迎えようとする藤の花が、地元の人たちの手でことごとく刈り取られていた。あの藤は、子供たちが小さい頃も、家内と二人だけになったときも、四、五年に一度は見に行っていたのだ。紫の他にピンクや白もあり、垂れ下がる房の長さはどれも一メートル以上はあった。藤棚の下は花の香で満たされていた。もちろん、花の盛りには、観光バスが十数台車列を作って見物客を運んで来た。

しかし今年はそれでは困ると、地元の人々は苦渋の決断をしたという。足元には蕾《つぼみ》を鈴なりにつけている房が、ぶ厚く横たわっている。

「可哀相《かわいそう》ですばってん、仕方なかです」

インタヴューに応じる男性の目は潤《うる》んでいた。

　コロナ禍に　切られし藤の　横たわり

五月の連休に例年催される博多どんたくも、中止が決められた。そして五月十四日、出されていた緊急事態宣言が、八都道府県を除き三十八日ぶりに解除された。

その時期に、医師会の同僚の内科開業医Sから電話がかかってきた。沈んだ声だった。

「俺ん所でコロナが出た」

「そりゃいかん。軽かやつね」

「軽かかどうかは分からん。保健所の検査でＰＣＲが陽性と出て、今日は一日、保健所の消毒。一週間は休診にしてくれと言うてきた。もちろん俺も含めて、接触した職員はＰＣＲ検査は受けにゃならん。待合室で一緒だった患者にも、一応電話して様子ば見るように伝えた。コロナば出すと大変ばい」

「どげな患者ね、それは」

「風邪症状で来た六十代の男。風邪のごたるけ、薬ば出して、それでも効かんときは、保健所に行くように言うて帰したと。翌日、症状が重くなって保健所に行って、陽性と分かった。それで、こっちに保健所の職員が来た。まるで警察のガサ入れと同じ。休診にして俺も家族と一緒に様子待ち。職員も同じ。普通の休みと違って、どこにも行かれん。減収にもなる」

　最後の言葉には実感がこもっていた。それでなくても、患者減はわたしの医院でも明らかだった。Ｓの医院では一週間後に再開しても、風評被害でしばらくは患者も寄りつくまい。全く貧乏くじを引いたようなもので、Ｓには何の責任もない。

　以来、テントの中での発熱患者の問診には、さらに用心するようになった。もちろんお年寄りを入所させている二つの施設は、面会禁止だ。職員にも厳しい感染対策を強いた。職員から入所者にウィルスがうつれば、第一次世界大戦のときの兵舎同様になる。一方で新型コロナらしい患者を、そのまま保健所に送ろうとしても、保健所の敷居は高かった。渡航歴や感染者との接触、発熱温度、発熱日数にこだわり、容易には受けつけない。あたかも、なるべくPCR検査をしたくないような態度だ。多分に、保健所に配給される検査キットが少ないので、出し惜しみしていると思われた。こんなところにも、政府の金の使い道のチグハグさが出ていた。

五月中旬に緊急事態宣言が解除されて、学校の休校も終了となった。同時に、自宅で預かっていた五歳から中学一年生の子供たちも、来なくなった。この頃は由美の手伝いはなくなり、さすがに家内もほっとした様子だった。再び家の中は火が消えたように静かになった。

「卒業式も中止で、小六の子は担任の先生とも会えんままで中学生です。生徒も可哀相なら、先生も心残りでっしょ。こげなこつは初めてじゃなかですか」

家内がしみじみと言う。戦争中でも卒業式はあったはずであり、なるほど前代未聞に違いない。総理大臣の勇み足が招いた不幸だった。

「ばってん、子供たちば預かったとは、よかったです。昔ば思い出して。由美にもよか勉強になったどたるです」

家内がそう言ってくれたので、ほっとした。

この頃、月一回通院している家族性高脂血症の患者さんが、珍しい話をしてくれた。四十代後半の曹洞宗《そうとう》の坊さんで、日頃から僧侶《そうりょ》らしい見識には敬服していた。

「最近百年前のインフルエンザのこつが、よう言われとるもんで、寺の過去帳ば調べてみたんです。そしたら、通常は、うちで扱う弔いは年に四、五人しかないのに、大正八年には十六人もおりました」

大正八年といえば一九一九年だ。島村抱月が死んだのは、確か前年の大正七年であり、その翌年、恋人の松井須磨子《すまこ》が後追い自殺したはずだ。

「そりゃ、すごかハードなデータですよ。全国、いやその地域でもよかですけん。すべての寺の過去帳を点検すれば、どの地域からどの辺に伝播《でんぱ》していったかが、摑《つか》めるはずです。社会医学か医療人類学の博士論文にはなります」

わたしは思わず言ってしまう。誰ひとりそんな研究はしておらず、新しい知見が得られるのは間違いない。しかし住職は「そげんかもしれません」と、その方面には気乗り薄だった。

考えてみると、コロナ騒ぎがなければ、今頃は息子の結婚式をやっている頃だ。何という世の中の変わりようだろう。家で遅い夕食を取っているとき、健から電話がかかって来た。多忙だろうから、気になりながらもこちらからは連絡せずにいたのだ。

「父さんとこは、大丈夫ですか」

訊かれたので、この二ヵ月ばかり、家に子供たちを預っていたことを伝えた。健も驚き、感心する。

「ばってん今のところは、コロナは出とらん。駐車場にテントを立てて、発熱患者ば診とるけ、水際《みずぎわ》作戦にはなっとる。しかしそれば設けたせいで、普通の患者は寄りつかんごつなった。痛し痒《かゆ》し」

「減収はどこも同じです。飲食店の苦境ば考えると、ましと思わにゃ」

健の言う通りで、つい昨日、時々行っている日本料理店の店主から、「助けて下さい」という内容の封書が届いた。二種類の弁当をテイク・アウトで始めたという。三千八百円の弁当など初めてだが、次の週末でも頼んでみようと思っている矢先だった。

「こんな時間もまだ病院か」

「日勤でも帰るのは十時か十一時。みんなそげんです。当直も必ず週一回ははいっとります。今日で十一連勤です」

「十一連勤！　倒れんごつしとかにゃいかんよ」

「スタッフは、大なり小なりこんなもんです。みんな疲れとるので、ちょっとしたことでもカリカリしとります。理奈も、似たようなものと言っとりました。私立病院は私立病院で、コロナ以外の入院患者が回って来るらしかです。仕方なかです。うちにはエクモ（体外式膜型人工肺）が一台あるので、重症者を受け入れるようになっとります。感染症指定医療機関としては、ベッドが空いとる限り受け入れんといかんのです。感染症内科医や呼吸器外科医だけではどうにもならず、全医師が対応しとります。戦争映画に出てくる野戦病院にそっくりです」

「看護師も足らんじゃろ」

「それは一般病棟ば閉鎖して、そこの看護師をすべてコロナ病棟に回しています。PCR検査で陽性と出た患者が、一日二十人入院した日もありました。今は少し落ち着いとりますが、エクモはいつも稼動《かどう》しとります」

「そりゃ大変」

病院全体の不眠不休ぶりを想像して、絶句する。「治療薬はなかとじゃろ」

「重症患者にだけ、レムデシビルば使っとりますが、薬の供給が少なくて、惜しみ惜しみです。その他には、手応《てごた》えがあるのがデキサメタゾンです」

「ステロイドか」

「呼吸器の炎症を抑えるとかもしれません。重症者はほぼ百%に発熱、四人に三人が咳、半分が呼吸苦です。四割に筋肉痛とだるさが出ます。肺のCT像は、両側の辺縁に見られる均一なすりガラス影です。通常の細菌性肺炎は、気道を中心に濃淡のはっきりした陰影が出るので、見分けがつきます。そいじゃ、呼ばれたんで切ります。またかけます」

電話はそこで切れた。

話の内容を家内に伝えると、「過労で倒れんとよかですが」と溜息《ためいき》をつく。

「マスクとかアルコールとかは足りとるのでっしょか」

「それは聞かんかった。市立病院じゃけ、供給はあるじゃろ」

「ゴミ袋を頭からかぶって防護服にしている病院もあると聞きました」

五月末、医師会病院の中で新型コロナ感染の患者が複数出たという報がもたらされた。多数の接触者がいて、患者と職員が要観察下にはいるため、通常の病院機能は停止するという。要するに一般外来、新規入院、退院、救急外来、不要不急の手術、検査、および面会の停止だ。開業医は、二次医療機関として医師会病院を頼りにしているので、これは大きな痛手だった。

発端となったのは、七十三歳の女性で、三十九度の熱、嘔吐《おうと》と下痢で入院、CTで右上肺に淡い浸潤があったため、新型コロナも疑われた。しかし尿検査で肺炎球菌陽性と出たので、補液とステロイド、抗生剤の投与で、安定を見た。四人部屋に移して、治療を継続したが、大きな改善はない。翌日、その患者の住む高齢者共同住宅から入院して来た二人も、肺炎と判明した。これはおかしいと担当医が思い、保健所に連絡してPCR検査をしてもらうと、同日夕方に陽性が判明する。これで病院長が危機管理チームを編成して、その女性がいた病棟のスタッフ全員、担当医、外来の一部の接触者を自宅待機させた。同時に病院閉鎖が決定される。

発端となった女性と同じ共同住宅から入院して来た二人の患者も、結局は陽性者であることが判《わか》り、病院長はその三人をひとつの病棟に集め、そこをコロナ専用病棟に転換していた。

翌日以降も、医師会病院からのメールが次々とはいり、対応策が順次提示された。なかなか役に立つ内容で、ありがたかった。

この頃になると、全国で感染患者が減り出し、駐車場に設けていたテントの発熱外来をやめることができた。その代わり、医院の入口に、来院者への検温実施とマスク着用を案内板として貼《は》り出した。発熱患者は外来の一部屋で待ってもらい、重装備した看護師が問診し、そのあとわたしも相変らずマスクにフェイスシールド、防護服、ゴム手袋をはめて診察を続けた。幸い通常の風邪や膀胱炎《ぼうこう》による発熱患者のみで、新型コロナは出なかった。マスク着用と注意したのに、マスクなしで来院する患者もいて、これは無料でマスクを配布してやった。そんな患者は気の毒に思ったのか、次回の受診日からはちゃんとマスクをしていた。

六月一日に、二ヵ月遅れで学校が新学期を迎えた。六月中旬には、人々の国内移動が自由になり、プロ野球も開幕する。わたしの家の郵便受に、首相から贈られたガーゼマスクがはいっていたのはその頃で、開いてみると、なるほどチャチだった。それまでごく一部の患者さんが着用しているのを見る機会はあった。鼻と口をようやく覆《おお》うくらいで、充分な大きさとはいえない。これではウィルスも素通りだろう。小中学校の給食係がするマスクのようだという悪評は、実に的を射ていた。もちろん医療従事者には全く不向きだった。

テレビに映る首相だけが、このマスクをつけている。他の閣僚はほとんど別のマスクであり、これこそが裸の王様の見本だった。

そして七月十日、政府が青天の霹靂《へきれき》のように打ち出した施策が、ＧｏＴｏトラベルだった。交通費と宿泊代を含めて、旅行費用の三割五分を政府が補助するという。この時期、国内の感染者がまた増えつつあるというのに、お盆の帰省や夏休みの移動を見込んでの、国内観光業の振興策らしい。しかし海外でこういう国策が打ち出された例があるはずはなく、旅行業界と運輸業界にからむ利権があるに違いない。ウィズコロナ下での〈新しい生活様式〉という謳《うた》い文句も、白々しく響く。

事実、診察のついでに患者にこのＧｏＴｏを利用したかどうか聞いてみると、とんでもないと首を横に振られるのが常だった。例外が二組あった。六十歳の女性が定年退職した夫と二人で、念願の星野リゾートに行って来たと言い、もう一組は、子供三人と別府の有名リゾートホテルに泊まったと嬉《うれ》しそうに話してくれた。この特例措置で利用するのは大方が豪華なホテルか旅館であり、並のクラスの宿泊施設は蚊帳《かや》の外に置かれているはずだった。

コロナ禍で　綱渡りする　夏の旅

こうした時期、診察についていた看護師のひとりが、最近あった話をしてくれた。

「うちの息子が、クラスでコロナち言われたとです。お前んとこの母さんは、病院で働いとるから汚なか、らしかです。息子は平気な顔をしとりましたが」

「やっぱり本当にあるとじゃね」

そんないじめがあると聞いていただけに、胸を痛める。

「そいで、すぐに担任に電話して、注意ばしてもらうごつ言いました。わたしたち医療従事者は精一杯働いとるのに、そんな噂《うわさ》が立つのは情けなか、何とかわたしたちの苦労ばクラスのみんなに説明して下さい、ち頼みました」

「それはよかった」

答えながらも、これがさらにいじめの呼び水になりはしないかという懸念《けねん》も頭をよぎった。

「あたしも、びっくりしたこつがあります」

そう言ったのは年嵩《としかさ》の看護師だ。「この前の昼休みに、お金ばおろしに郵便局に行ったとです。椅子に坐《すわ》ると、横にいた人がさっと向こうに行って坐ったので、何じゃろかと思ったら、制服のままじゃったとです。看護師と分かって、嫌われたんでっしょ。いつの間にかこんな世の中になってしもうたと、情けなかったです」

郵便局は医院のすぐ隣にある。まさかこの近所の住民までが、わたしたちを警戒しているとは、いささか衝撃だった。今が第二波で、これから先、第三波そして第四波とやって来るのは、百年前のパンデミックからしても可能性は大だった。まだこんな差別も序の口なのかもしれなかった。

わたしは診察室に置いている古い水盤に眼をやる。中には水が張られ、細いチューブから酸素も送られている。真ん中にさざれ石のような小岩があり、覗《のぞ》くといつもメダカが機敏に出入りしていた。水盤も小岩も、祖父がその昔使っていたものらしく、父も大切にしていたので、開院のときに譲ってもらった。新型コロナの大騒動をよそに、メダカは元気よく動き回っている。

暑くなれば、インフルエンザのように新型コロナも下火になるだろうという予想は、完全に裏切られていた。各地で、花火大会や夏祭の中止が相継いで発表された。

ウィルスの　なべて消しゆく　夏祭
酷暑日に　マスクを強いる　パンデミック

2

「野北先生、人工呼吸器をつけた患者が苦しがっとります。どげんしましょうか」
看護師から訊《き》かれて、ぼくは一瞬狼狽《ろうばい》する。四月に急遽《きゅうきょ》、新型コロナ患者用に切り換えた市立病院の集中治療室には、専用ベッドが十床しかない。今はそのすべてが埋まっていた。さらに最重症患者用のエクモは、もう十日以上ひとりの患者が使い続けていた。その老患者が回復するか、あるいは死の転帰を辿れば、エクモが空く。前者は祈れても、後者を願うことはできない。

「人工呼吸器をつけたまま、うつ伏せにしよう」

咄嗟《とっさ》にそう判断して、もうひとりの看護師を呼び、三人がかりで、患者をうつ伏せにする。すると多少なりとも呼吸が楽になったようで、苦悶《くもん》状の顔が和らいだ。

うつ伏せの効果は、新型コロナ患者に限らず、さまざまな患者で経験していた。肥満症の患者に減量手術を行って、もう五年になる。術後でも、肥満症に起りやすい血栓のため、肺にも微小な血栓が生じる。人工呼吸器をつけて、うつ伏せにさせると、呼吸が楽になることがしばしばだった。何かの地方学会で発表はしたものの、論文にまでは仕立てていなかった。単なる経験値のようなものだ。

「ＰＯＭ（パルスオキシメータ）の値も少し上がりました」

看護師がほっとした顔をする。お互いゴム手袋に、ウィルスの透過を防ぐN95のマスクをしているものの、フェイスシールドは、透明ファイルで作った手製のもので、着ているガウンに至っては、大型のゴミ袋に穴を開けた代物《しろもの》だった。他人が見れば笑いもしようが、スタッフの誰ひとり笑う者はいなかった。

確かに今年三月に、最初の新型コロナ患者を受け入れた当初は、医療用ガウンもフェイスシールドも、病院に在庫があった。しかし五月の連休前には、まずフェイスシールドが消え、ついで医療用ガウンが払底した。総務部では至急手配をしたものの、争奪戦となり、まだ充分量を確保できていない。

品不足になっているのは、新型コロナ患者を受け入れていない民間の総合病院が、将来に備えて買い溜《だ》めをしているからだった。しかも高値で購入するから、製品はどうしてもそこに流れる。予算に限りのある公立病院はそうもいかないので、出遅れてしまうらしい。

エクモにはいっている高齢患者は、まだ峠を越えたとはいえず、この四、五日が山場だろう。

そしてうつ伏せになっている男性患者も、同様に八十四歳の高齢者だった。四月二十九日に三十九度の発熱をし、翌日保健所のＰＣＲ検査で陽性と分かり、五月一日から専用ホテルに収容された。しかしその後も三十八度の発熱が持続し、五月六日にはSaO_2（動脈血酸素飽和度）も八十％に下降したため、この病院に搬送されて来た。すぐさまＣＴ検査を施行すると、両肺にすりガラス影を認めたので、治療開始になっていた。

特効薬はないものの、ステロイドと、米国で緊急使用が認められたばかりのレムデシビルを投与した。レムデシビルは、二〇一八年五月から続いているコンゴ民主共和国でのエボラ出血熱に対する薬だ。その際に臨床試験によって有効とされたものの、より有効な治療薬が存在したために承認に至らずにいた。日本での新型コロナへの使用はまだ承認されておらず、院内の倫理委員会にかけて使用許可を得ていた。使い始めた矢先の五月七日、日本でも厚労省が異例の早さで特例承認した。

この患者の病歴を読んで驚かされた。新型コロナに感染する以前、妻に先立たれたあとは、八十歳過ぎからひとり暮らしで、訪問介護も受けず、デイサービスにも通っていなかった。デイサービス代わりだったのは、毎日出かけるカラオケ喫茶だった。そこで何曲か歌い、食事もして家に帰り、買物に自炊、掃除、洗濯と家事万端をこなしていた。カラオケに通わない日はなく、一日に昼と夕方のはしごをする日もあったらしい。もちろん持病も認知症もない。しかし好事魔多しで、行きつけのカラオケ喫茶でクラスターが発生する。五人が新型コロナに感染し、それぞれ別の病院に入院になっていた。

このNさんが人工呼吸器で命をつないでいる間に、エクモにはいっていた患者の血圧が低下し、心電図の図形もフラットになった。実に二十日間もエクモを専有していた果ての不幸だった。家族の面会もできないまま、遺体はビニールの衣に密閉され、霊安室で入棺された。院長が別室で家族に経過を説明する際、ぼくも呼ばれて付き添う。

別室にはいる家族の数も制限され、いるのは老妻と娘夫婦のみだった。院長が診療録をめくりながら経過を説明し、エクモの効力が及ばなかった要因のひとつは、慢性閉塞《へいそく》性の肺疾患があったからだと口にする。

「毎日タバコば吸っとりましたからね。いくら注意してもやめきらんかったとです」

老妻は涙ながらに頷《うなず》いた。

「ご遺体はウィルスの巣になっているはずなので、ビニール巻きにしたまま、特別な霊柩車《れいきゅうしゃ》で火葬場まで運ばせていただきます」

と言うのはぼくの役目だった。娘さんがわっと泣き出し、夫がそれを「仕方なか」となだめた。

通夜《つや》も葬式も、遺体はないままに行われ、式そのものが身内だけのものになるに違いなかった。

「これがうちの病院での新型コロナ死者第一号だよ」

病棟に戻るとき院長に言われ、なるほどこういう残酷な事態が、これから先も続くのだと思い知らされた。

「コロナ用の病床を増やせと、市からは通達が来とる。ばってんそうすると、医師も看護師も足らんようになる。一病棟を閉鎖して、外来を縮小するしかなか」

院長が苦渋顔で言う。そうなると困るのは一般の患者ではあるものの、外来患者は総じて二、三割減だった。手術数そのものも減っていた。

この患者減は他の医療機関も同様らしく、入籍や同居も延期し、なかなか会えない理奈に電話をしたときも、今は外来患者の激減で、私立病院は軒並み打撃を受けているらしかった。

「そっちでもコロナ専用の病棟ば、作ったらどげんね」

冗談まじりに訊くと、即座に反論された。

「そげなことすると、患者は余計来んごつなる、それが院長の考え。うちの小児科と耳鼻咽喉科《いんこう》は、外来患者が日頃の半分になっとると。これでは医療崩壊の前に、経営破綻《はたん》だと、院長は言っとる。病棟を増築したばかりだから、頭の中は借金返済で一杯」

最後には笑い、「おかげで、当分の間、わたしの糞便《ふんべん》療法も開店休業です」と言った。

ぼくの方は、コロナ病棟専属班になり、専用のアイソレーションガウンが調達されるまで、ゴミ袋を着ている現状を伝える。

「その勇ましい姿を、スマホで送ってくれると、記念に取って置く。ま、コロナにはかからんで下さい」

理奈は相変わらず快活な声で言ってくれた。

死亡退院になって空いたエクモに、カラオケ自慢のN氏を移そうとした日、またもや重症患者が搬送されて来て、エクモが専有された。

幸いその五日後、N氏の容体は改善し、人工呼吸器をはずすことができた。やはりカラオケで鍛えた肺がものを言ったのだ。喫煙者に重症者が多い事実は、既に四月に日本呼吸器学会が報告し、喫煙こそが最大のリスクであると警鐘を鳴らしていた。

この時期、諸外国からも新型コロナ感染症の病像に関して、報告が相次いだ。最大の懸念は、多くの臓器に生じる血栓だった。最も多いのは急性肺塞栓症で、突如、呼吸困難を起こす。次いで脳の血管が詰まる脳梗塞、さらには、全身の細い血管が血栓で塞《ふさ》がれる播種《はしゅ》性血管内凝固が起こって死に至る。軽症例は若者に多く、足の細い血管が詰まり、痛みを伴う赤いあざができる。予防は抗凝固薬のヘパリンの投与だった。

この血栓を発生させる要因は、サイトカインストームと称される免疫暴走だ。通常、ウィルスが細胞に侵入すると、サイトカインが出て免疫細胞が活性化され、ウィルスに感染した細胞を破壊する。しかしサイトカインが過剰に出てしまうと、正常細胞まで攻撃され、肺や腎臓《じんぞう》に重度の疾患を引き起こす。

肥満の人が重症化しやすいのも、内臓脂肪からサイトカインが過剰に放出されるからだと推測されていた。事実、米ニューヨーク市で人工呼吸器が必要になった患者の四割がＢＭＩ30以上の肥満だったらしい。

その他の死亡率を高める危険因子は、糖尿病、心不全や不整脈などの心血管疾患と、慢性肺疾患、慢性腎疾患だった。

今のところ、国内での感染者数は累計《るいけい》で二万人に迫り、死者は八百人を超えていた。しかし問題は、無症状者と軽症者の存在であり、この療養先を巡って、国の方針は猫の目のように変わった。

まず二月一日、政府は新型コロナ感染症を、感染症法に基づく指定感染症とした。これで都道府県知事が入院を勧告できるようになり、患者は軽症でも入院を余儀なくされた。ところが都市を中心にして感染が拡大し、重症者用の病床不足が目前に迫る。そこで厚労省は、四月二日、高齢者や妊婦などを除いて、軽症者は宿泊施設もしくは自宅での療養と、方向転換する。すると、自宅待機中に容体が悪化して死亡する例が続発、慌《あわ》てた厚労省は四月二十三日、再び方針を改めて、原則として宿泊療養としていた。目下、全国で一万五千室が用意されているという。

しかしこの程度の部屋数で、将来も事足りるかというと、大きな疑問が残る。ホテルの部屋が確保されていなければ、患者は自宅に残るしかなく、家族内でのクラスターも当然予想される。しかも受け入れられる病床数は限られているので、急変しても、患者はタライ回しにされる事態が、早晩やって来るはずだった。

カラオケ愛好家のN氏に酸素投与がいらなくなったのは五月二十日で、翌日、ステロイドとレムデシビルの投与も終了となった。あとはしばらく経過を見た上で、隔離を解除すればよい。

この頃、英国の医学専門誌で発表された論文で、貴重なデータが示された。世界における医療従事者の新型コロナウイルス感染者数で、前年の十一月から半年間で、約十五万三千人が感染し、死亡者も千四百人に達しているという。およそ百人にひとりの死亡率である。幸い日本での感染者数は五百人と少なく、死者はまだ出ていない。

それでは現時点での数字はどうかといえば、全世界での感染者数は三百九十万人、死者も二十七万人と推計されている。そうすると医療従事者の感染は約三・九%、死亡者は約〇・五％になる。この中味をさらに詳しく見ると、感染者の比率は看護師が多く、死亡は医師のほうが多い。論文の著者は、看護師の感染の比率が高いのは、防護具の不備と、患者への接触時間が長いせいだと結論づけていた。

もうひとつ別の論文では、患者が重症化する前のほうがウィルスの感染力は強く、重症者が専門病棟にはいる頃のウィルス排出量は減少していると報告していた。この事実はすぐに病院全体にファックスで流され、院内での共通認識になった。

四月十六日から全国に拡大された緊急事態宣言が全面解除されたのは、五月二十五日だった。確かにそれ以後、搬入される感染者は漸減した。しかし、新たな患者が減ったからといって、新型コロナ専用の病棟に空床はできない。治療は、感染よりも一ヵ月二ヵ月は遅れるからだ。

六月になると、アルコール消毒液やゴム手袋、N95マスク、医療用ガウン、フェイスシールドは、そこそこ支給されるようになった。黒いごみ袋をガウンの代用にし、フェイスシールドの代わりに、透明ファイルを鋏《はさみ》で切り、輪ゴムをつけた代物を頭からかぶっていると、何となく志気が落ちる。患者もどこか滑稽《こっけい》と感じるのか、目を見開いて「先生たちも大変ですね」と言われたのも、二度や三度ではなかった。

「モノがなかとです」

と答える自分も情けなかった。

体力、気力ともに伸び切った輪ゴム同然になり、気がつくと、十連勤、十五連勤になっていた。医局に行くと、絶えず冗談が飛び交っていたのが、この数ヵ月、みんな押し黙ったままだ。処理しきれていない書類も、机の上に山積みになっている。見るだけで溜息が出た。

この日は当直だった。少し早目の午後四時過ぎに医局に着くと、卓上電話が鳴った。新型コロナ病棟の看護師からだった。

「野北先生、お疲れさまです。杉田先生に代わります」

そう言う声もどこか切羽詰まっている。この日は杉田医師と交代する手はずになっていた。

「もしもし杉田です。野北先生、申し訳なかけど、事務長と一緒に、家族対応ばしてくれんですか。今エクモにはいっとる父親に会わせてくれと、息子二人が来とるらしかです」

「面会要求ですか。そりゃ無理でしょ」

「面会するまでは帰らんと、まるで暴力団のごたる凄《すご》みようらしかです。ちょっと先生から事情ば説明してもらうと、事務長も心強かでっしょ」

「分かりました。何とかやってみます」

受話器を置いたとたん、携帯が鳴った。事務室からで、応接室までお願いします、と言う。白衣だけをひっかけて医局を出た。

応接室には、事務長と五十がらみの男性二人がいる。服装と顔つきからして、暴力団と大違いの品の良さが感じられた。

二人の前に坐り、丁重に自己紹介をして、二人の言い分を今一度聞く。今エクモにはいっている八十歳の患者は、この辺では名の通ったからしめんたいの会社の会長で、長男が社長、次男が副社長だと言う。父親は一代で、小さな惣菜《そうざい》屋を現在の会社に成長させていた。

「重症のおやじがこのまま死ぬと、遺体は何かにぐるぐる巻きにされて、そのまま火葬場に行き、家族は死に顔も見れんのじゃなかですか。そりゃあんまりなので、ひと目だけでもとお願いしとるとです」

長男が目に涙をためて言う。

「そりゃ、家族が病棟にはいれんのは分かっとります。防護服でもなんでも着ますけん、会うこつはできんでしょうか」

横から言い添える次男の顔は、容易ならない事態を察してか蒼《あお》ざめていた。

例外を認めると、他の家族も同じような要求をして、治療に支障をきたす。部外者を入れたことで、院内にクラスターが発生しないとも限らない。そんな苦しい事情を説明しているとき、画像だけならどうにかなるかもしれないと思った。

さっそく事務長にタブレットを持って来させて、病棟の看護師と連絡を取る。病棟にもタブレットは常時置いてあり、適宜治療の様子を撮れるようになっていた。

「今、手のすいた看護師に病棟の様子を撮ってもらいますけん、待って下さい」

そう言って、中の様子を動画で撮影してもらった。二人と一緒に画面を見つめる。

「ここが新型コロナ専門病棟の詰所です。ここから、集中治療室の中で働く医師と看護師に指示を出したり、先方からの連絡を受け取ります。ガラス戸の向こうが治療病棟で、仕切りは二重になっとります」

二人は、普通の病院の詰所とは違う雰囲気に圧倒されたようで、画面を食い入るようにして見つめる。詰所にいるスタッフからして全員、完全防護のものものしさだ。今は二十床に増やされたせいで、モニターや医療機器が所狭しと並び、幾人もの看護師が点滴のスタンドを準備している。あたかも船の機関室といった様相に、長男も次男も衝撃を受けたようで黙りこくる。

撮影中の画面が、詰所から治療室に移る。そこはまるで戦場だった。機械のついたベッドが間隔を置いて並べられ、二人の医師と八人の看護師が、二十人の患者を受け持っていた。

「現在、ベッドはすべて埋まっとります。新たな感染者は、どこか他の病院に回されるはずです」

そう説明しなくても、画面から忙しさは伝わってくる。タブレットを持つ看護師は、この際すべての患者を記録に残す気になったのか、手前からひとりずつ、撮って行く。まずひとり目の患者は、三日前に入院した七十代の女性で人工呼吸器をつけている。まだウィルスを吐き続けている恐れがあるので、透明プラスチックのケースで、胸から上が覆われていた。看護師は頭側に開けられた二つの穴のうち、ひとつから手をいれ、口元のよだれをティッシュで拭《ぬぐ》っている。もちろん、ベッド脇《わき》にはモニター器具が三つ四つ並んでいる。患者には意識がなく、死んだように無表情だ。

隣の患者は六十九歳の男性で、酸素吸入だけがされ、虚《うつ》ろな目を開けていた。人工呼吸器からは脱したあとで、酸素の吸入マスクだけを装着されている。プラスチックのケースははずされて、両腕に点滴のラインが確保されていた。撮影されているのにも気がつかず、眼は宙を見ているままだ。

そうやって動画は移動し、いよいよ奥にあるエクモが装置されたベッドの傍に寄った。

「これがお父様がはいっとられるエクモのベッドです」

患者の傍には重装備をした杉田医師と、同じ防護服の看護師、さらにエクモ専門の臨床工学技士がついていた。患者の上半身は裸で、電極が二ヵ所つけられ、鼻と口は大きなカフで覆われて、酸素が送られている。

「エクモというのは、一種の人工の肺です。大腿部《だいたいぶ》の太い静脈に管を挿入して、吸入装置で血液を抜き取り、人工肺に送って、酸素をたっぷり含ませた血液を、今度は首の静脈に戻してやる装置です」

なるべく易しく説明してやる。「患者さんはウィルスによって重症の肺炎になり、肺胞が傷つけられとります。そうなると酸素が取り込めません。その代わりばするのがエクモです」

ぼくの説明で二人は重々しく頷く。

「おやじは助かるでっしょか」

長男が訊く。

「お父様がエクモを着けられて三日目です。これ以上の悪化は食い止められとるごたるです。予断は許しませんが、このままいけば、ぼくは大丈夫と思います」

敢《あ》えて言ってやる。この二、三日が山場でしょう、というのが正確な返事とは感じたものの、ここは我が身を奮い立たせるためにも、そう断言してやりたかった。

「ありがとうございます」

「どうかよろしくお願いします」

涙を流さんばかりの表情で、二人とも深々と頭を下げた。

「一般病棟に移れば、短時間なら面会もできると思います」

事務長から言われ、二人はもう一度礼を言って出て行った。

病棟に上がり、詰所で撮影してくれた看護師に礼を言う。

「よく撮れとったでしょうか」

「撮れとった。画面で見ると、ここの大変さが二、三倍にも感じる。妙なこつ。家族もえらく感謝して帰った。ありがとう」

その三日後だった。詰所で防護服に着替えているとき、事務長から電話がかかった。

「あのからしめんたいの店から、弁当が百食分届きました」

「百食?」

「あそこは最近になって弁当も作り始めたごたるです。コロナのせいで客が減ったからでっしょ。めんたいだけでなく、佃煮《つくだに》や干物なども売っとるので、弁当はお手のものじゃなかとですか。あとでそっちにも持って行かせます」

思いがけない贈物にスタッフ一同が喜んで、夕食にはその弁当にありついた。なるほど、よくできた弁当ではあるものの、やはり塩分が多いのか、あとで喉《のど》が渇いた。

めんたい会社の会長は、六月下旬にはエクモから脱して通常の人工呼吸器ですませるようになった。一般病棟に移ってもらったのは七月半ばだった。

七月二十日、新型コロナによる死者が、千人を超えたと報道された。その中には、うちの病院の死者三名も含まれているはずだった。

その二日後、政府は旅行支援策として、ＧｏＴｏトラベル事業を開始した。まだ病院の中には患者が多数いて、それを治療する医療従事者は、旅行などとは何ヵ月も無縁の生活が続いているのに、脳天気極まる施策だった。しかもそのために計上された予算は、ＧｏＴｏイートも含めて一兆七千億円だという。ＰＣＲ検査さえ完備には程遠い現在、ここで国民に旅に出よと勧めると、必ずや感染は拡大する。開いた口が塞がらなかった。

八月下旬、館内放送があり、例のからしめんたい会社から、職員全員に、冷凍したからしめんたい一箱ずつが寄付されたと知らされた。あの会長さんが無事退院になったのだと、みんなで頷き合う。職員は確か四百五十人を超えている。届けられた箱には、細切れではなく、立派な形のからしめんたいが四本はいっていた。病棟全体がこれで活気づいたようになった。

この時期、各国の人口百万人当たりの新型コロナによる死者数が発表された。最も多いのが英国で六百八十人、次いでイタリアが六百人、さらに米国四百五十人、ブラジル四百人、ロシアと南アフリカは九十人である。しかし東アジアの中では日本が最も多く八人で、韓国六人、中国三・五人、台湾〇・三人を上回っていた。

台湾の断トツの死者の少なさは、そもそも感染者数が少ないからだった。中国の武漢に最初期の患者が発生した時点で、中国からの旅行客を完全に遮断し、早期に外出自粛を呼びかけたからだ。これほど敏速な水際対策ができたのは、二〇〇二年に広東省で発生したSARSに、台湾が大いに苦慮した経験があるからだった。逆に日本は、SARSや二〇一二年のMERS、ましてや一九七六年のエボラ出血熱にも、ほとんど無縁で、その油断と無知が影響していた。

初盆に　人は参らず　経ひとつ

この夏までの患者分析から、喫煙者が重症化しやすい要因として、二つの仮説が取《とり》沙汰《ざた》されていた。ひとつは、喫煙による気道の線毛の減少と機能低下で、そのためウィルスが除去されにくくなる。ふたつ目は、喫煙者にはアンジオテンシン変換酵素2が増えており、これが新型コロナウィルスの表面のスパイク蛋白《たんぱく》に結合しやすくなるという。

軽・中等症と重症例を区別する目安も、八月までに入院した六千人の患者を分析して、結果が報告された。運命を分ける最も顕著な差は、血栓症の有無であり、重症者における血栓症発症の頻度は二十二倍にも増えていた。これはとりも直さず、抗凝固療法の実施が有効である事実を示していた。しかし抗凝固療法をすると出血しやすくなる。そのリスクに留意しながらの投与が、これ以降一般的になった。

八月の末、久方ぶりに米国のデイブからメールがはいった。日本の現状を訊いたあとで、今の米国の恐しい状態を訴えていた。余りの多忙さで、ベス・イスラエル医療センターのボランティアによる医療相談部門も閉鎖になったという。豊かさが生死の分かれ目になっている。

「毎日何万人も感染し、低所得者層から亡《な》くなっていく。豊かさが生死の分かれ目になっている」

そんな文面には実感がこもっていた。

さっそくメールを返す。マイ・ディア・デイブで始めるのもいつもの通りで、こちらも肥満手術どころではなくなったと窮状を知らせ、デイブにならって、ラブで締めくくる。

デイブの返信には、こっちも同様とあった。

他方、理奈との連絡はショートメッセージや電話で続けていた。患者減でも、発熱患者から新型コロナ感染者を選り分ける方策には苦労しているという。

「そしてもし新型コロナ患者だったらどげんするとね。理奈の病院ではコロナ患者は受け取らんのじゃろ」

「受け取らん。そもそも受け取る病棟はないけん」

理奈の返事も歯切れが悪い。

「いくら民間病院だからというても、こげんコロナ患者が増えてくると、知らん顔はできんと思うがね」

「わたしもそげん思うけど、看護師も技師たちも受け入れには慎重で、疫病神《やくびょうがみ》みたいに思っとる。健さんとこは、ようやっとると思う」

「仕方なか。市立病院じゃけ。ばってんこれは公立病院だけで対応できる問題じゃなか。国内全部の病院が対応せにゃ、手に負えん」

「院長は、新型コロナ用の病棟を新設するには財源もいるし、尻込《しりご》みするスタッフも説得せにゃならんので、そこは簡単にはいかんごたるです」

どこまでも申し訳ないという理奈の声色だった。

理奈の病院の後ろ向きの対応は、理解できないでもなかった。六月から八月にかけて、救急病院に指定されている市内の三つの病院で、クラスターが発生して、救急搬送の受け入れを停止した。そのうちのひとつは大学病院だったから、容易ならざる事態になっていた。救急外来だけでなく新規の外来や入院も停止されているため、新型コロナ感染者の一部は、市外に搬送されているという。これら三病院では、新型コロナ以外の疾患で入院した患者から、感染が広がっていた。そうすると、濃厚接触した医療スタッフは、二週間の在宅隔離を余儀なくされる。つまり病院機能が大幅に低下してしまうのだ。

九月中旬、病棟に着いたところで、「連絡下さい」という理奈のメッセージがはいった。妙な胸騒ぎがしたので、防護服に着替える前に電話を入れた。

「どうしたとね」

「具合が悪いけ、今日は病院を休もうかと思うて」

答える声が弱々しい。

「症状は？」思わず訊いていた。

「夕べから身体《からだ》がだらしくて、風邪かなと思って早めに寝たとです。今朝起きてみると、後頭部が痛くて、身体が重かと」

「熱は測ったね」

「夕べも今朝も、三十六度五分の平熱」

「解熱《げねつ》剤は飲んどらんとじゃろ」

「飲んどらん」

「食欲は？」

「少し落ちたような」

「咳《せき》はなかじゃろね」

「咳はなか。風邪かもしれん」

「ともかく今日は休んどって、発熱したらすぐ、ＰＣＲ検査をしてもらうとよか。理奈の病院ではＰＣＲ検査ができるとじゃろ？」

「できる」

「何かあったらまた連絡ば入れて」

「はい」

そこで電話を切ったが、まだ何かを聞き損ねたような気がした。その日一日新型コロナ病棟で忙しく過ごし、夜七時に防護服を脱いでから、スマホを見た。理奈からの連絡ははいっていなかった。電話をかけても、つながらない。帰りがけに理奈のアパートに迂回《うかい》すると、駐車場に理奈の車はない。無理をして出勤しているのかもしれなかった。引き返して、自分のアパートの駐車場に車を入れていると、電話が鳴った。理奈からだった。

「今、病院にいると。ＰＣＲ検査の結果待ち」

「そっちに行ってみようか」

「来てもらっても、念のために隔離されとるから、何にもならん。五日前に入院させた患者が陽性だったけん、わたしもかかっているかもしれん」

「濃厚接触者？」

「わたしが主治医じゃった」

返事を聞いて腰が抜けそうになる。それならもう感染している可能性が高い。

「十二指腸の憩室からの出血で入院させたから、まさかコロナ患者とは思わんかった。他にも看護師三人が濃厚接触者」

「分かった。結果が分かったら連絡してくれんね」

電話を切る。あったはずの食欲も一瞬で萎《な》えていた。しかし食べないと身が持たない。この半年で体重が四キロも減っていた。

その翌日は一日中、理奈のことを心配しながらコロナ患者の治療をした。六月から七月にかけて空床があった専門病棟も、八月にはいってからは空きが少なくなり、九月には入院を断る日も出るようになった。コロナ患者を扱う公立病院はどこも、同じように苦慮しているはずだった。自分の地域で入院できなければ、県内のどこかの病院に回される。遠い病院に入院させられると、面会のできない家族は余計心配になる。そこで死の転帰でも辿《たど》ったら、家族の悲嘆は何倍にも増すはずだった。

勤務を交代したのは夜の八時で、防護服を脱ぐとすぐスマホを見た。ショートメッセージがはいっていた。

――ＰＣＲ検査で陽性でした。すぐに入院します。

このメッセージは二時間前に届いている。隔離ではなく入院になったのは、症状がひどかったからに違いない。でなければ、若いのでホテルでの療養になったはずだ。胸騒ぎを覚えながら、念のため電話を入れたが、応答がなかった。

アパートに戻り、シャワーを浴びてパジャマに着替える。パック入りの御飯を電子レンジで温め、冷たいままのレトルトのカレーをかけて、スプーンでかき込む。こんな食事ではいけないと分かっていても、すべてが面倒臭い。湯舟にはいるのも面倒で、十日に一度くらいになっている。髭《ひげ》だけは毎朝、シェーバーを当てた。同僚には一週間か十日伸ばし放しにして、見苦しくなると病院の地下にある理容室で剃《そ》ってもらっている者もいた。洗髪もしてもらう間、泥のように眠るのが、今のところ唯一《ゆいいつ》の息抜きらしかった。

いざ寝ようとしたときスマホが鳴ったので開けると、理奈ではなく父からだった。

「大丈夫ね。くたびれとらんね」

父の声は落ち着いていた。

「多少はくたびれとる。もう十日は連勤。どうにも人手が足らんと。仕方なか。父さんところは？」

「看護師のひとりが陽性になって、同僚の三人ともに自宅待機にさせとる。おかげで人手不足。幸い患者には陽性はおらんごたる」

そのあとで母親と替わり、元気さを装《よそお》って話をした。とうとう理奈の入院については、言い出しそびれていた。

眠れそうもないと思ったのに、いつの間にか寝入り、目覚ましで五時に起こされた。六時間は眠ったはずなのに眠り足りない。今日一日眠り続けられたらどんなによかろうと思いながら、スマホを見る。理奈からの連絡ははいっていなかった。メッセージも送れないような所で、治療を受けているのだろう。

熱いシャワーだけを浴び、髭を剃って、着替え、朝食はオートミールに牛乳をかけた粥《かゆ》と、缶入りの野菜ジュースのみだ。目玉焼やハムを添えるのもやはり面倒だった。

それでも下腹に力を入れて立ち上がり、アパートを出る。車を運転しながら、やはり身体の重さを感じる。まさか自分もコロナにかかっているのではあるまいかと心配になり、額に手をやる。熱はないようだ。病院の駐車場は、まだ早い時間帯なので空いている。それでも白線の間にうまく車体がはいらず、何度かハンドルを切り直した。やはり過労からの集中力低下だった。

病棟に上がり、ロッカールームで白衣に着替え、詰所にはいる。交代の看護師たちはもうすっかり仕度ができている。ぼくと交代する杉田医師がガラス戸越しにこちらを見て、二重扉から出て来る。

さっそく、昨夜遅く入院した患者の病態について申し送りを受けた。その間にも、シャウカステンにかけられた胸部単純写真と輪切りの肺のＣＴに眼を走らせる。胸写には乳房の影が写っているので女性だが、両肺の下半分が白くなっている。ひと目で重症だと分かる。ＣＴでも両肺ともに白く、重症に間違いない。酸素吸入は必須《ひっす》だろう。

「若くても、重症化する例はあると聞いとったが、うちでは初めて」

杉田医師が後ろから言う。「助かるとよかが。今、エクモは空いとらん」

とすれば、人工呼吸器にはいっているのだろう。

「熱はどげんね」

「まだ三十九度台から下がらんまんま。意識もはっきりせず、発語も不明瞭《ふめいりょう》」

「そりゃ悪かね」

言いながら、ＣＴの画像をもう一度見る。両側肺野背側の末梢《まっしょう》がすりガラス影になり、わずかに胸側に通常の黒い部分が残っていた。

「女医さんじゃけ、何としても治してやらんといかん」

杉田医師の声で我に返ったようになり、胸写の下に書かれた患者名を見た。

タザキ　リナ
理奈だった。杉田医師を送り出し、防護服を着る間も、落ちつけと自分に言いきかす。

二重の自動扉を開けて中にはいり、理奈のベッドに近づく。人工呼吸器が取りつけられた理奈の顔は、一部しか見えない。アイシールドの下の目は閉じられ、大きく開けた口は挿管されて、人工呼吸管理下に置かれている。余りにも変わり果てた姿だった。

ステロイドとレムデシビルの投与の他に、抗菌剤も投与されていた。検査データを見ると、肝機能と腎機能も低下している。幸いSaO_2は八十八%に保たれている。まだエクモが必要な段階ではない。やれるだけの治療を施しているので、あとは理奈自身の自然治癒力にかかっていた。

人工呼吸器によって、かすかに上下する理奈の胸部を見ていて、唐突に天草の海が想起される。光をはじき返すような青い海で、小中学生の頃は朝から晩まで泳いでいたという。夏休みの間に肩や腕の皮が何回かむけ、二学期が始まる頃には、どの子も真黒な膚《はだ》になっていた――。

「そういう日焼けが、年取ったらシミになると聞いたとは、二十歳過ぎてから。後悔しても、もう遅か」

理奈のグチを聞いたぼくは、シミくらいどうってことはない、と応じようとした。ふくれっ面《つら》をされるだけだと予想して、言葉を呑《の》み込んだのだ。そんな天草の海で育ったのであれば、自然治癒力は人一倍のはずだった。

理奈が婚約者だとは、同僚にも看護スタッフにも言わなかった。

翌日、人工呼吸器につながれている理奈が、ようやくぼくと気づいてくれた。

「すみません」

そう言うようにぼくを認めて頷く。

「奇遇よ、奇遇」

わざと笑う。「ここに来たからにゃ、もう大丈夫じゃけ」

横に誰もいないのを見て、無理に笑いかける。

あとはひたすら、これ以上重症化しないのを祈るだけだ。エクモはまだ七十九歳の男性患者に使われ、当分空きそうもなかった。

その後は一週間ほど、病棟から出るのがためらわれた。いつもなら、早く帰ってバタンキューなのに、ベッドにはいっても寝つけない。寝不足のままでも、早く病院に行って理奈の無事を確かめたかった。

そんななかで、総理大臣が代わり、十月一日には、例のＧｏＴｏトラベルに東京発着が追加された。来年七月に開催予定のオリンピック・パラリンピックに向けて、東京が安全なことを宣伝したいのに違いなかった。

病院の外では感染患者が多少減っているとはいえ、病院の中はそんな余裕などできそうもない。新型コロナ用の病棟に空床ができるのは、世の中の感染者数減よりもひと月ばかり遅れてだった。この病棟も、今後第三波が起きれば、たちどころに病床は埋まる。

聞けば、精神科病床や療養病床を除いた国内の全病床のうち、新型コロナに対応できているのは、わずか五〜六％らしい。これでは処理能力のない排水設備と同じで、大雨のたびに、マンホールから勢いよく水が溢《あふ》れる。溢れた水が犠牲者だ。

「まさか自分が新型コロナにかかっているとは思わんで、抗生剤と感冒薬で頑張ったと」

入院七日目に、やっと人工呼吸器から脱した理奈が掠《かす》れ声で言った。「ところがあとから突然三十八度四分の熱が出て、やっぱりと思ったとです。医者の不養生でした」

理奈が苦笑する。

「若いもんは、みなそげんのごたる」

ぼくは慰めてやる。「クラスターが出て、外来新患と新規入院患者の受け入れを中止しとった理奈の病院も、今は一週間ぶりに再開したらしか」

「クラスターの数は？」

「十六人。不幸中の幸いで、死んだ人はおらんごたる」

答えながら、最悪の場合は、理奈がその唯一例になるところだったと、背中に冷たいものを覚えた。

理奈は人工呼吸器から脱しても、さらに二週間は酸素吸入が必要だった。そのあと、リハビリのために自分の病院に帰っていった。さすがに生死をさ迷ったあとだけに、顔に少しやつれが感じられた。

理奈が婚約者だったと白状させられたのは、退院後だ。同僚やスタッフに、心からの礼を言うためにも嘘《うそ》はつけなかった。五月に予定していた結婚式が、新型コロナのために延期された事実もつけ加えた。

「それなら、結婚式には是非呼んで下さい」

看護師たちから口々に言われ、それもそうだなと胸の内で思った。

「そのときは、盛大にやりますけん」

答えた瞬間、何か目の前が開けたような気がした。本当は親しい者だけを招いて小ぢんまりとやるつもりだった。みんなへの感謝のために、スタッフ全員に招待状を出すのは、今となっては当然だった。

しかし一年延期して、来年の五月にそれが可能かどうかはまだ分からない。秋か、あるいはそれより先になる可能性が高かった。いや、百年前の第一次世界大戦の際のインフルエンザ、いわゆるスペイン風邪の大流行は三年ばかり続いた。たとえワクチンができたとしても全世界に行き渡るのはまだまだ先の話だ。百年前と比べて、世の中の人の往来は飛躍的に増えている。一、二年で終結すると考えるほうがおかしい。

十月下旬には、リハビリを終えて自宅療養している理奈と、何度も電話ができるようになった。新型コロナから回復しても、何とも言えない後遺症があるようだった。まだ咳と痰《たん》が出て、どことなく息が苦しく、全身が気怠《けだる》いらしい。食べ物に味が感じられず、嗅覚《きゅうかく》も低下していると言う。

「近くのスーパーに行くだけで息切れがして、頭痛がしてくる。時々は針で刺されたような痛みが心臓に走ると」

「それはいかん。買物くらいしてやろうか」

「今日、母が来てくれることになった。二週間ばっかしいてもろうて、わたしは十一月から出勤してみる。休んで迷惑かけたけ」

「大丈夫ね。無理せんごつ」

相変わらずの気丈さだった。重症者ばかりを扱う専門病棟にいると、後遺症の詳細など耳にははいってこない。十月末には、新型コロナの国内累計感染者数が十万人を超えたと発表された。そのほとんどが、後遺症に悩まされると思うと、この疾患の恐さに今さらながら驚く。

何よりも待たれるのは、ワクチンだった。菅《すが》首相は就任直後の所信表明演説で、「来年前半までに全国民に提供できる数量を確保する」と豪語したが、これが甘言なのは、十一月になった今、もはや明白だった。米国ファイザー社が日本で治験を始めたのが先月だから、承認されるのは、三、四ヵ月あとだ。もしかすると半年後かもしれない。その直後からワクチンが搬入されても、一億人分に届くにはまだ何ヵ月もかかる。ワクチン接種が遅れれば遅れるほど、第三波、そして第四波の流行に国全体がさらされるのだ。

ワクチン接種が急浮上してきた今、改めて現在進行中のワクチンの種類を調べる必要があった。

人類史上、ウィルスに対抗するワクチンの歴史は古い。最も知られているのは、十八世紀末に、英国の医師ジェンナーが実施した天然痘《とう》へのワクチンだ。乳搾《しぼ》りの女たちが天然痘にかかりにくいのを知って、ジェンナーは牛痘を庭師の息子に接種する。それ以前に行われていたのは、そのあと本物のヒト天然痘を接種しても、発病しなかった。それ以前に行われていた極微量のヒト天然痘を接種しても、発病しなかった。

同様のやり方で、ジェンナーよりも六年早い寛政二年（一七九〇）に、種痘に成功したのが、筑前《ちくぜん》秋月領の藩医緒方春朔《しゅんさく》だった。天然痘の膿《うみ》のかさぶたを粉末にして、へらで人の鼻になすりつけると、軽い症状を起こすものの、重症化はしない事実を発見していた。

こうした安全なまでにウィルスを弱化させてワクチンを作る方法は、その後主流になる。一九五〇年代の経口ポリオワクチンもそれで、生ワクチンとしてはしかや、おたふく風邪、風疹、水痘ワクチンと続く。

これに対して、感染しない程度に殺したウィルスを使うのが、いわゆる不活化ワクチンだ。これはポリオ撲滅に効力を発揮した。

その後、ウィルスの蛋白質を使う組換えワクチンが登場する。ウィルスの外殻（がいかく）のみを投与したのが、B型肝炎ワクチンであり、一部の蛋白だけを取り出したのが、肺炎球菌ワクチンだった。

しかしエボラウィルスについては、全く新しい手法がとられた。ウィルスの遺伝子を他の生物、例えばチンパンジーのアデノウィルスに埋め込み、それを運び屋（ベクター）として人体に投与するのだ。そうするとヒト体内では、注入されたその遺伝子に対して抗体ができ、感染を防御することができる。MERSに対するワクチンもこれだった。

今回の世界中の製薬会社が競い合っている新型コロナワクチンを、多様な論文やさイトで調べると、その競合のすさまじさに息をのんだ。中国のシノバック社は不活化ワクチン、米国のノババックス社は組換え蛋白ワクチン、そして英国のアストラゼネカはウィルスベクターワクチンだった。

しかし世界に先駆けて既に実行に移されているのが、米国ファイザー社と独のビオンテック社が共同開発したワクチンだった。これは全く新しい手法で、ウィルスの遺伝子そのものをヒトの細胞に注入して蛋白質を作らせ、抗体を産生する仕組みだ。

遺伝子にはDNAと、そこからの情報を運ぶRNAがある。この後者を使ったmRNAワクチンへの道を開拓したのは、ハンガリーから米国に移住したカタリン・カリコ女史だ。早くも二〇〇五年に、mRNAの一部を改変して生体に注入すると、免疫反応を抑制できる事実を発見する。その後二〇一三年、カリコ女史を誘ったのが、ドイツのバイオベンチャー、ビオンテック社の共同創業者、トルコ出身であるウグル・シャヒンとエズレム・テュレジ夫妻だった。三人は手始めに、癌《がん》に対しての免疫療法に使うワクチン製造に着手する。このmRNAによってヒトの細胞内で作られた蛋白質が、免疫力を高めさせ、癌細胞を認識して、ついには死滅させるという手法である。二〇一九年十二月に武漢で広まった、新型コロナウィルスの遺伝子解析結果が発表されるや、ビオンテック社はウィルスの突起部分に注目する。その一部のRNAを使えば、敏速にワクチンが製造できるはずだった。さっそく、二〇一八年からインフルエンザワクチンの開発で協力していたファイザー社と契約して、作成に乗り出したのだ。

しかしこの遺伝子操作の基礎になる現象を発見したのは、日本人だった。現在わが母校の農学研究院教授をしている石野良純《よしずみ》氏で、大腸菌の遺伝子配列の中に、短くて同一の配列が繰り返し存在する事実に気がつく。これをCRISPRと命名して、一九八七年に発表する。これが細菌の獲得免疫の一部だと解明したのが、今年のノーベル化学賞を受賞したシャルパンティエとダウドナ両女史だった。

細菌はこのCRISPRで、侵入したウィルスのDNAを切断して、一部を自分の遺伝子に取り込んで、CRISPRに保存する。再度同じウィルスが襲って来ると、CRISPRによって作られたDNA切断酵素のCas9が、ウィルスのDNAを切って防御するのだ。

両女史が解明したCRISPR-Cas9によって、DNAの二本鎖を断ち切り、遺伝子配列の任意の場所を削除したり、別の配列に置換・挿入が可能になる。

ビオンテック社とファイザー社もこの技術で、新型コロナウィルスのmRNAを取り出し、ポリエチレングリコールの脂質膜に包み込み、ワクチンに仕立てていた。もうひとつの米国モデルナ社のワクチンも、同種のmRNAワクチンである。それぞれマイナス七十度とマイナス二十度の超低温で保存しなければならないのは、mRNAを破壊する酵素が活性化するのを防ぐためだ。

とはいえ、そもそもビオンテック社がmRNAワクチンの製造に着手できたのは、上海《シャンハイ》の復旦大学のウィルス学者チャン・ヨンジェン博士が、今年の一月十一日、新型コロナウィルスの遺伝子配列を公表したからだった。ヨンジェン博士は、武漢での最初期感染者の血液サンプルを提供されて、研究室に設置した、米国カリフォルニアに本社を置くイルミナ社の遺伝子解析機にかけた。かつて人の遺伝子の全解析に十三年も要したのが、このイルミナ製の解析機だとわずか一時間ですみ、費用も六百ドルしかかからない。しかも卓上に置ける程の小型だ。

実を言うと、モデルナ社が使っていたのもこの機械で、ワクチン製造には二十五日しかかからず、最初の治験は六十三日後で、いずれもビオンテック社に先行していた。ビオンテック社が追い抜いたのは、ひとえにファイザー社と提携して開発を進めたからだった。

しかし日本政府の大いなる失策は、第一にワクチン接種を甘く見ていた点だ。元来ワクチン製造が得意だった日本の製薬会社も、この十数年来ワクチン製造をやめ、今ではわずかな企業しかインフルエンザワクチンを作っていない。一九九〇年までは、日本はワクチン先進国で、水痘や日本脳炎、百日咳などの予防ワクチンを米国や中国に技術供与していた。しかしその後、ワクチンの副反応を巡って各地で集団訴訟が起きる。一九九二年、東京高裁が、予防接種による事故の発生を予防しなかったとして、国と厚生省の過失責任を認める。これによって国も企業も、ワクチン開発には消極的になった。ワクチン製造には、基礎研究から臨床試験まで数年、長ければ十年かかる。今や新型コロナウイルスに対しては、米国とイギリス、中国、ロシアだけでなく、台湾やインド、そしてあのキューバでさえ、ワクチンを開発しているという。日本は完全にワクチン後進国になり下がっていた。

第二に外国の製薬会社とのワクチン供給契約が正式なものではなく、単なる基本合意のみだった点も政府の失策だろう。早々と正式契約をし、治験の協力もして、すぐさま多額の契約金を払い込んだイスラエルとは、明らかに熱意が違う。三月か四月の時点で、ひとり分一万円で一兆円でも支払っていれば、ファイザー社はどこの国よりも先にわが国にワクチンを届けたに違いない。オリンピックの開催を目論むくらいなら、その程度の大英断をするべきだったろう。

「そのとばっちりが、助からずに死んで行く患者たちたい」

当直の引き継ぎを終えたあと、同じ肥満外科チームの杉田医師が口を尖《とが》らせる。

「いや、とばっちりはぼくたち医療従事者。せっかく購入してもらった手術ロボットも使わんままですけん」

「確かにそげん。さんざん練習したのに」

杉田医師の意見に頷《うなず》くしかない。「第一今は、肥満外科自体が開店休業」

全くそうだった。メールでデイブが言っていた通り、BMI35以上の病的肥満に行うスリーブ状胃切除術など、このパンデミックの下では、ぜいたく過ぎる治療なのだ。若手医師を含めての三人のチームは、すべてコロナ病床の専属に回されていた。

「この前、十月分の残業時間を見たとです。何とひと月で百時間になっとりました。今月はこれよりも多くなる気がします」

またもや杉田医師が口を尖らせる。「一週間に一度か二度の当直でっしょ。それ以外の日は、毎朝六時に出て来て、終わるのも夜の十時。夕方、コロナ患者が二、三人はいると、帰るのは深夜ですけん。睡眠時間は四時間。これは野北先生も同じでしょう」

「同じ。十月の残業は百十三時間、これでよく倒れんと思う」

「倒れたらいかんですよ、お互い」

そう言い残して杉田医師は出て行く。かがめた後ろ姿に疲労感が出ていた。

「野北先生、倒れたらいかんです。お互い」

同じ科白《せりふ》を、当直リーダーのE看護師が口にする。日頃から絶対に弱音を吐かない看護師で、一緒の当直のときは心強かった。

考えてみると、二十床のコロナ重症患者の病棟では、ひとりの患者につき五、六人の看護師を配置しておかねばならない。五人としても、百人の確保が必要になる。その分、他の病棟は、人手不足のままでやるしかない。

脳卒中や心筋梗塞《こうそく》を扱う病棟では、入院患者数を半分にしている。とばっちりは、通常の救急患者もかぶっているのだ。これから年末年始に向かって、今以上に新型コロナ患者が増えていけば、救急患者を受け入れるICU病棟を、コロナ病棟に転換せざるを得なくなる。そこに脳卒中や心筋梗塞の患者は入れられないので、断るしかない。そうなると救急車は搬入先を探して市外まで出て行かねばならない。これは全く命の選別であり、コロナ患者の優遇で、他の緊急患者の軽視だ。命の重さは同じだから、これでいいはずはない。

脳卒中や心筋梗塞は、治療法が確立しているから、命を救える率は高い。それに対して新型コロナの患者は、人工呼吸器とエクモ頼りで、あとの救命は神のみぞ知るだ。

レムデシビルや抗血液凝固薬、ステロイド投与は、あくまで補助的な役割だった。

ひととおり重症患者を見回る。機械の音に混じって、時折患者の呻《うめ》く声がする。重装備の看護師が四人がかりで、重症患者の体位交換をしていた。まだ意識は戻っていない。これ以上悪化すれば、エクモを必要とするものの、そのエクモは、もう十日間ひとりの患者が専有していた。

エクモの患者をもう一度診察する。詰所で最初に胸部CTを眺めたとき、予後が悪い気がした。実際に診察しても、先行きがよいとは思えない。

「野北先生、ちょっとお願いがあります」

人工呼吸器のついている患者の傍まで来たとき、E看護師が声をひそめて言った。お互いマスクの上からフェイスシールドをしているので、耳を澄まさないと聞こえない。

「何ね」

「重症患者が不帰の転帰になったとき、家族は会えんまま、になるでしょう。せめて顔ば見せ、手を握るくらいはさせてやりたかとです」

「霊安室で？」

こっちも小声で訊き直す。重症患者の大半は意識がなく、機械の音もするので聞かれる心配はない。とはいえ慎重にならざるを得ない。

「そげんです。もちろん家族には防護服を着てもらい、時間も十分に制限します」

今の時期、マスクもフェイスシールドも、防護服、手袋もふんだんにある。家族の人数を三人か四人に絞っての短時間なら、遺体からの感染の心配はなかろう。

「それは、よか話。ばってん、まずはS部長の許可ば貰《もら》わんこつには」

「それはもう、野北先生がこう言っておりましたと言えば、部長先生も反対しません。そんならよかですね」

「よかよか」

苦笑して頷いたとき、フェイスシールドの奥で、E看護師の目が赤く潤《うる》んだ。

それにしても、自分はそんな口やかましい男に見られているのかと、反省もする。S部長は温和な人で、あまり自分から決断するのを好まない。部下からの意見具申に頷くのを、旨《むね》としているような上司だった。

その三日後の朝、出勤したとき、当直明けだったE看護師から感謝された。

「野北先生、家族からはえらく感謝されました。まだ身体に温もりが残っとるうちに、顔を撫《な》でてやり、手足に触れるというのは、よか別れになるようです」

聞くと、死の転帰をとったのは、エクモの患者ではなく、人工呼吸器をつけていた患者だった。エクモの患者は軽快して、今は人工呼吸器のみになったという。

「奥さんも、息子さん、娘さんも、お父さんよく頑張ったね、と泣いとりました。最《さい》期《ご》の別れができたこつば感謝されて、こっちも胸のつかえがおりました」

E看護師が、しみじみと言う。ぼくも頷く。

「それよりか、Eさんは、ずっと病棟におるごたる。休みは取っとるとね」

「いえ、今朝までで十五連勤です」

「そりゃ、いかんよ。身体がもたん」

医師の超過勤務どころの騒ぎではなかった。

「よかとです。ひとり者ですけん、自分だけの世話をすればすみます。他の看護師は、家族持ちですけん、休んでもらわんといかんです」

E看護師は疲れた様子も見せず、引き継ぎをして帰って行った。

「Eさんがおるけん、わたしたちも何とか持ちこたえられます」

若い看護師が、あとから言い添えた。

十一月にはいって、再び第三波が取沙汰されるようになり、早くもエクモと人工呼吸器の空きはなくなった。

年末になっても、理奈とはメッセージか電話だけのやりとりに終始した。あの特異な糞便療法をやっていた頃が、何だか夢のよう、という理奈の科白は、こちらも同じだった。肥満外科など、世の中が平和だからこそできる治療なのだ。

「やっぱり医者は病棟で横になっとるより、立って働いたほうがよか。それにもう抗体ができとるけ、素潜りじゃなく、ボンベつけて潜っとるくらい心強か」

理奈から言われて、思わず笑ってしまう。感染して抗体を持っているからといって、永久免疫の天然痘までの安全性はなかろう。将来のワクチン接種は必須だ。

父にも電話をして様子を聞き、正月の集まりもないことを確認する。父の内科医院では、その後陽性者は出ていないのは幸いだった。患者数が一、二割減ったものの、小児科や耳鼻咽喉《いんこう》科の四、五割減と比べるとまだましだという。

「もうイギリスでは、ワクチン接種が始まっとるというのに、日本ではワクチンのワの字も聞かん。一億人分を確保したという政府の掛け声だけは大きか」

父は憤懣《ふんまん》やる方なさそうに言った。ぼくが同調すると、またもや不満が暴発する。

「コロナの死者が二千人を超えたとが十一月二十二日、三千人を超えたのが十二月の二十二日、この分だと、来月早々には四千人になるとじゃなかかね。今の国内感染者数が二十万人らしかけ、もうすぐ三十万人たい。大体、あのＧｏＴｏなんとかが悪かった。あれでウィルスが広がった。この間、停止が決まったばってん、広がったウィルスは、もう消えん。増えるばっかしじゃろ」

電話口で思いのたけをしゃべって、胸の内が少しは凪《な》いだようで、息子の窮状は訊《き》いてくれないままで終わった。政府のやり口への憤懣はいかにも父らしかった。

年が改まって二〇二一年の一月七日、一都三県に緊急事態宣言が再発令された。四月に一回目が全国に発令されて、五月下旬に解除されていたので、七ヵ月ぶりの再発令だった。そして父が予想したように一月九日に死者は四千人を超えた。三千人からわずか二十日で、もうこれは第三波だった。

コロナ病棟の多忙さは一向に減らず、満床のために入院を断る日が多くなる。人工呼吸器がはずれれば、一般病棟を軽症者病棟に改変した所に移し、あとは自宅で養生させる。それができないなら、他のリハビリ病院に転院させた。

息絶えて　エクモをはずす　冬の日々

二月になると、既に世界五十ヵ国でワクチン接種が始まっていた。ところが日本ではファイザー社との正式契約は一月二十日だったという。これまでは単なる基本合意だったので、ファイザー社から相手にされないのも当然だった。もうひとつのモデルナ社が、日本で治験を開始したのは一月二十日過ぎらしい。

二月十五日には、国内の死者は七千人に達した。この頃、メディアが盛んに報じていたのが、英国由来の変異したウィルスだった。感染力も強く、重症化しやすい傾向があるという。

「変異株がはいってくると、絶対、様相が変わります」

と言ったのは、同僚のN医師だった。「野北先生、変異株が国内にはいって来んごつ、水際《みずぎわ》作戦を政府がしていると思っとったら、大間違いでした。一日二千人は日本へ入国しとるらしかです。もちろん日本人と、日本に在留資格のある外国人ですばってん、そもそも、これがいかんとじゃなかですか」

詰所で聞いていた看護師たちも、いささか驚いて「二千人も」と悲鳴を上げる。

「それは知らんかった。入口を開けたままにしといて、中だけで治療しても、どうにもならん」

そう答えるしかない。

「そうなると、イギリス株だけじゃなくて、インド株やブラジル株も、はいってくるとじゃなかですか」

眉《まゆ》をひそめたのは、E看護師だった。二月にはいって、ようやく休みがとれるようになったらしく、青白かった顔色もいくらかよくなっていた。

「その他に南アフリカ株もあるとでしょ。どげんなるとでしょうか」

若い看護師が諦《あきら》め顔で言う。昨年四月、看護師になって早々に、コロナ病棟に配属されていた。最初は戸惑いばかりで、よく目を赤くしていたのを思い出す。それが今では、先輩看護師の指示を受けなくても、自ら動けるようになっていた。この経験は、コロナ収束後には必ずや生きるはずだった。

三月上旬、薬剤部から連絡がはいり、麻酔薬のプロポフォール製剤が入手しにくくなっている旨の報告を受けた。この麻酔薬は、人工呼吸器を使う際に不可欠の薬だった。

「ともかく、あれがないと仕事にならんですよ。ここは急いで購入しといてもらわんと」

電話口で、半ばきつい口調で言う。

「分かっとります。どうやら需要ば見込んで、大量に仕入れている病院があるらしかです」

薬剤部長も、後手に回ったのを悔いていた。「まさかこんなこつになるとは。ともかく現場の先生たちには迷惑がかからんようにします」

「お願いします」

受話器を置いて、これなら一年前に起きた、マスクやアルコール消毒薬の争奪戦と同じだと、苦笑したくなる。たいていの大きな病院では、コロナ専用の病棟を設けて、重症患者には人工呼吸器を使う。

今から考えると、一年前の第一波はちゃちなものであり、そのあと夏の第二波も、手なずけられるくらいの波だった。しかし秋口から始まった第三波は尋常でなく、二回目の緊急事態宣言で少しは下火になっても、全く終息していない。宣言をものともせずに、感染者はまた増え始めている。今や第四波に見舞われているのは確かで、おそらく第三波を超える大波になるのは間違いない。

この時期に問題になっていたのは、コロナからやっと回復して一般病棟に移ってもらった矢先、血栓症で通常のＩＣＵに回される例の増加だった。これまで、エクモや人工呼吸器使用中の患者では、血栓症には眼を光らせ、その予防薬として抗凝固剤を投与していた。血栓ができるのは主として三ヵ所で、深部静脈、脳、肺だった。肺血栓塞栓症や脳梗塞は命にかかわるので、迅速な対応が欠かせない。

しかし、いったん快方に向かっての発症はこれまでの治療の盲点といえた。これは感染によってサイトカインが過剰に分泌《ぶんぴ》され、免疫細胞が血管を傷つけるとともに、ウィルスそのものが血管を攻撃するとも考えられた。

このような回復後の別な病気の発症ほど、嫌なものはない。ほっと息をつく暇も、医療チームに与えてくれないからだ。

三月八日、院長名で、二日後の十日から院内でワクチンの接種を始める旨の通知があった。翌日に予診票が配布され、いの一番の接種はコロナ病棟の担当者だと指示された。

十日は当直明けだったので、五階のセミナー室に上がった。通常三百人ははいる会場が三つに区切られ、事務員の指示で密にならないように待たされる。どうやら、接種は院長と二人の副院長が行っているようだった。予診票が回収されて、五分も待つと名前を呼ばれた。目の前にいるのは院長で、会釈《えしゃく》をする。介助役も何と看護部長だ。

「野北先生、迷惑ばかけとります。みんなへとへとでっしょ」

院長がねぎらいながら、左上腕を消毒して注射をする。あっという間に済んで、これならインフルエンザのワクチンより痛くない。

礼を言って立ち去ろうとすると、呼び止められた。

「あのコロナ病棟の遺族から、礼状が三通も届いとります。死後であっても、何とか父や母の身体に触れられてよかったという手紙です」

「いやあ、あれはS部長の決断ですけ」

そう答えると、脇《わき》から看護部長が口を添える。

「いえ、野北先生の提案だと、看護師たちが言っとりました」

それを言うなら、発起人はE看護師だ。わずかな措置が遺族に有難がられるのは思いの外だった。

接種を受けたあとで確かめると、インフルエンザのワクチンが〇・五ccなのに対して、コロナのほうは〇・三ccと少量だった。さして痛くないのはそのためだ。

思い返せば、親族の死に際し、防護服を着て対面させる措置を取ったのは、町医者の感覚だった。あのからしめんたいの会長の様子を、二人の息子にタブレットで見せたのも、町医者の発想ではなかったか。こういう患者と家族に寄り添う姿勢は、父と母が自宅の二階に職員の子供を預かったのと、軌を一《いっ》にしているような気がする。かつてベス・イスラエル医療センターの医療相談部門で、デイブたちとボランティアをしていたのも、いわば町医者の仕事ではなかったか。

その後の三日間で、四百五十人超の職員全員が接種を終え、三週後の三月末から四月初めにかけて、二回目を終えた。一回目の接種の際は、注射部位の痛みと腫《は》れ、腕が少し上げにくい程度の副反応しかなかった。しかし二回目の接種のあとには、若い看護師の間で発熱者が何人も出た。三十八度の熱を出しても、仕事に穴は開けられないと言って出勤する看護師や、副反応の頭痛をこらえながら働く看護師もいた。

二回のワクチンを接種してもらうと、何だか見えない防弾チョッキを着ている気分になる。この安心感は予想外で、病棟での勤務にも力がはいった。

病棟の多忙さは相も変わらずで、三月二十一日に二回目の緊急事態宣言が解除されても、変わりない。二十五日に始まった聖火リレーが、どこかよその国の催しのように、空々しく映った。

二回目のワクチンを終えてすぐ、理奈に電話をした。先方では十日前に一回目が始まったらしかった。

「理奈ももちろんするじゃろ。コロナの回復者だからといって、せんのはよくなか」

「みんながするのに、こっちがせんのも、何だか寂しかけん。します」

「それがよか。じゃ、あと十日もすれば、そっちの病院でも当分は完全武装たい。どうね、患者の数は」

「四月にはいってからは、空床のある日は稀《まれ》。うちで患者が出てから、院長の方針が百八十度変わって、コロナ病棟ば作ったと。ばってん、うちにはエクモがなかけ、人工呼吸器をつけたままで亡《な》くなる患者が増えとる。夜にひとり亡くなると、翌朝にはもう新しか患者が入院して来る。急変しやすかとは、イギリス株」

理奈の声が湿る。

「こっちも同じ。インド株はそれよりも強かと言うし、先が思いやられる。といっても、ぼくたちはボンベつけて潜っとるようなもんじゃけ、多少は安心」

いつか理奈が口にしたボンベにかこつけて言う。

「そのボンベも、来年の今頃は、いくら何でもはずせる。そしたら二年遅れの結婚式で、キューバよ」

「一年後か」

遠くに光明が見えたような気がして言う。ヘミングウェイの横でモヒートを飲む自分の姿まで想像できた。

「それば考えると、元気が出るとよ」

理奈の声に力がこもる。

「ようし、お互いひと頑張りするか」

そこで電話を切ったものの、百年前のインフルエンザを考えれば、新型コロナ騒ぎは今年では終わらず、来年までもつれ込む可能性があった。そうなると結婚披露宴もキューバ行きも、さらに一年延びる。理奈はもう三十歳を過ぎてしまうが、医師同士での結婚では三十代はあたり前だった。

気を取り直して電話をかけたのは父親だった。診察中だが、少しなら構わないと言う。

「こっちのワクチンは四月中旬から。従って連休過ぎには、職員も患者もすべて打ち終わる。こうなると、コロナが早いか、ワクチンが早いか、その競争たい」

ぼくがもうワクチン接種を終えたと聞いて、父は我が事のように喜んだ。

「少なくとも、これで討死はせんですむ。今まで国内で死んだ患者は、八千人じゃろ。また感染者が増えよるから、やがて一万人になる。ワクチンが早ければ、その半分は死なんでよかった人たち。無念じゃろね、鉄砲も持たずに戦場を歩かされたとに似とるよ。遺族も、悔やんでも悔やまれんじゃろ」

父の口調には憤《いきどお》りが込められていた。

新しき　春も迎えず　逝《い》った人

結婚したあと、父にはもう十年は働いてもらおう。その先はぼくも一緒に医院を手伝う。理奈も子育てをしながら、パートタイムで父を手伝ってくれるかもしれない。そのとき、ぼくの肥満手術は後輩に譲っているはずだ。理奈の糞便《ふんべん》療法も同じだろう。ともかく、曾祖父《そうそふ》から三代続いた町医者の家系を、ぼくが絶やしていいはずはない。町医者こそが医師という職業の集大成なのだ。

コロナ明け　新芽を伸ばす　医家の幹

解説

佐野史郎

これまで帚木蓬生さんの作品を読んだことのない私に解説のご依頼をいただいたのは、この短編集『花散る里の病棟』が北九州で四代にわたる医家、野北家の物語だからだとのことでした。

私の実家は代々島根県松江市の医家で、私で五代目。元治元年（一八六四）に初代が開業し、明治十一年（一八七八）、安政時代に建てられた家屋を購入して宍道湖《しんじこ》のほとりに転居したといいます。母屋は内装こそ昭和三十年代に手を加えたものの、当時のまま現在に至っているので、その空気の中に幼少期からいた私が、開業医のそれぞれの代の物語をどのように感じるのか、編集の方はご興味があったのかもしれません。

とはいえ、私は医師ではなく俳優。家業は分家した弟が同じ敷地内で継いではいるものの、それまでの、長男が「家」を継ぐという習いを破るのが躊躇《ためら》われたのか、両親の命を受け墓は私が守ることに。ですが、大正生まれの父は疾《と》うに亡《な》くなりました、母が他界したこともあり百五十年の歴史を閉じ、家じまいすることを決しました。家を守り続けてきた祖先に対する想《おも》いは複雑ですが、それ故《ゆえ》、なおさら、明治の終わりに開業してからの野北家の代々の物語が、虚実を超えて迫ってくるのです。

帚木さんは、精神科の開業医として医療に携わりながら、作家として数多くの作品を世に送り出された方。それぞれの時代を、医師という仕事に誇りを持って生き抜いてきた野北家の人物たちと重ねると、その高潔な生き様の前に私は恥いるばかりです。

我が家はといえば、初代が医家として何代も後世につなげようと思っていたかどうかは分かりませんが、結果、子孫が継ぐことが大命題となり、それゆえ生じた様々な歪《ひず》みが、次第に「家」に、重くのしかかっていったようにも思えるのでした。

自分の代を繁栄させようと、高度経済成長期の風の中で医院を別棟新築し、新たな医療機器を次々と揃《そろ》え、白衣姿でとてつもなく忙しく働く父ではありましたけれど、家庭内はいざこざばかり。町医者ゆえ休日でも夜中でも毎日のように往診に出かけ、父方の親族もみな医師の家族で、新年会やお盆など、集まれば病気や死、薬の話。野北家の方々のように、親の背中を見て自ら医師を志したのではなく、「医者になれ」と、親や親族、周囲から強いられることに反発心を覚え、とても医者を継ごうという気にはならなかった……というのは言い訳で、単に勉強ができなかっただけなのですが。

　それでも、それまでは周りは田んぼと畑ばかりで、周囲に医院は我が家だけでしたし、各代、地域医療には大いに貢献していたようですから、医家に対して誇らしい気持ちがあったことも事実です。

　なので、俳優として医師の役を務める時には特別な思いが湧《わ》きます。祖先に対するせめてもの償い……とでもいうような。実人生では多発性骨髄腫《こつずいしゅ》を患《わずら》い敗血症を併発した時、逆に医療現場の現実をフィクションとして捉《とら》え、患者を演じることで、精神的に乗り切ることができた面もあったように思います。もちろん、医師や看護師、リハビリの先生や医療技師のみなさん方のご尽力があったからこそ寛解し、大病を乗り越えることができたのですけれど。

　そういえば帚木さんも、やはり血液の癌《がん》、急性骨髄性白血病に罹患《りかん》し乗り越えられたとか。ここに収められている物語は、その後に紡《つむ》がれたものということですから、医療、野北家への想いはなおさら深まります。

　収められた作品は、一九三六年を舞台にした「父の石」から二〇一九年以降のコロナ禍を描いた「パンデミック」まで、時空を超え、それぞれの時代を行き来しながら進んでいきます。

野北家の物語は、初代が明治の終わりに北九州はボタ山のそびえる炭鉱町で開業した野北保造、二代目の、やはり郷里で開業し、軍医としても従軍した宏一、三代目、戦後の裕福な時代に開業した伸二、そして四代目は米国に留学し最先端の技術を身につけ市立病院に勤務する外科医、健の各時代で構成され、それぞれの代の父に対する想いがひしひしと伝わり、我が身を振り返らせます。

明治から現在までが、父と子、祖父と孫の体を入れ替えるかのようにして、あるいは多重露光の体の如《ごと》く語られていくので、過去は現在として感じられ、虚構が現実として浮かび上がってくるのでした。

印象に残るのは、やはり「父の石」「兵站《へいたん》病院」「胎を堕《こお》ろす」「復員」に綴《つづ》られている、太平洋戦争時に従軍した二代目、宏一の体験。あるいは三代目の伸二が元看護婦だった患者から聞いた、戦後、大陸から帰還した婦女子に対する凄絶な国策堕胎手術の話。

戦記はこれまでにも色々と目を通してきましたし、太平洋戦争に限らず、さまざまな戦争にまつわる映像作品にも参加してきましたから、ここに綴られた言葉が俳優としての体を突き動かすからでしょうか、まるで目の前のことのように生々しく感じられるのです。

戦地での、本来、命を守る使命を持つはずの医師が、負傷し役に立たなくなったと判断された兵士に対し、上官の命令に背くことができずにクレゾールの希釈液を注射してその命を絶つ行為は、それでもやはり殺人に他ならず、医師としての本分から乖《かい》離《り》していくのですが、その葛藤《かっとう》も次第に薄らぎ、麻痺《まひ》してくる恐ろしさ。

そうして戦争とは、あらためて敵味方を問わずに、国家事業としての殺人計画であることが示されます。

「胎を堕ろす」での、大陸から引揚の途中に犯され妊娠した多くの女性たちが、国の政策として国立療養所で堕胎していたことなど、初めて知りました。

「パンデミック」では戦地で命を落とす患者が描かれているわけではありませんが、新型コロナウイルスの蔓延《まんえん》によって窮地に立たされた政府が、太平洋戦争時同様に、真実を究明して適切な対応をすることよりも、行き当たりばったりの思いつきの策で国民の不満や不安を鎮《しず》めようと右往左往し、登場人物を嘆かせます。

国家というものは、どのような時代であれ、詰まるところ国民に対する姿勢は変わらないのではないか？……緊急事態宣言中、パチンコ店への休業要請に政府が及び腰であった理由のひとつが、警察官ＯＢの再就職先だったので強く言えなかったからだとは知りませんでしたが、時の首相の実用に適さないマスク配布や給付金などの策に、国民の多くが気休めにすぎないと感じていたであろうことを思い返します。太平洋戦争時、軍部が思考停止になっていたこととも重ね、ルポルタージュの物語として読み進めるのでした。

幼少期、風邪の予防にマスクをし、手洗いをよくするよう親や学校の先生に言われていたことを思い出すコロナ禍でしたが、百年前のスペイン風邪の教訓が、孫、ひ孫の代まで残っていたのかもしれないとも思っていました。そのスペイン風邪が、実はアメリカ風邪で、アメリカの兵士たちからヨーロッパに持ち込まれたものだったことを知らなかった不勉強を恥じるばかりですが、野北家の物語は近現代史を学ぶ恰好《かっこう》のテキストなのかもしれません。

精神科医の帚木さんならではの、ギャンブル依存症に対する考察にも引き込まれました。「パンデミック」中のパチンコのエピソードに現れるように、政府がカジノ誘致を推進していたことも思い返され、ここでもまた別の形の犠牲者を生み出す温床を国は用意しようとしていたことを教わるのでした。

国民は国家の経済と、国体のプライドを維持させるための使用人にすぎないのではないか？　と、その語り口こそ柔らかではありますが、野北家の物語の奥底に秘められた憤《いきどお》りが、じわじわと伝わってきます。

初代、保造がボタ山の近くに医院を開業したというのも、その始まりからして国を支えていた労働力に寄り添う野北家であったのだと、強く印象に残ります。

戦争にまつわる物語を通して、しっかりと医療の本分、国や地域への想いが刻まれた野北家、けれど実は、一番心動かされたのは「二人三脚」でした。

一九九二年が舞台。私ごとで恐縮ですが、一人娘が生まれた年で、俳優としても転機となったドラマ『ずっとあなたが好きだった』で演じたマザコン男、冬彦役が社会現象となるほど大ヒットした頃。九〇年代の空気はすぐに蘇《よみがえ》ります。

もちろん学校や地域によって差異はあるでしょうけれど、あの頃、確かに小学校の運動会で保護者たちはシートや折り畳みの椅子《いす》などを持参し、中には子供達を応援しつつ、ビールやワインで楽しむ家族がおりました。その後、そうした行為を「如何《いかが》なものか？」と咎《とが》める声があがり、運動会での父兄の飲酒は禁止に。

バブル経済崩壊直後の世の中の流れは、その後のネット社会での差別や弾圧をも加速させていくようでした。ネトウヨなどの言葉も定着し、分断社会がますます進んでいったようにも思われます。

けれど、花散る里の病棟に登場する人々はといえば、ただただ目の前のことに対し精一杯取り組み続けます。

「パンデミック」「告知」では、医師同士ならではの、優しく強い意志を持つラブストーリーが繰り広げられますが、その四代、健のひ弱な少年時代が「二人三脚」では愛《いと》しく見守られています。

小学校の運動会の五十メートル走で転び、悔し涙を浮かべる健。

父、伸二と祖父の宏一が想い返す、やはり運動が苦手だった伸二の中学生時代の、運動会での二人三脚。

二人三脚は、その名の通り、二人がひと組となり、それぞれの片足をゆわえて一つの足とし、一心、一身となり、三本の足で走る競技。

言葉だけ並べると、さながら幻獣のような生物を思い浮かべもしますが、異形の生物の競技に、管理を旨《むね》とする学校を舞台として生徒や父兄が熱狂する様は、異物を排除しようとする側面を持つ集団のことを思うと、小気味よささえ感じます。

野北家と同じ村出身のMは、いわゆる不良。荒くれ者ではあるけれど、ひ弱な伸二とは大の仲良し。運動の苦手な伸二を二人三脚の相方として誘ってくれるのはMしかいません。

Mと伸二が、神社の境内で、来る日も来る日も二人三脚の練習に励む姿には胸が熱くなります。

裕福な伸二の家とは異なり、Mの家は貧しく、小屋のような借家に両親と妹とで住んでいます。父親の仕事は鍋《なべ》の修繕と刃物研ぎ。母が亡くなり、強健なMも泣きじゃくってしまいます。

母を弔う葬儀は独特。

その仕事や佇《たたず》まいから察すると部落の人たち、あるいは、いわゆる山窩《さんか》の流れの家族なのかもしれません。

私が少年時代にも、クラスにそのような家の児童がいました。

ある日、父親に手を引かれた同級生の女の子が、傘の修繕を請け負うという父親と共に、玄関先に立った時の、あの、なんとも言えない苦しいような感覚を思い出します。

つげ義春の漫画の一コマのようでした。

山窩人は古《いにしえ》より、双刃《ウメガイ》という刃物を巧みに使い、箕や鍋を洗う簓《ササラ》などを作るのを得意としていたといいます。また、天人《テンジン》という自在鉤《かぎ》に鍋を吊《つる》すのを常《つね》とし、そうして野外を移動しながら生活したそうです。

中上健次の小説に登場する路地の〝高貴な血筋〟も想い起こされ、国家の物語をよそにしながら、誇りを持って生きる人たちが、たくましく生き抜いている姿が浮かびあがってきます。

すると野北家の物語も、また同様に、「二人三脚」を通して、その姿と重なってくるのでした。

健の祖父、宏一の見た夢の中で、伸二の二人三脚の相方がMではなく宏一にすり替わっていたのも象徴的でした。

それはきっと、国家の思惑とは別に、職業がなんであれ、どのような暮らしをしていても、誇りを持って家族や仲間と生き抜いているかどうかが問われるからなのでしょう。

健は最後に、町医者の家系を絶やしてはならないと括《くく》ります。

家じまいをしようとしている医家の子孫としては耳が痛いですが、野北家の物語に度々登場する俳句のように、Mの父親が刃物を研ぐように、家族であれ、地域であれ、国家であれ、その物語を、情景を、削り出し、本当に大切なものは何かと、探り続けなければと、そうしてこれからの物語を生き抜かなければと、神代の時代よりの歌舞音曲や、河原乞食と云《い》われた芸能の祖を想いつつ我が身と重ね、野北家を慕うのでした。

（令和六年八月　俳優）

この作品は令和四年四月新潮社より刊行された。

地図制作　アトリエ・プラン

帚木蓬生著　沙林　偽りの王国（上・下）

医師であり作家である著者にしか書けないサリン事件の全貌！　医師たちはいかにテロと闘ったのか。鎮魂を胸に書き上げた大作。

帚木蓬生著　守教（上・下）
吉川英治文学賞・中山義秀文学賞受賞

人間には命より大切なものがあるとです――。農民たちの視線で、崇高な史実を描き切る。信仰とは、救いとは。涙こみあげる歴史巨編。

帚木蓬生著　悲素（上・下）

本物の医学の力で犯罪をあぶりだす。九大医学部の専門医たちが暴いた戦慄の闇。小説でしか描けない和歌山毒カレー事件の真相。

帚木蓬生著　白い夏の墓標

アメリカ留学中の細菌学者の死の謎は真夏のパリから残雪のピレネーへ、そして二十数年前の仙台へ遡る……抒情と戦慄のサスペンス。

帚木蓬生著　三たびの海峡
吉川英治文学新人賞受賞

三たびに亙って〝海峡〟を越えた男の生涯と、日韓近代史の深部に埋もれていた悲劇を誠実に重ねて描く。山本賞作家の長編小説。

帚木蓬生著　閉鎖病棟
山本周五郎賞受賞

精神科病棟で発生した殺人事件。隠されたその動機とは。優しさに溢れた感動の結末――。現役精神科医が描く、病院内部の人間模様。

藤ノ木 優著
あしたの名医
―伊豆中周産期センター―

伊豆半島の病院へ異動を命じられた青年産婦人科医。そこは母子の命を守る地域の最後の砦だった。感動の医学エンターテインメント。

奥野修司著
魂でもいいから、そばにいて
―3・11後の霊体験を聞く―

誰にも言えなかった。でも誰かに伝えたかった――。家族を突然失った人々に起きた奇跡を丹念に拾い集めた感動のドキュメンタリー。

遠藤周作著
白い人・黄色い人
芥川賞受賞

ナチ拷問に焦点をあて、存在の根源に神を求める意志の必然性を探る「白い人」、神をもたない日本人の精神的悲惨を追う「黄色い人」。

遠藤周作著
海と毒薬
毎日出版文化賞・新潮社文学賞受賞

何が彼らをこのような残虐行為に駆りたてたのか？ 終戦時の大学病院の生体解剖事件を小説化し、日本人の罪悪感を追求した問題作。

遠藤周作著
彼の生きかた

吃るため人とうまく接することが出来ず、人間よりも動物を愛し、日本猿の餌づけに一身を捧げる男の純朴でひたむきな生き方を描く。

遠藤周作著
沈黙
谷崎潤一郎賞受賞

殉教を遂げるキリシタン信徒と棄教を迫られるポルトガル司祭。神の存在、背教の心理、東洋と西洋の思想的断絶等を追求した問題作。

遠藤周作著
イエスの生涯
国際ダグ・ハマーショルド賞受賞

青年大工イエスはなぜ十字架上で殺されなければならなかったのか――。あらゆる「イエス伝」をふまえて、その〈生〉の真実を刻む。

遠藤周作著
キリストの誕生
読売文学賞受賞

十字架上で無力に死んだイエスは死後〝救い主〟と呼ばれ始める……。残された人々の心の痕跡を探り、人間の魂の深奥のドラマを描く。

遠藤周作著
満潮の時刻

人はなぜ理不尽に傷つけられ苦しみを負わされるのか――。自身の悲痛な病床体験をもとに、『沈黙』と並行して執筆された感動の長編。

遠藤周作著
人生の踏絵

もっと、人生を強く抱きしめなさい――。不朽の名作『沈黙』創作秘話をはじめ、文学と宗教、人生の奥深さを縦横に語った名講演録。

小川洋子著
博士の愛した数式
本屋大賞・読売文学賞受賞

80分しか記憶が続かない数学者と、家政婦とその息子――第1回本屋大賞に輝く、あまりに切なく暖かい奇跡の物語。待望の文庫化！

小川洋子
河合隼雄著
生きるとは、自分の物語をつくること

『博士の愛した数式』の主人公たちのように、臨床心理学者と作家に「魂のルート」が開かれた。奇跡のように実現した、最後の対話。

幸田文著

木

北海道から屋久島まで木々を訪ね歩く。出逢った木々の来し方行く末に思いを馳せながら、至高の名文で生命の手触りを写し取る名随筆。

今野勉著

宮沢賢治の真実
―修羅を生きた詩人―
蓮如賞受賞

猥、嘲、凶、呪……異様な詩との出会いを機に、詩人の隠された本心に迫る。従来の賢治像を一変させる圧巻のドキュメンタリー！

最相葉月著

絶対音感
小学館ノンフィクション大賞受賞

それは天才音楽家に必須の能力なのか？　音楽を志す誰もが欲しがるその能力の謎を探り、音楽の本質に迫るノンフィクション。

最相葉月著

セラピスト

心の病はどのように治るのか。河合隼雄と中井久夫、二つの巨星を見つめ、治療のあり方に迫る。現代人必読の傑作ドキュメンタリー。

城山三郎著

硫黄島に死す

〈硫黄島玉砕〉の四日後、ロサンゼルス・オリンピック馬術優勝の西中佐はなお戦い続けていた。文藝春秋読者賞受賞の表題作など7編。

城山三郎著

そうか、もう君はいないのか

作家が最後に書き遺していたもの――それは、亡き妻との夫婦の絆の物語だった。若き日の出会いからその別れまで、感涙の回想手記。

城山三郎著

よみがえる力は、どこに

「負けない人間」の姿を語り、人がよみがえる力を語る。困難な時代を生きてきた著者が語る「人生の真実」とは。感銘の講演録他。

篠田節子著

銀婚式

男は家庭も職場も失った。混迷する日本経済を背景に、もがきながら生きるビジネスマンの「仕事と家族」を描き万感胸に迫る傑作。

篠田節子著

長女たち

恋人もキャリアも失った。母のせいで――。認知症、介護離職、孤独な世話。我慢強い長女たちの叫びが圧倒的な共感を呼んだ傑作！

前川裕著

号泣

女三人の共同生活、忌まわしい過去、不吉な訪問者の影、戦慄の贈り物。恐ろしいのに途中でやめられない、魔的な魅力に満ちた傑作。

浅田次郎著

夕映え天使

ふいにあらわれそして姿を消した天使のような女、時効直前の殺人犯を旅先で発見した定年目前の警官、人生の哀歓を描いた六短篇。

宇能鴻一郎著

姫君を喰う話
―宇能鴻一郎傑作短編集―

官能と戦慄に満ちた物語が幕を開ける――。芥川賞史の金字塔「鯨神」、ただならぬ気配が立ちこめる表題作など至高の六編。

須賀しのぶ著

紺碧の果てを見よ

海空のかなたで、ただ想った。大切な人を。戦争の正義を信じきれぬまま、自分らしく生きたいと願った若者たちの青春を描く傑作。

須賀しのぶ著

夏の祈りは

文武両道の県立高校の野球部を舞台に、それぞれの夏を生きる高校生たちの汗と泥の世界を繊細な感覚で紡ぎだす、青春小説の傑作！

須賀しのぶ著

神の棘（Ⅰ・Ⅱ）

苦悩しつつも修道士となった男。ナチス親衛隊に属し冷徹な殺戮者と化した男。旧友ふたりが火花を散らす。壮大な歴史オデッセイ。

中山七里著

死にゆく者の祈り

何故、お前が死刑囚に――。無実の友を救えるか。人気沸騰中〝どんでん返しの帝王〟による、究極のタイムリミット・サスペンス。

増田俊也著

木村政彦はなぜ力道山を殺さなかったのか（上・下）

大宅壮一ノンフィクション賞・新潮ドキュメント賞受賞

柔道史上最強と謳われた木村政彦は力道山との一戦で表舞台から姿を消す。木村は本当に負けたのか。戦後スポーツ史最大の謎に迫る。

宮本輝著

流転の海 第一部

理不尽で我儘で好色な男の周辺に生起する幾多の波瀾。父と子の関係を軸に戦後生活の有為転変を力強く描く、著者畢生の大作。

島崎藤村著
桜の実の熟する時
甘ずっぱい桜の実に懐しい少年時代の幸福を象徴させて、明治の東京に学ぶ岸本捨吉を捉える青春の憂鬱を描き『春』の序曲をなす長編。

国木田独歩著
武　蔵　野
詩情に満ちた自然観察で、武蔵野の林間の美をあまねく知らしめた不朽の名作「武蔵野」など、抒情あふれる初期の名作17編を収録。

向田邦子著
寺内貫太郎一家
著者・向田邦子の父親をモデルに、口下手で怒りっぽいくせに涙もろい愛すべき日本の〈お父さん〉とその家族を描く処女長編小説。

向田邦子著
思い出トランプ
日常生活の中で、誰もがもっている狡さや弱さ、うしろめたさを人間を愛しむ眼で巧みに捉えた、直木賞受賞作など連作13編を収録。

向田邦子著
男どき女どき
どんな平凡な人生にも、心さわぐ時がある。その一瞬の輝きを描く最後の小説四編に、珠玉のエッセイを加えたラスト・メッセージ集。

山本文緒著
自転しながら公転する
中央公論文芸賞・島清恋愛文学賞受賞
恋愛、仕事、家族のこと。全部がんばるなんて私には無理！　ぐるぐる思い悩む都がたどり着いた答えは――。共感度100％の傑作長編。

H・P・ラヴクラフト
南條竹則編訳
インスマスの影
―クトゥルー神話傑作選―
頽廃した港町インスマスを訪れた私は魚類を思わせる人々の容貌の秘密を知る――。暗黒神話の開祖ラヴクラフトの傑作が全一冊に！

スタインベック
伏見威蕃訳
怒りの葡萄（上・下）
ピューリッツァー賞受賞
天災と大資本によって先祖の土地を奪われた農民ジョード一家。苦境を切り抜けようとする、情愛深い家族の姿を描いた不朽の名作。

T・R・スミス
田口俊樹訳
チャイルド44（上・下）
CWA賞最優秀スリラー賞受賞
連続殺人の存在を認めない国家。ゆえに自由に凶行を重ねる犯人。それに独り立ち向かう男――。世界を震撼させた戦慄のデビュー作。

S・シン
E・エルンスト
青木薫訳
代替医療解剖
鍼、カイロ、ホメオパシー等に医学的効果はあるのか？二〇〇〇年代以降、科学的検証が進む代替医療の真実をドラマチックに描く。

カフカ
頭木弘樹編訳
絶望名人カフカの人生論
ネガティブな言葉ばかりですが、思わず笑ってしまったり、逆に勇気付けられたり。今までにはない巨人カフカの元気がでる名言集。

T・トウェイツ
村井理子訳
ゼロからトースターを作ってみた結果
トースターくらいなら原材料から自分で作れるんじゃね？と思いたった著者の、汗と笑いの9ヶ月！（結末は真面目な文明論です）

新潮文庫最新刊

帚木蓬生著
花散る里の病棟
町医者こそが医師という職業の集大成なのだ——。医家四代、百年にわたる開業医の戦いと誇りを、抒情豊かに描く大河小説の傑作。

藤ノ木優著
あしたの名医2
—天才医師の帰還—
腹腔鏡界の革命児・海崎栄介が着任。彼を加えたチームが迎えるのは危機的な状況に陥った妊婦——。傑作医学エンターテインメント。

貫井徳郎著
邯鄲の島遥かなり（中）
男子普通選挙が行われ、島に富をもたらす一橋産業が興隆を誇るなか、平和な島にも戦争が影を落としはじめていた。波乱の第二巻。

一條次郎著
チェレンコフの眠り
飼い主のマフィアのボスを喪ったヒョウアザラシのヒョーは、荒廃した世界を漂流する。愛おしいほど不条理で、悲哀に満ちた物語。

矢樹純著
血腐れ
妹の唇に触れる亡き夫。縁切り神社の血なまぐさい儀式。苦悩する母に近づいてきた女。戦慄と衝撃のホラー・ミステリー短編集。

J・グリシャム
白石朗訳
告発者（上・下）
内部告発者の正体をマフィアに知られる前に、調査官レイシーは真相にたどり着けるか!?全米を夢中にさせた緊迫の司法サスペンス。

新潮文庫最新刊

大西康之著
起業の天才！
―江副浩正　8兆円企業リクルートをつくった男―
インターネット時代を予見した天才は、なぜ闇に葬られたのか。戦後最大の疑獄「リクルート事件」江副浩正の真実を描く傑作評伝。

永田和宏著
あの胸が岬のように遠かった
―河野裕子との青春―
歌人河野裕子の没後、発見された膨大な手紙と日記。そこには二人の男性の間で揺れ動く切ない恋心が綴られていた。感涙の愛の物語。

徳井健太著
敗北からの芸人論
芸人たちはいかにしてどん底から這い上がったのか。誰よりも敗北を重ねた芸人が、挫折を知る全ての人に贈る熱きお笑いエッセイ！

J・ウェブスター
三角和代訳
おちゃめなパティ
世界中の少女が愛した、はちゃめちゃで魅力的な女の子パティ。『あしながおじさん』の著者ウェブスターによるもうひとつの代表作。

L・M・オルコット
小山太一訳
若草物語
わたしたちはわたしたちらしく生きたい――。メグ、ジョー、ベス、エイミーの四姉妹の愛と絆を描いた永遠の名作。新訳決定版。

森晶麿著
名探偵の顔が良い
―天草茅夢のジャンクな事件簿―
事件に巻き込まれた私を助けてくれたのは〝愛しの推し〟でした。ミステリ×ジャンク飯×推し活のハイカロリーエンタメ誕生！

花《はな》散《ち》る里《さと》の病棟《びょうとう》

新潮文庫　は－7－32

令和六年十一月一日発行

著者　帚《はは》木《ぎ》蓬《ほう》生《せい》

発行者　佐藤隆信

発行所　株式会社新潮社

郵便番号　一六二—八七一一
東京都新宿区矢来町七一
電話 編集部(〇三)三二六六—五四四〇
読者係(〇三)三二六六—五一一一
https://www.shinchosha.co.jp

価格はカバーに表示してあります。

乱丁・落丁本は、ご面倒ですが小社読者係宛ご送付ください。送料小社負担にてお取替えいたします。

印刷・大日本印刷株式会社　製本・加藤製本株式会社

ISBN978-4-10-118832-4 C0193